여신들의 여자 모임

키샤르

"어머머~."

닌릴

"그런 이야기도 괜찮다면……."

무코다

나는 살충제를
양손에 쌍권총처럼 들고
뱀파이어 모스키토에게 뿌려댔다.

터무니없는 스킬로 이세계 방랑 밥

11

스키야키

×

싸움의 섭리

에구치 렌 지음
author · Ren Eguchi
마사 일러스트
illustration · Masa
정대식 옮김

인물 소개

무코다 일행

드라 짱
사역마
보기 드문 픽시 드래곤. 작지만 성체. 역시 무코다의 요리를 노리고 사역마가 되었다.

스이
사역마
갓 태어난 슬라임. 밥을 준 무코다를 따르며 사역마가 된다. 귀엽다.

페르
사역마
전설의 마수 펜리르. 무코다가 만든 이세계 요리를 노리고 계약을 요구하여 사역마가 되었다. 채소를 싫어한다.

무코다
인 간
현대 일본에서 소환된 샐러리맨. 고유 스킬 '인터넷 슈퍼'를 지녔다. 특기는 요리. 겁쟁이.

신 계

루사루카
신
물의 여신. 공물을 노리고 무코다의 사역마인 스이에게 가호를 내린다. 이세계의 음식을 정말 좋아한다.

키샤르
신
대지의 여신. 공물을 노리고 무코다에게 가호를 내린다. 이세계 미용 제품의 효과에 매료되었다.

아그니
신
불의 여신. 공물을 노리고 무코다에게 가호를 내린다. 이세계의 술, 특히 맥주를 좋아한다.

닌릴
신
바람의 여신. 공물을 노리고 무코다에게 가호를 내린다. 이세계의 단것, 특히 도라야키에는 정신을 못 차린다.

◀ 다음

지금까지의 **줄거리**

수상쩍어 보이는 왕국의 '용사 소환'에 휩쓸려 검과 마법의 이세계로 오게 된
현대 일본의 샐러리맨 무코다 츠요시.
무코다는 어찌어찌 왕성을 나와 여행을 떠나게 되었으나,
고유 스킬 '인터넷 슈퍼'로 가져온 상품과 무코다의 요리를 노리고
'전설의 마수'부터 '여신'에 이르기까지 터무니없는 녀석들이 모여들더니
사역마가 되거나 가호를 내려주는 것이었다.
또다시 페르 일행의 등쌀에 못 이겨
난관으로 유명한 브릭스트의 던전에
도전하게 된 무코다 일행.
그래도 페르 일행이 있으니까…… 라고 방심하고 있었더니
들어가기 직전이 되어서야 창조신 데미우르고스 님께서
던전 최하층에 위험한 녀석이 있다고 알려주는데……?!

고유 스킬
『 인터넷 슈퍼 』

언제 어디서든 현대 일본
의 상품을 구입할 수 있는
무코다의 고유 스킬.
구입한 식재료에는 스테이
터스를 높이는 효과가 있다.

목 차

9 × 　　　　장

1 × 　　번　외

다 음 ▶

나는 어젯밤 데미우르고스 님에게 들은 이야기가 머리에서 떠나지 않아 불안감을 떠안은 채 브릭스트의 모험가 길드로 향하고 있었다.

　"으으, 정말 가는 거야……?"

　『이제 와서 뭘 그렇게 구시렁대는 것이냐.』

　『그러게, 당연히 가야지. 그러려고 이 도시에 온 거잖아.』

　나와 나란히 걷는 페르, 그리고 파닥파닥 천천히 날고 있는 드라 짱은 불안한 나는 아랑곳 않고 의욕이 넘쳤다.

　평소 같았으면 내가 어깨에 멘 가죽 가방에서 자고 있었을 스이도 고대하던 던전에 갈 수 있게 되었다며 페르의 등에 올라타서 『던전, 던전♪』이라면서 기분 좋게 떨고 있었다.

　"그렇기는 하지만, 데미우르고스 님께서 하신 말씀이 있잖아."

　오늘 아침, 아침 식사를 하며 데미우르고스 님에게 들은 이야기를 페르 일행들에게도 대충 얘기해 주었다.

　『뭐 어때서. 벌써부터 기대되네.』

　『드라의 말이 맞다. 신이 정 안 되겠다 싶으면 자신을 부르라고까지 하지 않았느냐. 상대할 맛이 나겠군.』

　왜 그 이야기를 듣고 의욕에 불이 붙은 건데?

　전혀 이해가 안 되거든?

　"아니아니, 그게 아니잖아. 창조신님이 그런 말씀을 하실 정도

7

면 보나 마나 위험한 게 있을 것 아냐. 너희가 던전을 기대하고 있었던 건 알겠고, 던전에 들어가는 건 어쩔 수 없는 일이니 순순히 갈게. 하지만 최하층까지 갈 필요는 없잖아? 그 직전 계층까지 갔다가 돌아오는 걸로 하자. 응?"

『왜 그런 짓을 해야 하지? 당연히 최하층까지 갈 거다. 안 그러면 던전을 답파했다고 할 수 없지 않으냐. 게다가 호적수가 있다는데 가지 않을 수야 없지. 오랜만에 전력을 다해 싸울 수 있을 듯한 상대가 있다면 더더욱 말이다. 더없이 기대되는구나. 후하하하하하.』

페르가 잔뜩 신이 나서 사납게 웃었다.

『자자, 그렇게 걱정하지 말라고. 페르랑 나랑 스이가 있잖아. 우리가 당해내지 못할 상대가 있을 리가 없다고. 안 그래?』

드라 짱은 의기양양한 얼굴로 그렇게 말했지만 세상에는 우리가 상상도 못 할 일들이 잔뜩 있을 거라고.

하물며 창조신이신 데미우르고스 님이 '안 되겠다 싶으면 나를 부르거나'라는 말을 할 정도의 상대라면 더더욱 그럴 거다.

『어이, 그보다 빨리 모험가 길드로 가라. 던전에 들어가려면 길드에 얼굴을 비추어야 하지 않으냐?』

"그래. 던전에 들어가기 전에 한 번은 얼굴을 비춰둬야 문제가 안 생길 테니까. 게다가 언뜻 들은 바로는 30계층까지는 지도가 있다니까 그것도 손에 넣어두고 싶고."

전이석도 있으니 그걸 보고 다 같이 상의해서 몇 층부터 시작할지 정할까 하는데, 데미우르고스 님의 계시 때문에라도 20층에는 반드시 가야 하니 도움이 될 거다.

　그나저나 정말 괜찮을까?

　엄청나게 불안한데…….

"오오, 크네…….”

　브릭스트의 모험가 길드를 올려다보고 엉겁결에 그렇게 중얼
거렸다.

　같은 던전 도시였던 드랭과 에이블링의 모험가 길드보다도 크다.

　브릭스트 모험가 길드는 아침부터 붐비고 있었다.

　우리 일행이 안에 들어가자 그토록 떠들썩했던 실내가 잠시 고
요해졌다.

　약간의 거북함을 느끼며 안으로 들어가서 비교적 한산한 창구
에 줄을 섰다.

　줄은 조금씩 앞으로 나아갔지만 아직 상당히 시간이 걸릴 듯
했다.

　『어이, 아직 멀었느냐.』

　다소 짜증이 난 듯이 페르가 염화를 날려왔다.

　『사람들이 많으니 어쩔 수 없잖아.』

　『그렇기는 하지만 아직 던전에도 들어가지 않았건만 스이가 잠
들어 버렸다.』

　그 말을 듣고 페르의 등을 보니 너무 흥분한 탓에 지친 것인지

잠들어 버린 스이가『던전…… 음냐음냐……』라고 잠꼬대를 하고 있었다.

『스이……. 뭐, 뭐어, 스이는 던전에 들어갈 때 깨우면 되겠지.』

『나 참, 스이는 태평하기도 하네에. 그나저나, 이게 다 던전에 가려는 사람들이야?』

드라 짱이 붐비는 길드를 둘러보며 그렇게 말했다.

『그렇겠지. 여기는 난관이기는 하지만 마물의 드롭 아이템 말고도 보물 상자에서 값진 보물이 나올 확률이 높아서 인기가 많다더라.』

힐슈펠트 모험가 길드의 길드 마스터인 이삭 씨에게 들은 정보다.

『호오, 값진 보물이라 하면 마도구류를 말하는 것이냐?』

조금 흥미가 생겼는지 페르가 그렇게 물어왔다.

『마도구가 나올 때도 있다는 것 같지만, 듣자 하니 보석이나 귀금속이 많다는 모양이야. 보석과 귀금속류는 어디서나 부족해서 환금률이 좋다고 들었어. 그래서 일정 이상의 랭크에 돈을 벌고 싶은 모험가들은 이 던전에 들어간다더라고.』

『뭐야, 겨우 그런 이유였어?』

『겨우 그런 이유라니, 돈이 돼서 나들 좋아하는 거라고. 돈이 생기면 인터넷 슈퍼로 이것저것 살 수 있고, 닌릴 님의 교회에도 더 많이 기부할 수 있게 될 거야.』

『흠, 그도 그런가. 그렇다면 던전을 답파하는 그 날에는 이세계의 고기를 배불리 먹여다오. 물론 닌릴 님의 교회에도 기부하고 말이다.』

『뭐, 답파하면 말이야.』

답파할 수 있을지 어떨지가 지금은 가장 큰 불안 요소지만……

드라 짱은 이세계의 고기라는 말 때문에 갑자기 의욕이 생겼는지 『왕창 벌자!』라고 외쳤다.

시간을 때울 겸 페르, 드라 짱과 염화로 대화를 하고 있자 "좀 비켜줘, 자자, 비키라고!" 하고 소리를 지르며 누군가가 혼잡한 길드 안을 가로지르다시피 해서 이쪽으로 다가왔다.

곧이어 똥배가 나온 비만 체형의 50살 전후로 보이는 아저씨가 우리 앞에 나타났다.

"무코다 님과 사역마님들이시죠? 브릭스트에 오신 걸 환영합니다! 카레리나 길드 마스터에게 연락을 받고 오시기만을 애타게 기다리고 있었습니다. 저는 이곳 브릭스트 모험가 길드의 길드 마스터를 맡고 있는 트리스탄이라고 합니다. 기억해주시면 감사하겠습니다. 자자, 안으로 드시죠."

배 나온 아저씨, 브릭스트 모험가 길드의 길드 마스터인 트리스탄 씨는 방긋방긋 미소를 지으며 우리 일행을 2층에 있는 길드 마스터의 방으로 안내해주었다.

커다란 모험가 길드의 길드 마스터로는 보이지 않는 저자세라 상인 길드의 길드 마스터가 더 잘 어울리지 않나 싶을 정도였다.

길드 마스터의 방에 들어가자 자리를 권하기에 테이블을 사이에 끼고 트리스탄 씨와 마주 앉았다.

페르와 드라 짱, 스이는 내가 앉은 의자 뒤쪽에서 편한 자세로 대기 중이다.

평소와 같은 위치 관계지만 커다란 길드답게 방도 널찍해서 페르가 들어가도 한참 여유가 있었다.

페르가 자꾸만 『빨리 해라』라고 염화로 보채대서 온 지 얼마 되지 않았지만 지금부터 던전에 가겠다고 전달했다.

온 김에 지도를 구입해두고 싶다는 말도 덧붙이자 트리스탄 씨는 만면에 미소를 띤 채 두 손을 비비기까지 하며 대답했다.

"이야아, 그것참 반가운 이야기로군요. 부디 브릭스트 던전도 답파해주십시오! 물론 던전에서 나온 드롭 아이템들은 최대한 매입하도록 하겠습니다! 카레리나 길드 마스터에게서 연락을 받고서 자금도 충분히 준비해두었습니다. 특히 이 던전의 특산품이라 해도 과언이 아닌 보석과 귀금속은 중점적으로 매입하게 해주십시오. 그쪽 물품들은 언제나 부족하거든요."

트리스탄 씨의 말에 따르면 보석과 귀금속류는 귀족님들에게 큰 인기를 끌고 있어서 늘 품귀 현상을 빚고 있다고 한다.

보석과 귀금속은 중점적으로 매입해주겠다고 하니, 드랭과 에이블링에서 나온 것들 중 아이템 박스에서 썩고 있던 것들도 여기서 팔면 되겠다.

그나저나 자금을 충분히 준비해두고 기다리고 있었다니 제법인 걸, 트리스탄 씨.

그 후에는 페르와 드라 짱, 거기에 스이까지 염화로 재촉을 해서 재빨리 이야기를 마치고 던전으로 향하게 되었다.

던전까지는 트리스탄 씨가 직접 안내해주었는데, 응원의 의미라며 던전 지도도 무료로 주었다.

브릭스트 모험가 길드부터 도시 성벽 밖에 있는 던전까지는 도보로 약 15분 거리였다.

가는 동안 브릭스트의 던전에 관해서 이런저런 이야기를 들을 수 있었다.

데미우르고스 님의 이야기와 트리스탄 씨에게 들은 이야기, 지도를 참고하며 페르 일행과 염화로 상의한 끝에 일단 전이석을 사용해 20층을 탐색하기로 했다.

트리스탄 씨의 말에 따르면 현재 30계층까지의 지도 중 22계층까지는 출현하는 마물과 지도가 거의 밝혀진 상태라는데(23계층 이후는 탐색이 끝나지 않은 부분이 많아서 지도에는 공백이 있고, 마물도 발견된 것들에 관해서만 적혀 있다고 했다) 데미우르고스 님의 말씀이 틀릴 리가 없으니 아직 판명되지 않은 무언가가 있을 거다.

나는 20계층에 비밀방 같은 게 있지 않을까 예상하고 있다.

지도를 보고 21계층 이후에 나오는 마물을 확인하더니 페르가 떨떠름한 얼굴로『죄다 송사리라 시시하겠군』이란 소리를 했고 드라 짱도 그 말에『그러게』라고 맞장구를 쳐서 그냥 넘어가기로 했다.

20계층을 탐색한 후에는 전이석으로 단숨에 입구로 돌아온 다음, 다시 30층으로 전이할 예정이다.

여러 번 쓸 수 있는 전이석을 가진 덕분에 가능한 일이지만.

이걸 양보해준 방주(아크) 사람들에게 고마워해야겠어.

『나오는 마물이 가고일인 게 불만이지만, 신의 말씀이니 어쩔 수 없지. 20계층, 냉큼 뒤져보자.』

『그 지도에는 없는 뭔가가 있다는 뜻이겠지? 재미있을 것 같네.』

『스이도 찾을래~!』

『이 던전은 드랭이나 에이블링과 비교해도 넓은 것 같으니 시간이 좀 걸릴지도 모르지만 말이야.』

『후후, 더더욱 재미있겠군.』

『맞아. 후다닥 찾아내 주겠어.』

『스이가 찾을 거야~.』

『뭐, 일단 지도는 있으니까 그걸 따라서 한 바퀴 돌아보자. 그러다 보면 찾을 수 있을지도 모르잖아.』

그런 이야기를 나누며 던전에 도착한 후, 트리스탄 씨가 우선적으로 던전 입구 근처에 있던 전이석 소유자 전용 전이방으로 안내해준 덕에 줄을 서지 않고도 던전에 들어갈 수 있었다.

방 안에는 직경 5미터 정도의 마법진이 그려져 있고, 그 중앙에 원형 기둥이 세워져 있었다.

그 원형 기둥에 가지고 있던 전이석을 가져다 대고서 'ㅇㅇ층'이라고 말하면 그 층으로 전이할 수 있다고 한다.

20계층으로 전이하기 직전, 트리스탄 씨가 만면에 미소를 띤 채 우리를 보고 입을 열었다.

"많은 성과를 기대하고 있겠습니다!"

……라고.

그렇게 되면 좋겠지만 최하층이 영 불안하다…….

뭐, 우선은 20계층부터지만.

우리는 순식간에 석벽으로 둘러싸인 어두컴컴한 방 안의 마법진 위로 이동해 있었다.

지나치게 밝지도, 어둡지도 않은 방에는 던전 특유의 옅은 빛을 발하는 이끼가 나 있어 RPG에 등장할 듯한 던전 같은 분위기를 자아내고 있었다.

에이블링 던전과도 비슷한 분위기지만 각 계층의 넓이는 그 두 배에 가깝다고 한다.

『너, 타라. 이 층을 후딱 뒤지고 아래로 내려간다.』

『그래. 이 층에 있는 건 가고일이랬지? 송사리라도 고기가 나오면 그나마 괜찮을 테지만, 그건 아무 가치도 없으니까.』

"아무 가치도 없다니……. 그래도 가고일을 쓰러뜨리면 보석이 나온다던데?"

들은 바에 따르면 5분의 1 정도의 확률로 드롭 아이템이 나온다고 한다.

움직이는 석상 같은 마물이라서인지 동작은 빠르지 않지만 물리공격도, 미법공격도 잘 안 먹혀 중견 모험가들은 쓰러뜨리는 데 애를 먹는다는 모양이다.

『보석이라 해봐야 무진장 작은 거잖아?』

"그건 그렇지. 분명 작기는 한 것 같지만, 그래도 보석이잖아? 나름대로 돈은 된다더라. 그래 봤자 우리가 무리해가면서 주울 필요까지는 없을 것 같지만 말이야.”

고맙게도 동료들 덕분에 자산은 윤택하니까.

“그런데 아까 페르가 타라고 했는데, 그 얘기는 던전 안을 뛰어다니겠다는 뜻이지? 그렇게 해도 뭐가 어디 숨어있는지 알 수 있겠어?”

당연한 얘기지만 페르의 달리기 속도는 엄청나다.

그 상태로 던전 안의 이변을 알아챌 수 있을지 궁금했다.

『훗, 당연하다. 나쯤 되면 그러한 감각도 예민해지니 말이다. 맡겨두거라.』

으스대는 얼굴로 자신만만하게 말하는 걸 보니 페르한테 맡겨두면 이 층은 어떻게든 되려나.

『있지있지, 주인~. 빨리 가자! 스이 있지, 잔~뜩 많~이 쓰러뜨릴 거야~!』

스이가 의욕을 불사르며 내 가슴 높이까지 폴짝폴짝 뛰어올랐다.

『흠, 그렇다면 스이도 나한테 타. 이곳의 마물은 네게 맡기마.』

『알겠어~ 페르 아저씨! 스이, 힘낼게!』

『그래그래, 너한테 맡길 테니까 잘해 봐.』

『응!』

……페르도 드라 짱도 가고일을 상대하는 게 귀찮아서 스이에게 떠넘겨버렸군.

뭐, 스이는 스이대로 『왕창 해치울 거야~!』라면서 의욕을 불사르고 있으니 아무 말도 않겠지만.

『좋아, 그럼 출발이다. 타라.』

나는 영차, 하고 페르의 등으로 기어 올라갔다.

스이는 폴~짝 튀어 올라 페르의 머리 위에 진을 쳤다.

"앗, 스이! 돌로 된 가고일이라는 마물만 공격해야 한다? 절대로, 무슨 일이 있어도 다른 모험가를 공격하면 안 돼."

『알겠어~!』

『좋아, 드디어 탐색 개시다!』

드라 짱의 힘찬 외침과 동시에 우리는 브릭스트 던전에 한 걸음을 내디뎠다.

풋, 풋, 풋──.

스이의 산탄(酸彈)을 맞고 추악한 얼굴에 커다란 구멍이 뚫린 가고일이 뒤로 벌렁 쓰러졌다.

"우와와, 죄송합니다죄송합니다! 스이, 그러면 안 된다고 했잖아아아아!"

가고일과 대치하고 있던 모험가들이, 어안이 벙벙한 얼굴을 한 채 맹렬한 속도로 질주하는 우리를 쳐다보았다.

이곳, 20계층은 그럭저럭 많은 모험가들이 탐색 중이었다.

브릭스트 던전의 통로가 생각했던 것보다 넓었던 덕에 우리 일행은 모험가와 가고일이 전투 중인 곳에서도 멈추지 않고 그 사이로 빠져나가거나 머리 위로 뛰어넘어 나아갈 수 있었다.

페르가 『답답해서 어떻게 일일이 멈추란 말이냐』라고 주장했기 때문인데, 이것뿐이라면 다른 모험가들을 방해했다거나 공을 가로챈 게 아니니 뭐, 아슬아슬하게 세이프일 거다.

하지만 의욕 만점 상태의 스이는…….

『스이, 다른 모험가들이 마물과 싸우고 있을 때는 손을 대면 안 된다고 했잖아.』

염화로 스이를 나무랐다.

『어째서, 주인? 나쁜 마물을 해치우면 안 되는 거야~?』

『마물을 해치우는 건 괜찮아. 다만 다른 모험가와 마물이 싸울 때는 도와달라고 할 때까지 손을 대면 안 돼. 아무 말도 안 했는데 멋대로 손을 대면 가로챈 게 된단 말이야.』

『피이…….』

몇 번이나 설명했지만 스이는 납득이 안 된다는 눈치다.

드랭 던전에서도, 에이블링 던전에서도, 고기 던전에서도 그랬지만 비교적 사람이 적은 계층부터 본격적으로 탐색을 시작했던 탓에 이렇게 딱 맞닥뜨릴 일이 없어서 마음대로 공격하게 뒀었으니까.

스이의 마음을 대변하자면 '나쁜 마물을 발견하면 당연히 해치워야 하는데, 왜 안 된다는 거야?'가 될 거다.

그것도 맞는 말이기는 하지만 다른 모험가가 있을 때 그런 행동을 하면 드롭 아이템의 소유권을 비롯해서 여러모로 이해관계가 꼬일 수밖에 없다…….

특히 던전 안에서는 그런 일로 싸움이 나는 경우가 많다고 들었다.

트러블을 피하기 위해서도 모험가가 전투 중일 때는 부상자가 발생해 상당히 형세가 불리한 상황이라거나 직접 구조를 요청하는 경우가 아니면 손을 대지 않는 것이 원칙이다.

하지만 그런 어른들의 사정을 스이가 이해할 수 있을 리가 없어서……

『앗! 돌로 된 마물이다~. 에잇!』

풋, 풋, 풋──.

『으와와와왁, 모, 모험가, 모험가는?!』

『진정하라고. 싸우고 있는 모험가는 없으니까.』

드라 짱의 염화를 듣고서 살짝 안심했다.

『그나저나 스이의 공격도 참 지독하네. 얼굴을 산탄으로 퍽퍽 쏴대고 있잖아.』

맞아, 나도 그렇게 생각했다.

처음에는 우연인 줄 알았는데, 아니란 말이지.

지금까지 나타났던 가고일이 모두 얼굴을 맞은 걸 보면, 이건 노리고 쏘고 있다고 봐야겠지?

『있잖아~ 페르 아저씨가 전에 급소를 모르겠을 때는, 일단 머리를 노려서 없애라고 가르쳐줬어~. 머리를 없애면 대부분의 마물은 쓰러뜨릴 수 있대~.』

『호오~ 생각해 보니 분명 그러네. 페르도 가끔은 쓸 만한 걸 가르쳐주네.』

『드라여, 가끔이란 소리는 빼라. 나는 언제나 유익한 것만 가르치고 있단 말이다.』

『……페르으으으으, 스이한테 이상한 거 가르치지 마~!』

『이상한 것이라니, 무슨 소리냐. 중요한 가르침이다.』

『저 말에는 나도 동의해. 적을 확실하게 죽이기 위한 가르침은 중요한 거라고.』

전투광이라 할 수 있는 페르와 드라 짱에게는 내 주장이 통하지 않는다.

우으으으, 내 귀여운 스이가 갈수록 흉악해지고 있는 듯한 기분이 드는데…….

『앗, 또 있다~!』

『모험가는?!』

『있는 것 같아. 하지만 어째 상황이 이상해 보이는데?』

『음. 포위된 것 같구나.』

드라 짱과 페르의 말을 듣고 전방을 자세히 보니 통로 앞뒤에서 나타난 가고일에게 협공을 받고 있는 모험가 몇 명이 보였다.

앞뒤로 다섯 마리씩 나타난 가고일이 그 사이에 있는 모험가들을 놓치지 않겠다는 듯이 거리를 서서히 좁히고 있다.

"이봐! 도와줘!"

근처에 있던 우리의 모습을 확인한 모험가가 외쳤다.

"스이, 해치워버려!"

『네~에!』

풋, 풋, 풋, 풋, 풋──.

풋, 풋, 풋, 풋, 풋──.

그야말로 일격필중이었다.

페르의 머리 위에서 스이가 발사한 산탄은 가고일의 얼굴을 정확하게 꿰뚫었다.

가고일들이 눈 깜짝할 새에 쓰러지자 모험가들은 어리둥절해했다.

"미안, 덕분에 살았어!"

금방 정신을 차린 모험가 중 한 명이 말했다.

그 말에 내가 "늦지 않아 다행이에요"라고 답했지만, 페르는 모험가 옆을 그냥 지나쳐 버렸다.

"어? 페르?"

『아직 이 층을 다 돌아보지도 않았는데 귀찮게 굴지 마라. 안 멈출 거다.』

멈추지 않는 우리 일행을 보고 말을 걸어왔던 모험가가 초조한 투로 외쳤다.

"이, 이봐! 드롭 아이템은 어쩌고?!"

"여러분에게 양보할게요~!"

돌아보며 그렇게 외쳤다.

정신을 차린 다른 모험가들도 뭐라고 외쳤는데, 멈추지도 않은 태도는 좀 그랬지만(페르가 멈춰주지 않으니 어쩔 수 없잖아) 위기에서 구해준 데다 드롭 아이템도 양보해줬으니 불만은 없을 거다.

……그렇게 생각하고 싶다.

그 후에도 스이로 인해 비슷한 소동을 일으키면서 우리 일행은 20계층을 돌며 탐색을 계속했다.

스이에게 다른 모험가들이 있을 때는 끼어들어서 공격하면 안 된다고 몇 번이나 주의를 주기는 했는데 말이지⋯⋯.

◇ ◇ ◇ ◇ ◇

20계층을 질주하던 페르의 발이 멈췄다.

"왜 그래?"

『이상하군⋯⋯.』

"뭐가?"

『이 계층은 빠짐없이 돌아봤다. ⋯⋯정말로 신께서 이 층에 뭔가 있다고 말씀하셨느냐?』

"그렇다니까. 20층을 잘 찾아보라고 하셨어."

데미우르고스 님은 분명 20층이라고 했다고.

『아~ 나 딱 알아챘어~. 페르, 너 뭐가 숨겨져 있는지 못 알아챈 거지? 자신만만하게 '나쯤 되면 그러한 감각도 예민해지니 말이다(반짝)'이라고 말했으면서 말이야~.』

"풉⋯⋯ 그, 그럼 못 써, 드라 짱."

드라 짱이 선보인 페르의 성대모사에 무심결에 웃고 말았다.

『끄응, 모, 모르기는 누가 모른다는 것이냐. 그래, 우연히, 우연히 지나친 것뿐이다!』

그렇게 말하며 페르가 얼굴을 찌푸렸다.

자신만만하게 큰소리를 쳐놓고 발견하지 못한 게 못마땅한 모양이다.

심정은 이해해.

『있지있지, 페르 아저씨, 이제 끝이야~? 스이, 돌로 된 마물 더 해치우고 싶어~.』

매우 미묘한 분위기 속에서 페르의 머리 위에 있던 스이가 태평하게 그런 염화를 날려왔다.

아~ 스이가 분위기 파악을 하길 바라는 건 무리이려나.

『큭…… 밥이다, 밥! 밥을 내놔라! 배가 고프면 감각도 둔해지니!』

"하핫, 뭐, 뭐어, 확실히 배는 고프네. 슬슬 밥을 먹을까?"

『그, 그래. 확실히 배가 고프긴 해.』

『밥~? 스이도 배고파~! 밥 먹을래~.』

"그런고로 세이프 에리어로 가자. 어디 보자……."

트리스탄 씨에게 받은 이 던전의 지도를 아이템 박스에서 꺼내 확인하려 하자 페르가 『그거라면 여기서 조금 더 간 곳에 있다』라고 알려주었다.

『그럼 거기서 밥 먹자.』

우리 일행은 이 던전에서 처음으로 세이프 에리어로 향했다.

샘물이 졸졸 흐르는 샘터가 중앙에 배치된 세이프 에리어에서는 이미 세 개의 모험가 파티가 쉬고 있었다.

어딜 봐도 모든 파티에 남자밖에 없었다.

우리 일행도 비어있는 공간에 진을 쳤다.

잠시 한숨을 돌린 후, 스이에게 이리 오라고 염화를 보냈다.

조금 전에는 달리는 페르를 탄 상태라 차분하게 이야기할 수가 없었지만, 스이를 잘 타일러둬야겠다고 생각했거든.

앞으로 무슨 일이 생길지 모르니까.

『왜 그래, 주인?』

『아까 말이야, 다른 모험가가 마물과 싸울 때는 손을 대면 안 된다고 했는데 왜 손을 댄 거야?』

『그치만, 나쁜 마물인 걸. 해치워도 되는 거잖아~?』

내 앞에 오도카니 자리한 스이가 푸들푸들 좌우로 몸을 흔들며 말했다.

『그건 그렇지만 말이야, 생각해 봐……. 예를 들어 스이가 나쁜 마물을 쓰러뜨리려고 열심히 싸우고 있을 때, 갑자기 나타난 모르는 모험가가 그 마물을 쓰러뜨리면 어떨 것 같아?』

『으~음…… 싫을 것 같아.』

『그렇지? 열심히 싸우고 있는데 갑자기 와서 가로채 가는 거잖아.』

『응…….』

『생각해 봐. 아까 스이가 했던 일은 어떤 것 같아?』

그렇게 말하자 스이도 알아들었는지 살짝 풀이 죽은 듯 쪼그라들었다.

『……하면 안 되는 짓. 잘못했어요오.』

『알아들었으면 됐어. 다음부터는 조심하자. 스이는 착한 애니까 할 수 있지?』

『웅! 스이, 다음부터는 조심할게!』

제대로 알아듣도록 설명하면 알아듣는 아이다.

스이도 이제 괜찮을 거다.

『어이, 끝났으면 어서 밥을 내놔라.』

『배고파.』

패르와 드라 짱도 낌새를 채고 스이에게 설명을 다 할 때까지 지켜봐 준 것 같다.

『그래그래. 근데 다른 모험가들이 있으니 만들어둔 걸로 때울 거야.』

『고기라면 뭐든 좋다.』

『맞아.』

알았다니깐.

게다가 만들어둔 요리도 죄다 고기를 사용한 것들이기도 하고.

만들어둔 요리들을 떠올리며 뭘로 할까 생각하고 있자 뒤에서 누군가가 말을 걸어왔다.

"저기, 잠깐 얘기 좀 할 수 있을까?"

"네에."

말을 걸어온 것은 30살 전후의 탄탄한 체격에 우락부락한 모험가였다.

그 옆에는 비슷한 체구에 개의 귀와 꼬리가 달린 수인 모험가 둘(어딘지 모르게 얼굴이 닮은 걸로 보아 형제 같다), 그리고 호리호리한 체구에 로브를 두른 마법사로 보이는 모험가가 있었다.

"좀 전에는 덕분에 살았어. 고마워."

대표로 처음에 말을 걸어왔던 우락부락한 모험가가 그렇게 말하자 수인 모험가 두 명과 마법사도 이어서 감사 인사를 했다.

"고맙다는 말을 할 새도 없이 달려가서 계속 신경이 쓰였거든."

"맞아맞아. 드롭 아이템도 거들떠보지 않고 달려가 버렸잖아."

두 수인 모험가의 이야기를 듣고서야 그때 그 사람들이구나, 하고 기억이 났다.

통로 앞뒤에서 나타난 가고일에게 협공을 당하고 있던 모험가들이다.

"그때는 정말 큰일 날 뻔했는데, 그쪽이 도와준 덕분에 목숨을 건졌어."

호리호리한 마법사가 진지하게 그렇게 말하자 나머지 세 사람도 고개를 끄덕였다.

"그래, 드롭 아이템은 양보하겠다고 했는데 돌려줄게. 아무리 그래도 목숨을 구해준 사람한테 드롭 아이템까지 받는 건 너무 뻔뻔하잖아."

그렇게 말하며 우락부락한 모험가가 내민 손바닥 위에는 약간 탁한 푸른색을 띤 작은 보석이 놓여 있었다.

"아뇨아뇨, 그건 넣어두세요."

"하지만……."

네 사람은 난감한 눈치였다.

확실히 네 사람에게 '도와줘'라는 부탁을 받기는 했지만 이 층에서 했던 일을 생각하면 이 사람들한테만 드롭 아이템을 돌려받는 것도 좀 그랬다.

"아니, 실은 말이죠……."

이 계층에서 스이가 때와 장소를 가리지 않고 마구 전투에 개입했던 일을 이야기해주었다.

"여러분이 싸우던 곳은 둘째 치더라도 가로챘다고 볼 수밖에 없는 상황이 많다 보니 어째 죄송해서……. 그런 경위도 있어서 이 층에서의 드롭 아이템은 전부 포기하기로 했습니다."

"흐음, 그래? 사정이 그렇다면 이쪽도 고마운 마음으로 받겠지만."

"부디 그렇게 해주세요."

우리의 대화를 듣고 있었는지 세이프 에리어에 있던 나머지 두 개의 모험가 파티 멤버들이 노골적으로 안심한 듯한 표정을 지었다.

"저기, 혹시……."

"그래. 그 슬라임에게 공을 빼앗겼다."

"이쪽도 마찬가지야."

으아아아아, 역시 그랬구나.

스이가 가고일을 발견하는 족족, 모험가가 있건 없건 개의치 않고 풋풋 산탄을 마구 쏴댔었으니까.

일단 두 모험가 파티에게는 "죄송합니다, 죄송해요"라고 싹싹 빌었다.

그러고서 당연히 드롭 아이템은 양보하겠다고 이야기했다.

다행히 양쪽 모두 말이 통하는 분들이라 딱히 화를 내지는 않았다.

"그나저나 이번에는 이렇게 넘어가지만, 경우에 따라서는 다툼이 벌어질 수 있으니 조심하라고."

"네, 그 점은 잘 알고 있습니다. 스이…… 사역마 슬라임도 잘 타일러뒀으니 앞으로는 괜찮을 거예요."

내 바로 옆에 있던 스이를 쓰다듬으면서 염화로 『다음부터는 안 그럴 거지?』라고 말하자 스이가 폴짝폴짝 뛰어오르며 『응. 스이, 다음부터는 안 그럴게』라고 답했다.

응, 이 정도면 괜찮을 것 같다.

……라고 믿고 싶다.

그러다 보니 『어이』라는 염화와 함께 왼쪽 어깨가 묵직해졌다.

뒤를 돌아보니 뚱한 눈을 한 페르와 드라 짱이 있었다.

『밥은 어떻게 된 거냐?』

『배고파 죽겠거든?』

"아아아, 미안미안. 바로 준비할게."

나는 허둥지둥 아이템 박스에서 곰솥과 쿠페빵이 든 바구니를 꺼냈다.

"왜 그래?"

"아뇨, 밥을 먹기로 했는데 시간이 걸리니까 우리 사역마들이 기다리다 지쳤나 봅니다……."

그렇게 말하자 내 후방에 있던 페르와 드라 짱에게 모험가들의 시선이 집중되었다.

"사역마라니, 그거, 펜리르 맞지?"

콕 집어서 묻기에 "네? 그게……"라고 말끝을 흐리자 여기저기서 "역시 그랬나"라는 말소리가 들려왔다.

"숨길 필요 없어. 펜리르를 사역마로 삼은 모험가가 있다는 소문은 이 나라에도 제법 퍼져 있으니까."

"맞아맞아. 심지어 얼마 전부터 그 모험가가 이 던전에 올 거라고 해서 떠들썩해지기도 했고."

"그래. 게다가 펜리르 말고도 쬐그마한 드래곤과 뭔가 특수한 슬라임도 데리고 있다는 이야기도 유명했지."

이쪽 나라에도 소문이 퍼져 있었구나.

드라 짱과 스이에 관해서도 빠짐없이 알려진 것 같고.

게다가 페르의 정체도 다 들통 난 건가.

이 던전의 20계층 이상에서 활동하는 모험가들은 주로 C랭크 이상이라고 들었으니 다들 알고 있을 거라고는 생각했지만.

"이봐, 펜리르의 밥은 역시 생고기야?"

모험가들은 전설의 마수 펜리르의 밥이 무엇일지 매우 궁금한 눈치였다.

"아뇨, 그렇지는 『이제 와서 생고기 따위를 먹을 것 같으냐』……."

페르가 끼어들자 "우오, 말했어!"라느니 "펜리르는 역시 사람의 말을 할 수 있었구나" 따위의 말이 들려왔다.

"그게, 우리는 다 같은 음식을 먹습니다. 오늘의 메뉴는 이거고요……."

여러모로 활용할 수 있어 편하다는 이유로 곰솥 가득 만든 볼로네제다.

사실은 한 솥 더 있지만.

볼로네제를 고아원 특제 쿠페빵에 듬뿍 넣으면 볼로네제도그가 완성된다.

그걸 착착 만들어서 페르 일행의 그릇에 담아 나간다.

"여기 있어."

페르와 드라 짱과 스이 앞에 내놓자 곧바로 우걱우걱 먹기 시작했다.

『음, 맛있구나.』

"""""""""""""…………. """""""""""

모험가들이 말없이 페르 일행을 응시하고 있다.

『주인, 한 그릇 더~.』

『나도!』

『당연히 나도 더 먹을 거다.』

"그래그래, 조금만 기다려."

추가 분량을 동료들 앞으로 내밀고 나자 모험가들이 움직이기 시작했다.

"내가 평소 먹는 것보다 맛있어 보이는 걸 먹잖아……."

그 말에 다수의 인원이 고개를 끄덕였다.

"나는, 슬라임보다 못한 걸 먹고 있었구나……."

그렇게 중얼거리자 모험가들 사이에 초상집 같은 분위기가 흘렀다.

아니, 우리가 특이한 거라고.

그리고 당신들 C랭크 이상이잖아?

그럭저럭 벌고 있을 텐데 왜 그렇게 못 먹고 다니는 건데.

『어이, 너희들. 이건 안 줄 거다.』

군침을 흘릴 듯한 얼굴로 맛있게 볼로네제도그를 먹는 페르 일행을 쳐다보던 모험가들을 페르가 위협했다.

"잠깐, 페르……."

『흥, 우리가 먹을 양이 줄지 않느냐.』

"아니, 아직 많으니까 괜찮다고. 좀 나눠준다?"

고개를 푹 숙인 모험가들이 어쩐지 불쌍해져서 조금 나눠주었다.

시꺼먼 남자들한테 둘러싸여 고맙다는 인사를 듣고 있자니 어쩐지 숨이 막히는 것 같았지만…….

◇ ◇ ◇ ◇ ◇ ◇

세이프 에리어를 나선 후, 페르가 『아직 탐색하지 않은 곳은 한 곳뿐이다』라고 말했다.

그곳에 없으면 이 층을 다시 돌아보는 수밖에 없다.

그런고로 일단 그 장소로 향했다.

남은 장소란 곳은 보스 방이었다.

페르는 『딱히 이상한 기색은 안 느껴지는군』이라고 했지만, 자신만만했던 페르가 깜박 놓치고 지나쳤을 수도 있으니 일단 들어가 보기로 했다.

보스 방 앞에는 이미 모험가 파티 한 팀이 대기하고 있었다.

여기서 문제가 되는 것이 바로 '시간'이다.

보스 방에서 보스가 격퇴될 경우, 다음 마물이 솟아날 때까지의 쿨타임 말이다.

지도에 기재된 정보에 따르면 이 던전에서는 그게 계층에 따라 다른 데다 상당히 긴 편이라는 듯했다.

이곳, 20층의 쿨타임은 2시간 전후라는 모양이다.

그리고 이것도 지도에 실려 있던 정보인데, 기본적으로 이 던전의 보스 방은 입구에 문이 없어서 자유롭게 안을 들여다볼 수 있지만 전투가 시작되면 안에 들어갈 수 없게 된다고 한다.

보스 방 안에서는 이미 모험가 파티가 전투를 벌이고 있었다.

그리고 모험가 파티 한 팀이 대기 중이다.

보스 방에서의 전투가 곧 끝난다 쳐도 쿨타임인 두 시간을 기다려야 한다.

그 뒤에 기다리고 있던 모험가 파티가 곧바로 전투를 끝낸다 쳐도 또다시 쿨타임인 두 시간을 기다려야 한다.

전투 시간을 고려하지 않아도 쿨타임만으로 적어도 네 시간은 기다려야 하는 셈이다.

그렇게 설명하자 곧장 페르와 드라 짱이 불만스러운 표정을 지었다.

스이는 금방은 싸우지 못한다는 사실을 알더니 살짝 실망한 눈치였다.

"어쩔까? 보스 방은 포기하고 다시 한번 이 층을 돌아볼까?"

『오랫동안 기다려야 한다면 그러는 게 좋겠지. 이 방에서도 이상한 기운은 안 느껴지니 말이다.』

페르가 그렇게 말하자 드라 짱이 제지했다.

『잠깐 기다려 봐, 이상한 기운은 안 느껴진다고 했는데 정말이야? 지금 한 번 더 돌아봤는데 또 아무것도 못 찾으면 헛걸음만 하는 거잖아. 게다가 다시 여기 줄을 서야 하고.』

『어이, 드라, 내 말을 못 믿겠다는 거냐?』

드라 짱의 말에 페르의 눈매가 날카로워졌다.

『그럴 만도 하잖아. 네가 그렇게 자신만만하게 큰소리를 쳐놓고 못 찾았으니 말이야.』

『그건 어쩌다 보니 그런 거라고 했을 텐데. 그럴 때도 있는 거다. 흥, 애초에 네 실력은 생각지 않고 남을 나무라려는 것이냐.』

『뭐가 어째?!』

드라 짱도 페르의 말에 울컥했다.

『사실이 아니냐. 결국은 나한테만 의존했으니. 할 수 있으면 직접 해 봐라.』

『큭, 나는 공격 전문이라고!』

『공격 역시 내 발치에도 못 미치지 않느냐.』

『이 자식, 발치에도 못 미치는지 어떤지 시험해 볼래? 언제든 상대해주겠어.』

가는 말이 고와야 오는 말이 곱다고, 페르와 드라 짱의 말다툼이 갈수록 심해졌다.

페르와 드라 짱 사이에 일촉즉발의 분위기가 흐르자 스이는 페르 쪽과 드라 짱 쪽을 왔다 갔다 하며 쩔쩔매고 있었다.

『페르도 드라 짱도 좀 진정해. 동료끼리 싸울 때가 아니잖아.』

염화로 페르와 드라 짱을 타일렀다.

『그치만 이 녀석이 실력 운운하면서 시비 걸잖아~.』

『그런 식으로 따지면 드라 너도 나를 의심하지 않았느냐.』

『의심은 무슨, 사실이잖아.』

『흥, 그렇다면 네 실력은 생각지 않는다는 나의 발언도 사실인 것으로 해두마.』

또다시 페르와 드라 짱 사이에 험악한 분위기가 흘렀다.

『이봐, 그만들 하라고. 동료잖아. 페르도 드라 짱도 말이 지나쳤어. 일단 둘 다 사과하고 화해하도록 해. 알겠어?』

그렇게 말하자 페르도 드라 짱도 『내가 어째서』라느니 『왜 내가』라면서 투덜대기 시작했다.

『아, 그래? 페르도 드라 짱도 그런 식으로 나오겠다 이거지? 그럼 나한테도 생각이 있어. 페르랑 드라 짱한테는 다음번에 밥 안 줘.』

『뭐라고?!』

『왜 그렇게 되는 건데!』

밥을 주지 않겠다고 선언하자 페르와 드라 짱이 초조해하기 시작했다.

『스이, 다음 식사 시간에는 둘이서만 맛있는 거 먹을까~?』

『맛있는 거 먹을 거야? 먹을래~.』

쩔쩔매던 스이를 품에 안으며 그렇게 말하자 스이도 즉시 태도를 바꿔서 신이 난 듯 대답했다.

『어이, 맛있는 걸 너희끼리 먹는 건 용납 못 한다!』

『그래, 맞아! 너희만 맛있는 걸 먹으려 하다니, 치사하잖아!!』

『그렇게 생각하면 서로 화해하면 되잖아.』

매정하게 말하자 페르와 드라 짱은 『끄으응』하고 신음했다.

하지만 그래도 밥을 굶는 건 싫은지 마지못해 서로에게 사과했다.

역시 먹보들한테는 밥을 굶기겠다는 말이 제일 잘 먹힌다니까.

『좋아, 이제 서로 뒤끝 없는 거다? 알겠지?』

『음.』

『그래.』

『좋아, 그럼 앞에 줄 서 있는 모험가들하고 교섭하고 올게.』

『교섭이라고?』

『그래. 페르도 안에 들어가야 이상한 점이 없는지 확실히 알 수 있을 것 아냐?』

『그야 안에 들어가 가까이서 확인하는 편이 확실하기는 할 테지만…….』

『드라 짱도 안에 들어가서 페르에게 확답을 들어야 납득할 테고.』

『그야 물론 그렇지만…….』

『뭐, 여기서 기다리고 있어 봐. 성공하면 절반만 기다려도 될 테니까. 교섭이 성공하도록 기도해 줘.』

"저기, 잠시 실례해도 될까요?"

우리 앞에서 기다리고 있던 모험가들에게 말을 붙였다.

"뭐야, 보다시피 곧 보스 방 안에서의 전투도 끝날 것 같으니 짧게 말해라."

"네. 그게, 갑자기 죄송하지만 안에 들어갈 때 말인데요……."

보스 방에서의 전투는 이쪽에서 책임지고 맡고 가고일도 전부 쓰러뜨리겠다는 취지와 가고일을 쓰러뜨리고 나온 드롭 아이템도 전부 양보할 테니 같이 보스 방에 들어가게 해줄 수 없겠냐고 제안해 보았다.

"전투는 그쪽에서 맡겠다고?"

"네."

"그리고 드롭 아이템은 전부 우리가 가지고?"

"네."

"아니아니, 이봐, 그렇게 일방적으로 좋기만 한 제안이 세상에 어디 있다고."

"아뇨, 사실 안에서 좀 확인하고 싶은 게 있거든요. 안에 같이 들어가게 해주신다면 이쪽은 이 조건대로 해도 전혀 상관없습니다."

"진짜로……? 삼산 기다려 봐, 동료들과 상의 좀 해볼 테니까."

아마도 나와 이야기했던 게 리더일 것이다.

파티 멤버(수인 남성과 여성이 한 명씩, 인간족 남성과 여성이 한 명씩 있다. 그리고 엘프 남성도 한 명 있었다)를 불러 수군수 군 이야기를 나누기 시작했다.

레벨이 올라 청력이 좋아진 귀를 기울이자…… "뭐 어때. 우리한테 나쁠 게 없는 얘기잖아" "저거 소문이 자자한 사역마를 데리고 다니는 S랭크 모험가 맞지? 유명해진 만큼 이상한 짓은 안 할 테니 괜찮지 않을까" "B랭크인 우리라면 못 해치울 일은 없겠지만, 가고일을 상대하려면 고생깨나 할 테니까. 체력도 온존할 수 있고 우리한테는 완전히 이득이니 거절할 이유가 없어" 등등의 말이 들려왔다.

분위기를 보아하니 거절당할 일은 없을 것 같네.

얼마쯤 지나 결론이 났는지 리더가 내 쪽으로 돌아왔다.

"전투는 그쪽이 맡고 드롭 아이템은 이쪽이 가지는 조건이라면 같이 들어가지."

"감사합니다!"

그 후, 마침 보스 방 안에서의 전투가 끝나서 쿨타임에 돌입했다.

약 두 시간 후──.

"오, 가고일이 납셨군. 같이 들어갈 거면 따라와."

"네. 페르, 드라 짱, 스이, 이 모험가분들과 함께 안에 들어가게 됐으니까 준비해."

그렇게 말을 걸자 바닥에 누워 있던 페르 일행이 척, 하고 일어섰다.

『전투는 이쪽이 맡기로 했으니까 안에 있는 가고일은 전부 쓰러뜨려줘.』

염화로 전투는 이쪽이 맡게 되었다고 전했다.

『응응 좋아~! 스이가 전부 해치울게~!』

갑자기 기운을 차린 스이가 폴짝 뛰어올라 페르의 머리 위에 척, 하고 착지했다.

『그럼 스이한테 맡길 테니까 놓치는 녀석이 없도록 조심해.』

『알았어~.』

『걱정 마. 내가 보고 있을 테니까 만에 하나 놓친다 해도 괜찮아.』

『드라 짱, 부탁 좀 할게.』

『나도 여차하면 대응하마.』

『그래. 페르도 부탁할게. 그리고 방 안에 이상한 점이 있는지도 잘 확인해 줘.』

『물론이다.』

뭐, 가고일에게 밀릴 일은 없을 테니 괜찮을 것 같지만 이번에는 처음 만난 모험가들도 같이 있으니까.

다치게 할 수는 없으니 신중에 신중을 기울여야지.

"좋아, 간다."

리더의 호령에 따라 멤버들이 일제히 안으로 들어갔다.

우리도 곧장 뒤를 따라 안으로 들어간다.

"그럼 잘 부탁한다."

"네."

우리 일행이 앞으로 나아갔다.

보스 방에는 30마리에 가까운 가고일들이 우글거리고 있었는데, 우리가 방 안으로 돌입하자 일제히 시선을 보냈다.

『스이.』

『네~에! 에잇!』

풋, 풋, 풋, 풋, 풋, 풋——.

스이가 촉수를 두 개 뻗어서 쌍권총처럼 양쪽으로 산탄을 연사했다.

30마리 가까이 있었던 가고일은 순식간에 처리됐다.

얼굴에 구멍이 뚫려 도미노처럼 차례로 쓰러진 것이다.

그 광경을 목격하고 놀란 모험가들의 입이 쩍 벌어졌다.

나도 깜짝 놀랐지만.

"스이, 언제 그런 걸 배운 거니……."

『에헤헤~ 굉장하지~?』

스이는 그렇게 말하며 약간 의기양양하게 푸들푸들 몸을 떨었다.

어쩌다가 스이가 전투 쪽으로 이렇게까지 성장한 걸까…….

『어이, 확실하게 알겠다. 이 방에는 이상한 점이 없다.』

『페르가 그렇게 단언할 정도면 그렇겠지. 그럼 한 바퀴 더 돌아볼까.』

『그래야겠네.』

방을 나서려고 발걸음을 돌리자 아직도 멍하니 움직이지 못하고 있는 모험가들이 보였다.

"저기, 용건은 끝났으니 이만 가보겠습니다. 감사합니다."

"그, 그래……."

말을 걸자 그제야 다시 움직이기 시작한 리더의 배웅을 받으며 우리 일행은 보스 방을 뒤로했다.

◇ ◇ ◇ ◇ ◇

또다시 20계층을 돌아다니던 중, 페르가 걸음을 멈췄다.

"왜 그래?"

『이 앞이, 신경 쓰이는군…….』

그렇게 말하며 페르가 코끝으로 우측 통로를 가리켰다.

10미터 정도 앞에 막다른 길이 있는 장소였다.

"하지만 막다른 길인데?"

『음. 하지만 그 막다른 길의 벽 뒤가 수상하다.』

페르의 말을 듣고 우리 일행은 그 막다른 길로 이동했다.

"이 뒤인가."

찰싹찰싹 벽을 두드려보았지만 튼튼해서 이 뒤에 무언가가 있을 거라는 생각은 도저히 들지 않았다.

『좋아, 내 마법으로 박살 내주지.』

드라 짱은 의기양양하게 그렇게 말했지만…….

지체 없이 페르가 『멍청한 것. 던전의 벽이 그리 쉽게 부서질 리가 없지 않느냐』라고 딴죽을 걸었다.

『그럼 어쩔 건데?』

부루퉁한 얼굴로 드라 짱이 페르에게 물었다.

『어딘가에 장치가 있을 거다.』

"장치라……. 그렇다면 바닥이나 벽에 있겠네."

다 같이 흩어져서 바닥을 밟아보거나 벽을 더듬어 보았지만, 그럴듯한 장치는 발견되지 않았다.

"이거다 싶은 게 안 보이네……."

『주인, 아무것도 없어~.』

스이도 열심히 촉수로 벽과 바닥을 더듬고 있지만 아무것도 발견하지 못했다.

"장치라는 게 꼭 가까운 곳에 있지는 않은 건가?"

페르는 막다른 길의 벽 건너편이 이상하다고 했는데, 이만큼 찾았는데도 안 보이는 걸 보면 장치 자체가 이 벽 근처에 없다는 뜻이 아닐까.

『……잠깐 기다려 봐. 아직 찾아보지 않은 곳이 있어.』

"뭐? 그게 어딘데, 드라 짱?"

이 근처에 있는 바닥과 벽은 다 같이 샅샅이 찾아보았다는 건 드라 짱도 알 텐데…….

『위쪽 말이야, 위쪽.』

그렇게 말하며 드라 짱이 짧은 팔로 천장을 가리켰다.

"천장? 아아, 확실히 천장까지는 조사하지 않았지. 하지만 천장 같은 데 장치가 있을까?"

『아니, 모를 일이다. 좌우간 여기는 던전이니까. 게다가 지금까지 알려지지 않았다고 하지 않았느냐. 그렇다면 더더욱 드라의 말대로 천장에 있을 가능성도 부정할 수 없다.』

페르가 그렇게 말했다.

듣고 보니 일리가 있다.

이곳, 20계층에는 그럭저럭 많은 수의 모험가가 들어와 있다.

그런 것치고 비밀방이 있다는 등의 이야기는 들은 적이 없고, 지도에도 그와 관련돼 있는 듯한 내용은 실려 있지 않다.

데미우르고스 님도 손을 댄 사람이 아무도 없기에 알려준 것일 테니까.

그렇다면 당연히 찾기 어려운 장소나 설마 그런 데 있을까 싶은 장소에 있을 가능성도 있다.

『뭐 어쨌든 확인해 볼게.』

그렇게 말하더니 날고 있던 드라 짱이 작은 손으로 천장을 더듬어 나갔다.

『응? 여기 뭔가 움직일 것 같은데? 영차…….』

드라 짱이 힘을 꾹 줘서 누르자 천장 부분에 있던 돌 하나가 밀려 들어갔다.

구구구~웅————.

막다른 길이었던 벽이 옆으로 이동해 새로운 통로가 나타났다.

"오오, 빙고! 드라 짱, 잘했어! 설마 천장에 장치가 있을 줄이야."

『후흐응, 내가 찾은 거라고!』

"그래그래, 잘했다니깐. 그럼 들어가 볼까."

우리 일행은 눈앞에 나타난 새로운 통로 안으로 들어갔다.

새로운 통로를 따라 30미터 정도 들어가자 넓은 공간이 나타 났다.

안을 들여다보니 이 층의 보스 방보다 넓지 않을까 싶은 방이 었다.

안에는 세 마리의 가고일이 서성이고 있었다.

그나저나 이 가고일들, 크기가 이상한데.

지금까지 봤던 가고일보다 두 배는 크지 않을까 싶은 크기였다.

『어이어이어이, 무슨 가고일이 저렇게 커?』

『평범한 가고일은 아닌 듯하군. 나도 저런 크기의 가고일은 처음 봤다.』

"드라 짱이랑 페르도 처음 보는 거야?"

『어엉. 저렇게 큰 가고일은 처음 봤어.』

『어쩌면 이 던전 고유의 가고일일지도 모르겠군.』

드라 짱이나 오래 산 페르조차도 처음 봤다니 상당히 희귀한 마물인 모양이다.

일단은 신중하게 진행하는 게 좋을 것 같네.

『커봐야 돌로 된 마물인걸. 지금까지 한 것처럼 스이가 해치울래!』

"엑, 잠깐기다려스이……."

공격 태세에 돌입한 스이를 말리려 했지만 한발 늦어서…….

『에잇!』

풋, 풋, 풋──.

큼직한 산탄이 연달아 발사되었다.

마치 로켓포가 얼굴에 명중한 듯, 가고일들은 얼굴에 큰 구멍
이 뚫린 채 천천히 쓰러졌다.

"스이……."

『순식간이었네.』

『음. 한순간에 끝났구나.』

『에헤헤~ 스이 강하지~? 훨씬 더 많~이 강해질 거야~.』

스이, 지금도 충분히 강하니까 너무 강해질 필요는 없어.

나는 힘을 추구하는 스이가 살짝 걱정되기 시작했다.

그리고 커다란 가고일이 사라지자 그 자리에는 네모나게 커팅
된 그럭저럭 큰 크기의 빨간색, 푸른색, 녹색의 보석이 떨어져 있
었다.

감정해 보니 빨간색은 루비, 푸른색은 사파이어, 녹색은 에메
랄드였다.

세 마리한테서 모두 보석이 나올 줄이야.

심지어 꽤 굵직한데?

약간 횡재한 기분으로 보석을 주워 나갔다.

『주인, 저거~.』

스이가 촉수로 가리킨 곳을 보자 벽 근처에 낡은 상자가 오도
카니 놓여 있었다.

"낡았지만 일단은 보물 상자란 거겠지……?"

『그렇겠지.』

『감정을 해봐도 보물 상자라고 나오는군. 함정도 없는 듯하니
열어 봐라.』

페르는 그렇게 말했지만 드랭 때도 그렇고, 에이블링 때도 그렇고 던전의 보물 상자 중에는 함정이 설치되어 있는 것이 많다.

신중에 신중을 기울이자…….

그런 생각을 하며 아이템 박스에서 오랜만에 스이가 만들어준 미스릴 창을 끄집어냈다.

창끝을 사용해 낡은 보물 상자를 열었다.

벌컥 열린 보물 상자를 머뭇거리며 들여다보자…….

"오오~ 금괴다."

『반짝반짝해~.』

『뭐야, 시시하게~.』

『마법구였다면 조금은 흥미가 동했을 텐데 말이다.』

너희들 먹을 것…… 아니, 고기 이외의 것일 때는 정말 반응이 시원찮구나.

하지만 말이야, 이미 사람이 들어온 적이 있는 계층에서 나온 보물치고는 상당히 좋은 편 같거든?

커다란 가고일한테서는 드롭 아이템으로 큼지막한 보석 세 개가 나온 데다 보물 상자에서는 금괴가 세 개나 나왔잖아.

『무사히 찾아낸 것 같군그래. 그곳은 굳이 말하자면 한 번만 갈 수 있는 보너스 스테이지 같은 것이네. 다음엔 어디에 나타날지 모를 일이니 말이야.』

갑자기 데미우르고스 님의 목소리가 들려오는 바람에 놀라서 비명을 지를 뻔했다.

그나저나 아하, 그런 물건이었구나.

보너스 스테이지라는 말답게 이것만으로도 한밑천 잡을 수 있을 것 같다.

모두 환금률이 좋은 것들이라는 점도 높이 평가할 수 있겠다.

"감사합니다, 데미우르고스 님. 다음 공물은 기대해주십시오. 신경 좀 써서 마련할 테니까요."

『헛, 헛, 헛, 기대하고 있겠네~.』

기대해주세요.

데미우르고스 님이 좋아하시는 일본주 카테고리의 랭킹 베스트 10 전체와 최근 마음에 들어 하셨던 매실주 중에서 랭킹 베스트 10에 든 것들을 싹 쓸어서 보내드릴 테니까요.

"그럼 처음 전이했던 곳으로 돌아갈까."

『음. 어서 30계층으로 가자.』

『여기서 바로 30계층으로 갈 수 있으면 좋을 텐데 말이야.』

"드라 짱 말도 이해는 되지만 그럴 수는 없어. 원리상 그렇게는 안 되는 것 같으니까. 뭐, 전이석이 있는 것만으로도 감지덕지라고 생각하자고."

『있지있지 주인, 다음 마물은 뭐가 나와~?』

"30계층의 마물이라, 좀 기다려 봐."

주머니에 넣어두었던 던전 지도를 확인해 보았다.

"어디 보자~ 30계층은 게이저라고 하는 커다란 눈알 마물이 나온대."

『게이저라. 또 고기도 나오지 않는 송사리군.』

게이저에도 페르의 의욕은 전혀 반응하지 않는 듯했다.

『에이~ 나도 그런 송사리는 됐어. 스이한테 맡길래.』

드라 짱도 됐다면서 스이에게 떠넘겼다.

"페르랑 드라 짱은 게이저를 보고 송사리라고 했지만, 상당히 강한 마물 아니야? 뭔가 상태 이상을 일으키고 광선으로 공격해 온다고 적혀 있는데."

『나에게는 송사리 이외의 그 무엇도 아니다. 애초에 상태 이상은 신의 가호가 있는 나에게 안 통하지 않느냐.』

앗, 그렇구나.

『맞아맞아. 게다가 그 녀석의 마법 광선 공격은 힘을 모아야 해서 피하기도 쉽다고.』

드라 짱의 그 말에 페르도 『음』이라면서 동의했는데, 그건 페르랑 드라 짱이라 할 수 있는 소리거든?

『주인, 괜찮아! 다음에도 스이가 힘낼게! 그러니까 빨리 가자~!』

"그래그래."

페르와 드라 짱이 귀찮아서 떠맡긴 일임에도 의욕을 불사르는 스이를 보고 나는 쓴웃음을 지을 수밖에 없었다.

우리 일행은 처음에 왔던 20계층의 전이방으로 돌아왔다.

"좋아, 다들 마법진 위에 올라왔지?"

마법진 한가운데에 우뚝 선 원기둥 중앙에 전이석을 가져다 댔다.

엘리베이터에 탔을 때와 같은 부유감이 느껴지는가 싶더니 던 전 입구 근처의 자연광이 들이치는 전이방으로 돌아와 있었다.

『주인, 빨리빨리~.』

"그래그래, 바로 할게."

재촉하는 스이를 달래며 마법진 중앙에 자리한 원기둥에 전이 석을 가져다 대고서 "30계층"이라고 말했다.

조금 전과 같은 부유감이 느껴진 후 20계층에 갈 때와 비슷한, 어두컴컴한 방으로 전이했다.

『좋아, 간다.』

페르의 호령을 신호 삼아 20계층에서 했던 것처럼 나와 스이는 페르에게 올라타고, 드라 짱은 날아서 그 옆에 자리를 잡은 상태 로 30계층 탐색에 나섰다.

30계층은 20계층과 비슷한 분위기로, 석벽에 둘러싸인 통로가 이어져 있었다.

조금 나아간 참에 페르가 말했다.

『온다.』

곧바로 전방에서 촉수를 나부끼며 허공에 떠 있는 거대한 눈알 마물, 게이저가 나타났다.

"저게 게이저구나. 기분 나쁘게도 생겼네~."

무의식적으로 눈살이 찌푸려질 만큼 징그럽게 생긴 마물이었다.

그 눈빛으로 사냥감을 마비시키거나 잠들게 하는 상태 이상을 유발시켜 움직일 수 없게 되면 광선으로 숨통을 끊는다고 한다.

정말이지 교활한 마물이었지만 감사하게도 우리 일행에게는 신의 가호가 있어서 상태 이상은 효과가 없다.

『간다~ 에잇!』

풋──.

"그아아아아악."

스이의 산탄이 눈알의 중심을 꿰뚫자 게이저가 단말마의 비명을 지른 후, 흐물흐물하게 녹아서 사라졌다.

"에엑…… 산을 뒤집어쓴 것도 아닌데 흐물흐물하게 녹아버린다고?"

『게이저는 그리 흔한 마물이 아니지만, 죽을 때는 저랬지.』

『맞아. 나도 전에 두 번 정도 싸운 적이 있는데 흐물흐물하게 녹아버렸어.』

오래 산 페르와 사실은 100살도 더 된 드리 짱이 그렇게 말했다.

"게이저는 겉모습도 징그럽지만 사라질 때는 더 징그럽네……."

식겁해서 뺨을 실룩거리고 있자 스이가 염화를 날려왔다.

『앗, 뭔가 나왔어~!』

스이가 잽싸게 드롭 아이템을 발견하고 페르의 머리에서 뛰어

내렸다.

『여기, 주인.』

돌아온 스이가 건네준 것은 표면이 반들반들하고 직경이 3센티미터 정도 되는 크기의 유리구슬 같은 녹색 돌이었다.

"이건 비취인가? 분명 게이저는 오닉스와 비취, 그리고 마석을 드롭한다고 지도에 적혀 있었던 것 같은데."

게이저는 마력이 풍부한 마물이라 B랭크 마물인데도 높은 확률로 마석을 드롭한다는 기록도 있었다.

오닉스와 비취와 마석이라.

비취는 분명 예쁘지만…….

"어쩔까? 30계층도 구석구석 돌아볼까?"

『상대는 송사리고 먹지도 못하는 그런 돌멩이에는 관심 없다.』

『나도~.』

『스이는 있지~ 풋, 풋 해서 잔뜩 해치울 수 있으면 괜찮아~.』

30계층쯤 되면 모험가의 숫자가 극단적으로 줄어든다는 모양이지만 그렇다고 없지는 않으니까.

모두의 실력을 생각하면 다른 모험가들과 마주치게 하기 보다는 아래층으로 내려가는 게 좋을지도 모르겠다.

"그럼 이 층은 최단거리로 통과하고 아래층으로 내려갈까."

『음, 그게 좋겠구나.』

『찬성.』

"그럼 페르, 부탁 좀 할게."

『알겠다.』

그런고로 페르의 유도에 따라 30계층을 최단거리로 질주했다.

참고로 중간에 맞닥뜨린 게이저는 모두 스이가 순식간에 처리했다.

일단 쓰러뜨린 드롭 아이템들은 기동성이 있는 드라 짱에게 주워달라고 부탁했다.

보스 방에 도착해보니 대기 중인 모험가도 없는 데다 안에는 게이저 여러 마리가 우글대고 있었다.

"기다리고 있는 모험가도 없으니 곧장 들어갈 수 있겠어. 어떻게 할까?"

『당연히 가야지. 스이, 한 놈도 놓치지 말고 쓰러뜨리거라.』

『응!』

보스 방에 발을 들인 순간——.

풋, 풋, 풋, 풋, 풋, 풋, 풋, 풋!

스이가 산탄을 빠르게 연사했다.

정확하게 날아간 산탄에 관통당한 게이저들이 차례로 단말마의 비명을 지르며 흐물흐물 녹아내렸다.

순식간에 승부가 났다.

『음, 제법 괜찮구나. 다음에도 이런 식으로 분발해라.』

『그러게, 스이도 갈수록 강해지고 있네. 뭐, 아직 나한테는 안 되지만 말이야. 뭐, 잘해 봐.』

『응, 스이 힘낼게~!』

페르와 드라 짱에게 칭찬을 받은 게 기쁜지 스이가 빠른 속도로 푸들푸들 진동했다.

페르도 드라 짱도 힘내라는 말을 너무 쉽게 하지 말라고.

스이가 갈수록 호전적으로 변하고 있잖아.

스이의 전투력이 쑥쑥 파워업하고 있어……(먼눈).

전투력이 폭발적으로 오르고 있는 스이를 복잡한 심정으로 바라보며 나는 게이저의 드롭 아이템을 줍기 시작했다.

그리고 우리 일행은 31계층으로 향했다.

◇ ◇ ◇ ◇ ◇

계단을 내려와 31계층에 도착한 우리가 가장 먼저 맞닥뜨린 마물은 스톤 골렘이었다.

그 스톤 골렘은 페르가 발톱 참격을 날려 순식간에 처리했다.

그러자 달걀 모양으로 커팅된 그럭저럭 큰 노란 보석이 나왔다. 감정해 보니 토파즈였다.

"토파즈래. 스톤 골렘한테서는 보석이 나오는구나. 꽤 굵직하니 값이 꽤 나갈지도 몰라."

『이 던전의 드롭 아이템은 죄다 반짝반짝 빛나는 돌들이로군. 송사리라도 고기가 나온다면 의욕이 생길 것 같건만…….』

내가 집어 든 토파즈를 들여다보며 페르가 투덜댔다.

"자자, 그런 소리 말라고. 더 아래로 내려가면 고기가 나오는 층이 있을지도 모르잖아."

『그렇다면 좋겠는데 말이다.』

그런 대화를 나누다 보니 툭탁, 돌을 두드리는 소리와 고함 소리가 들려왔다.

"이 소리는, 근처에서 전투 중인 건가?"

『음, 이 앞에 있는 방 안에서 싸우고 있는 것 같군.』

페르의 말을 듣고 방으로 다가가 슬그머니 안을 들여다보았다.

"하앗, 죽어라!"

터엉——.

커다란 메이스를 든 덩치 큰 남자가 스톤 골렘을 두들겨 팼다.

"관절을 칠 테니 머리를 박살 내!"

푸억——.

육중하고 튼튼해 보이는 대형 도끼를 든 덩치 큰 남자가 스톤 골렘의 무릎 관절을 베어 버렸다.

무릎 관절이 절단되자 스톤 골렘이 비틀거리며 쓰러진다.

"알겠어!"

"간다!"

"에잇!"

터엉, 퍼억——.

키는 작지만 거대 해머를 든 드워프와 워 해머를 든, 힘이 좋아 보이는 드워프 콤비가 스톤 골렘의 머리를 두들겨 패서 산산조각 을 냈다.

그리고…….

"오~ 이번에는 운이 따랐구만! 에메랄드와 마석이 나왔어!"

"좋았어~!"

"이래서 이 던전을 탐색하는 걸 그만둘 수가 없다니까!"

"이번에도 던전에서 나가면 맛있는 술을 마실 수 있겠구먼!"

남자들이 그런 소리를 저마다 입 밖에 내며 주먹을 마주쳤다.

그 모습을 지켜보다가 슬그머니 방을 뒤로했다.

……땀내가 물씬 풍기는 것 같은 파티였어.

뭐가 어찌 되었건, 그 광경을 보니 트리스탄 씨의 말이 떠올랐다.

31층에 나오는 스톤 골렘은 크기의 차이는 있어도 반드시 보석을 드롭한다고 했지.

마법 공격이 잘 안 먹히는 스톤 골렘은 물리 공격에 특화된, 실력 있는 상급 모험가 파티에게는 그야말로 보물이 팍팍 나오는 상성이 좋은 계층이라 그런 파티는 이 층을 주된 활동 장소로 삼고 있다는 소리를 했었다.

나한테도 '이 층의 보석들은 질이 좋으니 큼지막한 보석을 획득하면 꼭 본 길드에 팔아달라'고 손을 비비며 부탁했었지.

하지만 다들 보석에는 관심이 없어 보이니 원.

돈이 될 것 같기는 한데.

게다가 보석이라면 20층 비밀 방에서 얻은 걸로 충분하다고 할 것도 같고.

애초에 상대인 스톤 골렘을 송사리 취급하고 있기도 하고…….

조금 전의 땀내가 물씬 풍기는 것 같던 파티를 보고, 페르는 『스톤 골렘을 쓰러뜨린 정도로 저렇게까지 기뻐할 수 있다니, 행복한 녀석들이군』이라고 나직하게 중얼거렸고, 드라 짱도 『스톤 골렘은 별것도 아닌데 말이야』라고 중얼거릴 정도였으니까.

스이는 분명 잔뜩 쓰러뜨릴 수 있다면 좋다고 할 테고, 으음~.

일단 페르와 드라 짱에게 어떻게 할지 물어보니 예상한 대로 우선 전진하자고 했다.

그런고로 이곳도 최단거리로 지나치기로 했다.

최단거리로 보스 방으로 향하는 우리를 발견한 스톤 골렘이 쫓아올 때도 있었지만 3미터에 가까운 중량급 스톤 골렘이 페르와 드라 짱의 이동 속도를 따라올 수 있을 리가 없어서 낙오되었다.

때때로 우락부락한 모험가들이 스톤 골렘을 먼지 나도록 두들겨 패는 모습을 보고 쓴웃음을 지으며 우리는 31계층을 단숨에 질주했다.

보스 방에 도착해보니 기다리고 있는 모험가들도 없는 데다 보스 방 안에는 스톤 골렘 열 마리가 도사리고 있었다.

때는 지금이라는 생각에 그대로 들어가 보스전에 돌입했다.

당연히 의욕이 넘치는 스이가 골렘들과 맞섰다.

『스이, 스톤 골렘을 죽일 때는 참격이 제일이다. 네 물 마법에도 그런 게 있지 않았느냐. 스톤 골렘은 마법이 잘 안 먹힌다고들 하지만, 네 역량이라면 문제없다. 해봐라.』

『응, 알겠어~!』

페르의 지도에 따라 스이가 워터 커터 마법을 전개.

머리부터 세로로 반듯하게 절단되어 좌우로 갈라져 쓰러지는 스톤 골렘부터, 허리 즈음을 경계로 상체와 하체로 갈라져 앞뒤로 쓰러지는 스톤 골렘까지. 스이의 워터 커터가 스톤 골렘들을 차례로 쓰러뜨려 나갔다.

『페르 아저씨, 어때~?』

『음, 잘했다.』

『스이, 제법인데?』

『주인은 어떻게 생각해~?』

"어? 아, 괴, 굉장하네, 스이."

『에헤헤~ 스이 굉장하대~. 기뻐!』

……페르 씨, 일단 스이한테 전투 지도를 하지 말아주겠어?

페르를 노려보았지만 알아채지도 못해 답답할 따름이다.

표표하기만 한 페르를 살짝 떨떠름한 마음으로 쳐다보며 나는 드롭 아이템인 큼지막한 보석을 주워 나갔다.

32층에서 처음 마주친 건 스톤 골렘이었다.

쿵쿵, 발소리를 내며 우리에게 다가왔지만 스이가 손쉽게 해치웠다.

그 다음에는 둔탁한 은빛을 띤 골렘이 나타났다.

『저건 아이언 골렘이군. 약간 단단해서 성가시다.』

『하지만 열에 약하잖아. 물론 어지간한 고온이 아니면 소용이 없지만. 이런 식으로 말이야…….』

후오오오오오오──.

드라 짱의 입에서 유사 드래곤 브레스가 뿜어져 나왔다.

아이언 골렘의 머리가 맹렬한 불꽃에 휩싸였다.

그리고 드라 짱의 유사 드래곤 브레스가 잠잠해지자 그곳에는 고온의 불꽃으로 머리가 녹아버린 아이언 골렘이 힘없이 서 있었다.

직후, 머리를 잃은 아이언 골렘은 큰 소리를 내며 쓰러졌다.

『제법이군.』

『드라 짱, 멋있어~.』

『헷, 이 정도쯤이야.』

"드, 드라 짱……."

페르와 스이는 감탄하고 있지만 머리에 드래곤 브레스를 쏘다니, 살짝 식겁했다고…….

그러다 보니 쓰러진 아이언 골렘이 사라지기 시작했다.

"드롭 아이템이 있네."

탁한 은빛의 덩어리와 잿빛 돌멩이가 떨어져 있었다.

잿빛 돌멩이는 마석이겠지만 은색 덩어리는 철인가?

하지만 드롭 아이템이 평범한 철일 리는 없을 텐데.

『뭐야, 그거. 어째 색이 지저분해 보이는데.』

아이언 골렘을 쓰러뜨린 드라 짱은 드롭 아이템이 다소 불만스러운 얼굴이었다.

"자자, 드롭 아이템이니까 그럭저럭 가치가 있는 물건일 거야, 분명. 잠깐만 기다려 봐……."

드롭 아이템을 감정해 봤다.

【아이언 골렘의 조각】

마철(魔鐵)의 소재. 아이언 골렘의 조각을 소재로 만든 마철은 평범한 마철보다 가격이 높다.

아이언 골렘의 조각을 소재로 마철을 만든다라…….

그러고 보니 방주(아크)의 시그발드 씨가 가지고 있던 워해머가 마철제였지.

상당한 일품이라고 들었는데 마철 자체가 상당히 비싼 모양이니 이것도 그럭저럭 가치가 있을 거다.

감정 결과에도 '아이언 골렘의 조각을 소재로 만든 마철은 평범한 마철보다 가격이 높다'고 나와 있고.

『아이언 골렘의 조각이라고 나와 있군. 마철이라는 것의 소재가 되는 모양인데, 그럭저럭 값어치가 있는 모양이다.』

페르도 감정해 봤는지 감정 결과를 드라 짱에게 알려주고 있었다.

『호오~ 그럼 아주 쓸모가 없지는 않겠네. 좋아, 스톤 골렘은 스이가 해치워. 아이언 골렘은 내가 해치울 테니까.』

『알았어~. 돌로 된 마물은 스이가 해치울게~!』

그 이후, 아이언 골렘은 드라 짱이, 스톤 골렘은 스이가 맡아서 차례로 격파해 나갔다.

나는 당연히 드롭 아이템을 줍는 일에 전념했다.

골렘 같은 걸 상대할 수 있을 리가 없잖아, 하하.

이 층의 끝에 있던 보스 방에도 여유롭게 도달했다.

이 정도 층이 되면 모험가들의 수도 상당히 적어지는지, 중간에 딱 한 팀의 모험가 파티와 마주쳤는데 아이언 골렘과 스톤 골렘을 순식간에 처치하는 드라 짱과 스이를 보고 턱이 빠지지 않을까 걱정될 정도로 입을 쩍 벌리고 있어서 살짝 웃겼다.

그런고로 별다른 어려움 없이 보스 방에 도달했고, 보스 방에 있던 아이언 골렘과 스톤 골렘의 집단도 드라 짱과 스이 콤비가 불과 몇 분 만에 처리했다.

드롭 아이템을 회수한 후, 우리 일행은 33계층으로 이어진 계단을 내려갔다.

그리고 33계층.

33계층에 도달하자마자 아이언 골렘과 조우했다.

물론 드라 짱이 곧장 유사 드래곤 브레스를 쏴서 제거했다.

그 후부터는 아이언 골렘만 나와서 드라 짱의 독무대가 이어졌다.

후오오오, 후오오오, 입을 쩍 벌리고 겁화(劫火)와도 같은 유사 드래곤 브레스를 마구 뿜어댔다.

스이가 싸우지 못해 살짝 부루퉁해졌지만 마물과의 상성도 중요하니 어쩔 수 없잖니.

스이도 골렘을 못 쓰러뜨리지는 않겠지만 불 마법이 장기인 드라 짱에게 맡기는 편이 무난할 거다.

페르도 같은 의견인지 『다음 층부터 분발하면 되지 않느냐』라는 말을 스이에게 건네고 있었다.

나도 "다음 층에서는 부탁 좀 할게"라고 말했더니 다행스럽게도 스이의 기분이 그럭저럭 풀렸다.

그런 식으로 드라 짱이 선두에서 나타나는 아이언 골렘들을 차례로 처리하며 우리 일행은 별 탈 없이 유유히 33계층을 탐색했다.

　이제 보스 방만 남은 참에 이 층의 공로자이기도 한 드라 짱이 한마디를 했다.

『배고파~.』

　크나큰 진심이 담겼다는 게 실감되는 염화를 듣고 나도 쓴웃음을 지었다.

　그렇게 용을 썼으니 배가 고플 만도 하지.

『스이도 배고파~!』

『음, 나도다. 게다가 바깥은 다들 잠들 시간대다. 오늘은 여기까지 하자.』

　"그럼 오늘은 이쯤 해두고 보스전은 내일 하도록 하자. 페르, 이 근처에 세이프 에리어는 있어?"

『이쪽이다.』

　페르의 안내를 받아서 우리 일행은 근처에 있던 세이프 에리어 안으로 들어갔다.

　"나 참, 하여간 까다롭게 굴긴……."

　나는 불평을 하며 인터넷 슈퍼 화면을 들여다보고 있었다.

　만들어둔 걸로 때우려고 했더니 페르가『갓 만든 게 먹고 싶다. 다른 모험가도 없으니 만들어라』라고 말했다.

　확실히 세이프 에리어에는 우리밖에 없었다. 만들려면 시간이 좀 걸린다고 했지만 그래도 괜찮단다.

만들어둔 음식도 내 시간 정지 아이템 박스에 넣어둔 거니 갓 만든 것이나 다름없는데 페르는 『네가 만드는 걸 보고, 갓 만들어진 음식을 먹으면 또 맛이 다르다』라나 뭐라나.

스이도 『주인이 요리하는 모습 보는 거 좋아~』라고 하고.

뭐, 그건 조금 기뻤지만 말이야.

아무튼 제일 배가 고플 것 같은 드라 짱한테도 물어봤더니 드라 짱도 『요즘은 쌀밥을 많이 먹었으니까 아까 먹었던 것처럼 빵이 좋겠어』라고 주문까지 했다.

분명 지난번 식사 때는 볼로네제도그를 내놓았었지.

어쨌든 여차저차해서 요리를 하게 되고 말았다.

그것도 드라 짱이 주문한 빵에 어울리는 걸로.

그런고로 인터넷 슈퍼를 물색하기로 했다.

"음? 호오~ 오늘은 식빵이 할인 판매 중인가. 식빵……. 앗! 마침 잘됐다, 식빵을 써서 그걸 만들어 보자."

식빵을 사용한 유사 피로시키가 떠올랐다.

채소 믹스가 남았을 때 어떻게 써먹을까 하고 인터넷 검색을 하다가 만들어봤던 요리다.

던전 돼지와 던전 소의 저민 고기도 있으니 마침 잘 됐다.

의외로 간단하게 만들 수 있었던 데다, 바삭한 식빵과 그 안에 넣은 건더기도 볼륨감이 있어서 맛있었으니 이거라면 다들 만족해주지 않을까 싶다.

나는 있는 재료를 떠올리며 부족한 걸 카트에 담았다.

"좋아, 이 정도면 되려나."

그리고 아이템 박스에서 식재료와 마도 버너를 꺼내면 준비 OK.

우선은 양파를 다진다.

프라이팬에 기름을 두르고 다진 양파를 넣어 투명해질 때까지 볶는다.

양파가 투명해지면 던전 돼지와 던전 소의 저민 고기를 넣고, 고기가 살짝 익을 때까지 볶다가 냉동 상태의 채소 믹스를 투입.

여기서 과립 콩소메와 간장, 소금 후추를 넣고 전체가 골고루 섞이도록 볶아주면 안에 넣을 건더기가 완성된다.

건더기가 완성되면 그걸 감쌀 식빵의 끄트머리를 잘라내고 가볍게 밀대로 민다.

납작해진 식빵의 가장자리 1센티미터 정도를 남겨두고 가운데에 건더기를 얹고, 나머지 1센티미터 부분에 물에 녹인 밀가루를 발라둔다.

위에 덧씌울 또 한 장의 식빵도 가장자리에서 1센티미터쯤 떨어진 부분에, 물에 녹인 밀가루를 바르고서 건더기를 얹은 식빵 위에 덧씌운다.

그리고 물에 녹인 밀가루를 발라서 맞댄 가장자리를 포크로 눌러 붙여준다.

그런 다음에는 솔을 써서 식용유를 전체적으로 바르고 종이 호일을 깐 오븐팬에 얹어 오븐으로 구워 나가면 완성이다.

응, 아주 잘 됐어.

건더기는 전에 했을 때와 같은 맛으로 만들었지만, 케첩 맛이나 카레 맛도 맛있을 것 같네. 방금 생각난 거지만.

다음에 만들 기회가 있으면 꼭 해봐야지.

아차, 그건 둘째 치고 이번에 먹을 것부터 굽자.

오븐팬을 오븐에 넣고, 점화.

조금 지나자 빵이 구워지는 구수한 냄새가 풍기기 시작했다.

『어, 어이, 아직이냐? 아직 멀었느냐?』

『아~ 이 냄새 끝내주네에. 배고파~.』

『맛있는 냄새~. 빨리 먹고 싶어~.』

냄새를 맡은 페르, 드라 짱, 스이 트리오가 모여들었다.

"조금만 더 기다려."

아니, 그렇게 내 뒤에서 대기하고 있지 않아도 다 구워지면 준다니까.

조금만 더, 조금만 더………… 좋아, 이 정도면 됐으려나.

오븐을 열고 노릇노릇 맛있는 색으로 구워진 식빵 피로시키와 대면한 그 순간…….

"가, 달려!" "지금이다!" "서둘러!"라는 말소리와 함께 웬 사람들이 미끄러지듯이 세이프 에리어로 우다다다 달려왔다.

나도 너무 갑작스러워서 깜짝 놀랐지만 저쪽도 놀라서 이쪽을 멍한 얼굴로 보고 있었다.

나와 새로 들어온 모험가들이 동시에 굳어버렸다.

죄, 죄송합니다.

아니 뭐, 던전 안에서 버너를 꺼내 요리하는 광경을 봤으니 놀랄 만도 하지.

말 그대로 최악의 경우에는 살아서 나가지 못하는, 목숨이 왔다 갔다 하는 장소가 던전이니까.

그곳에서 태평하게 요리를 해서 먹는다?

새삼 생각해 보니 우리도 참 비상식적이었네…….

으으, 뭔가 죄송한 마음이 한가득이네요.

그런 상황에서도 분위기 파악을 할 생각이 없는 아무개 씨가 말했다.

『어이, 빨리 해라.』

페르가 재촉하는 소리를 듣고 화들짝 정신을 차렸다.

막 들어온 모험가들도 페르의 목소리를 듣고 정신을 차렸다.

일단 "안녕하세요"라고 말을 걸자 저쪽도 "그, 그래"라고 대답을 했다.

『어이, 빨리 좀 하라고~.』

이번에는 드라 짱이 염화로 재촉해왔다.

나 참, 다들 분위기 파악을 할 생각이 없구나.

뭐, 뭐어, 굶주린 동료들 배부터 채우는 게 우선이려나.

완성된 식빵 피로시키를 각자의 그릇에 듬뿍 담아 나갔다.

"여기 있어."

페르와 드라 짱과 스이의 눈앞에 그릇을 내려놓자, 굶주렸던 트리오는 게걸스럽게 식빵 피로시키에 달려들었다.

『맛있어~! 바삭하고 구수한 식빵 안에 고기가 듬뿍 들어서 맛있어! 지금이라면 얼마든지 먹을 수 있을 것 같아!』

드라 짱은 트리오 중 가장 소식가이기는 하지만(그래도 나의 세 배는 아무렇지도 않게 먹어치우지만) 본인의 말대로 그 작은 몸 어디에 들어가는 걸까, 싶을 만큼 아구아구 식빵 피로시키를 먹어치우고 있다.

『음, 고기 안에 든 작은 채소는 필요 없을 듯하지만, 이건 제법 맛있구나.』

페르는 자잘한 채소 믹스는 필요 없다고 했지만 그런 것치고는 와구와구 먹고 있다.

식빵을 두 장 붙여서 만든 식빵 피로시키 하나를 한 입에 넣고 우물거리면서 말한들 설득력이 없다고.

아니, 그보다 너무 빨리 먹잖아.

『맛있어~!』

스이는 늘 그렇듯, 이라고 해야 할지 평소처럼 왕성한 식욕으로 식빵 피로시키를 차례차례 몸 안으로 흡수하고 있다.

배가 고팠던 탓인지 다들 먹는 속도가 빠르네.

잔뜩 만들어둬서 이제 굽기만 하면 되니 상관없지만.

정신없이 먹는 동료들을 보고 나는 식빵 피로시키의 두 번째 판을 오븐으로 굽기 시작했다.

빵이 구워지는 구수한 냄새가 감돌기 시작하자 모험가 일행의 눈빛이 사정없이 꽂혔다.

아, 아니, 그쪽을 잊은 건 아니라고.

미안한 마음도 물론 있고.

하지만 페르 일행의 식사를 대충 내놓을 순 없잖아?

그랬다가는 시끄럽게 비난을 해댈 테고, 무엇보다도 이렇게 던전 안에서도 안전하게 있을 수 있는 건 페르랑 드라 짱이랑 스이 덕분이니 밥을 충분히 먹여둬야만 하거든.

어이쿠, 슬슬 다 됐겠네.

오븐에서 노릇노릇하게 구워진 식빵 피로시키를 꺼내자…….

꾸륵~──.

꾸르르르륵──.

꼬르륵 소리로 요란하게 합창을 하는 소리가 들려왔다.

그 소리의 발생원을 눈으로 좇다가, 모험가 파티와 눈이 마주쳤다.

"이, 이야아, 미안하게 됐어. 너무 맛있을 것 같은 냄새가 나서 말이야."

무척 개성적?으로 보이는 덩치 큰 모험가가 뺨을 벅벅 긁으며 거북한 투로 그렇게 말했다.

2미터는 될 듯한 큰 키에 통나무 같은 팔. 울끈불끈한 근육에 머리는 푸석푸석한 장발이고, 수염을 덥수룩하게 길렀다. 가죽 갑옷을 입고 대형 도끼를 든 그 모습은 모험가라기보다는 어딘가의 야만족이라 하는 편이 어울릴 듯했다.

덩치 큰 모험가의 말에 파티 멤버로 보이는 다른 모험가들도 거북한 듯이 시선을 피하며 "그러게 말이야"라고 중얼거렸다.

"아, 아뇨, 저희야말로 이런 데서 요리를 해서 죄송합니다."

"아냐, 그나저나 모험가 생활을 오래 한 나도 던전 안에서 그렇게 커다란 마도 버너를 꺼내서 요리하는 녀석은 처음 봤다고. 으하핫."

덩치 큰 남자는 그렇게 말하며 호쾌하게 웃었다.

"아니아니, 소문으로 듣긴 했잖아."

20대 중반쯤 되어 보이는 180센티미터 정도의 키에 검을 찬 미남형 모험가가 그렇게 말했다. 개의 귀와 복슬복슬한 꼬리를 지녔으며 눈꼬리가 올라간 날렵한 근육질 체형의 소유자다.

소문이라니, 무슨 소문?

신경 쓰이네.

"그게~ 당신은 펜리르와 작은 드래곤과 슬라임을 사역마로 삼은 S랭크 모험가인 무코다 씨가 맞으시죠?"

"네, 무코다입니다."

17, 18세 정도의 또랑또랑한 눈이 귀여운, 바가지 머리에 로브를 걸친 마법사로 보이는 여자애가 그렇게 묻기에 미소를 지은 채 답했다.

귀여운 애를 보면 자연스럽게 미소가 지어진다니깐.

금발에 또랑또랑한 푸른 눈은 프랑스 인형과 착각할 만큼 귀여웠지만 가슴이 빈약한 게 살짝 아쉬웠다.

"사역마를 데리고 다니는 모험가는 사역마에게 아까울 정도의 식사를 부지런히 만들어 바친다는 소문이 돌고 있었잖아, 여보."

덩치 큰 모험가를 팔꿈치로 찌르며 마치 운동선수처럼 키가 크고 근육질에 창을 든 미녀 모험가가 말했다. 나이는 20대 후반 정도로 보이고, 짙은 갈색 단발머리에 햇볕에 그을린 피부가 매력적이었다. 덩치 큰 모험가가 방금 기억났다는 듯이 "아아, 그러고 보니 그런 소문도 있었지"라고 고개를 끄덕이며 대꾸했다.

식사를 부지런히 만들어 바친다…… 그런 소문이 돌고 있었구나.

아니, 틀린 말은 아니지만, 틀린 말이 아니기는 하지만 말이야.

페르도 드라 짱도 스이도 먹을 것에 낚여서 내 사역마가 된 셈이라 그렇게 할 수밖에 없다고 해야 할지, 어쨌든 맛있는 걸 내놓아야만 한다고.

『어이, 추가 음식은 아직이냐.』

『나도 한 그릇 더!』

『스이도 더 먹을래!』

아차, 벌써 다 먹었구나.

나는 페르와 드라 짱과 스이의 그릇에 식빵 피로시키를 추가로 담아주었다.

"그나저나 맛있어 보이는구면~."

파티의 마지막 멤버이자 거대 해머를 짊어진, 수염이 덥수룩한 드워프 아저씨 모험가가 그렇게 말했다.

모험가 파티의 시선이 트리오의 그릇에 담긴 식빵 피로시키에 고정되어 있다.

『흥, 그렇게 먹고 싶은 듯이 쳐다봐도 안 줄 거다.』

"페, 페르!"

그런 소린 일일이 안 해도 된다고~ 나 참~.

"저, 저기, 별건 아니지만, 드실래요?"

미안하기도 했던 탓에 그렇게 묻자 다들 환한 미소로 고개를 끄덕였다.

◇ ◇ ◇ ◇ ◇ ◇

"이야~ 맛있구만."

덩치 큰 모험가, 알렉산드로프 씨(통칭 알렉 씨)가 네 번째 식빵 피로시키를 베어 물며 그렇게 말했다.

"잠깐 여보, 사양할 줄도 좀 알아야지! 무코다 씨, 저희 남편이 이렇게 눈치가 없어요~."

미녀 운동선수 같은 모험가 파티마 씨가 알렉 씨의 가슴을 두드리며 미안하다는 듯이 말했다.

파티마 씨의 '저희 남편'이라는 말을 통해 알 수 있듯, 그녀는 알렉 씨의 부인이다.

그 관계를 안 순간, 진심으로 알렉 씨의 얼굴을 보고 거시기나 잘려 버리라고 말하고 싶어졌다.

왜 이런 야만족 같은 사람한테 이렇게 예쁜 부인이 있는 건데…….

너무도 부조리한 것 같다.

"던전에서 이렇게 맛있는 걸 먹게 될 줄은 몰랐어."

개의 귀에 꼬리가 치켜 올라간 눈, 날렵한 근육질 체형의 미남 모험가 액셀이 세 번째 식빵 피로시키를 베어 물며 그렇게 말했다.

"아, 흘렸잖아."

그렇게 말하며 액셀의 가슴팍에 떨어진 부스러기를 떼어주거나 하며 바지런히 챙겨주고 있는 것은 바가지 머리에 또랑또랑한 눈을 지닌 귀여운 소녀 모험가 아델미라였다.

보기만 해도 알 수 있었다.

아델미라는 액셀에게 반했다는 걸 말이다.

역시 얼굴이냐? 얼굴이 중요한 거냐고?!

"여기에 술이 있으면 최고일 텐데 말이다, 으하하하하하핫."

술 하면 역시 드워프다.

그렇게 말한 것은 당연히 드워프 아저씨 모험가인 사무엘 씨였다.

이 다섯 명은 '펜타그램(오망성)'이라는 A랭크 모험가 파티로, 최근 2년 동안 이 도시를 거점으로 던전에 도전하고 있다고 한다.

"요전에 막 A랭크 파티가 됐거든. 이제 슬슬 도전해 봐도 괜찮겠다 싶었는데……."

이야기를 들어보니 아이언 골렘의 조각을 어떻게든 손에 넣고 싶어서 32, 33계층에 도전한 것이라고 한다.

듣자 하니 사무엘 씨의 애용 무기인 거대 해머는 아이언 골렘의 조각을 소재로 만든 마철제로, 평범한 마철제보다 단단하고 튼튼한 데다 마력도 잘 통해서 틈만 나면 자랑해 댔다고 한다. 특히 대형 도끼를 무기로 사용하는 알렉 씨와 바스타드 소드를 무기로 사용하는 액셀은 그 탁월한 성능 때문에 옆에서 보기만 해도 무척 탐이 났다는 모양이다.

그 사실은 다른 파티 멤버들도 알고 있었던 탓에 A랭크로 올라간 것을 계기로 도전해 보자는 이야기가 나왔다.

스톤 골렘을 상대하는 데는 문제가 없었고 여유롭게 쓰러뜨릴 때도 있으니, 아이언 골렘이 상대라도 지지는 않을 것이라고 멤버들은 예상했다고 한다.

무엇보다 아이언 골렘도 스톤 골렘처럼 움직임이 느리다는 사실을 알아내고는 여차하면 삼십육계 줄행랑으로 대처할 수 있다고 생각했다는 모양이다.

실제로 스톤 골렘과 아이언 골렘이 뒤섞여 나오는 32계층에서는 스톤 골렘뿐 아니라 아이언 골렘도 세 마리 쓰러뜨리고 문제없이 전진할 수 있었다.

그렇게 33계층에 발을 들인 것인데…….

"아이언 골렘이 동시에 서너 마리나 나타나지 뭐야, 미친 거 아니냐고."

"아무리 우리라도 서너 마리를 동시에 상대할 수는 없었거든."

액셀이 욕지거리를 하듯 투덜대자, 분한 투로 알렉 씨가 덧붙여 말했다.

그런고로 이 층에서는 도망치는 데 주력했다고 한다.

"나 참, 결국 손에 넣은 건 위층에서 잡은 세 마리에서 나온 아이언 골렘의 조각뿐이니 말이지. 이 정도로는 한참 모자라다고."

아이언 골렘의 조각으로 바스타드 소드를 새로 장만할 생각이었던 듯한 액셀이 불만스럽게 투덜댔다.

"뭐, 그렇게 툴툴대지 말라고. 위층에서 차근차근 모으면 그만이니까. 어때, 안 그래?"

마찬가지로 아이언 골렘의 조각으로 대형 도끼를 새로 장만할 생각이었던 듯한 알렉 씨가 자신을 설득하듯이 그렇게 대꾸했다.

"여보, 그건 그렇지만 그 전에 위층으로 돌아갈 수 있을지가 문제잖아."

"이 층은 지도에도 제대로 그려져 있지 않으니까요……."

파티마 씨와 아델미라가 그렇게 말하자 펜타그램 일동이 한숨을 내쉬었다.

듣자 하니 아이언 골렘과 술래잡기를 하느라 위층으로 가는 계단이 있는 장소로 좀처럼 돌아가지 못하고 있다는 듯했다.

체감상 이틀 내내 이 층을 헤맨 것 같다는데, 식량은 충분히 가져왔지만 피로가 걷잡을 수 없이 쌓이기 시작한 참이라고 한다.

"하지만 무코다 씨의 밥 덕분에 꽤 회복됐어. 정말로 고마워. 역시 따뜻하고 맛있는 밥을 먹으면 힘이 난다니까."

알렉 씨의 그 말에 펜타그램의 면면들이 동의하듯 저마다 감사 인사를 해왔다.

식사를 조금 나눠준 것뿐인데 도움이 되었다니 잘됐다 싶은 반면, 어라? 하고 의아한 부분도 있었다.

이곳은 분명…….

『저기, 페르. 여긴 이 층의 보스 방 근처였지?』

염화로 페르에게 확인하자 『음. 이 녀석들 완전히 반대 방향으로 왔군』이라는 답이 돌아왔다.

역시 그랬구나~.

말하기 껄끄럽지만 이건 알려주는 게 좋겠지이?

결심을 굳히고 펜타그램 사람들에게 이야기했다.

"저기, 그게, 말씀드리기 좀 그렇지만…… 여긴 보스 방 근처인데요."

내 말을 들은 일동의 눈이 휘둥그레지는가 싶더니, 어깨가 축 늘어졌다.

심정은 이해하지만, 힘내라는 말밖에 해줄 수가 없네.

안타깝게 됐습니다.

"그럼 이만, 신세 많이 졌어."

"아뇨아뇨, 저희도 이런저런 이야기를 해주셔서 큰 도움이 됐습니다."

"이쪽이야말로 정말 큰 도움을 받았지. 정말 고맙다! 우리는 앞으로도 당분간은 이 도시에 있을 테니, 무슨 일이 생기면 말하라고. 모험가 길드에 말을 남겨주면 바로 달려갈 테니까."

알렉 씨가 그렇게 말하자 펜타그램 멤버들은 고개를 끄덕이거나 "맞아" 하고 동의했다.

"그럼 또 보자고!"

펜타그램 멤버들은 세이프 에리어에서 한숨 잔 후, 감사 인사를 하고 떠나갔다.

페르에게 부탁해서 위층과 이어진 계단이 있는 원래 장소까지 가는 길은 어느 정도 설명해주었으니 괜찮기는 하겠지만.

이쪽도 여러모로 참고할 만한 이야기를 들을 수 있어서 큰 도움이 됐다.

우리보다 앞서서 탐색 중인 모험가 파티는 두 팀뿐이고 35계층을 탐색 중인 파티는 멤버 중 한 명이 부상을 당해서 지금은 지상으로 돌아가 있다고 한다.

알렉 씨는 "멤버 중 한 명이 팔 하나를 잃었는데, 앞으로 어떻게 하려나. 뭐, 그 팔을 잃은 녀석은 불쌍하지만 모험가에서 은퇴해야겠지. 그럼 남은 멤버들끼리 던전 탐색을 계속하거나 다른 멤버를 들이거나, 이번 일을 계기로 파티를 해산하는 수밖에 없겠지만 말이야"라고 했다.

그리고 현재 앞서간 파티는 이 던전의 최심층인 37계층에서 지금도 탐색 중이라고 한다.

듣자 하니 6인 파티 중 두 명이 S랭크고 나머지가 A랭크인 이 나라에서도 손꼽히는 실력파 파티라는 모양이다.

그리고 앞으로 아래층에 나올 마물에 관한 이야기도 들을 수 있었다.

물론 펜타그램 멤버들이 사전에 조사한 범위로 한정된 이야기였지만.

놀랍게도 이 아래층인 34계층에는 오거가 나온다고 한다.

레드 오거와 블루 오거 등, 색이 있는 특수 개체와 상위종인 오거 킹도 나온다는 모양이다.

그리고 35층도 마찬가지로 오거가 나오는데 34층에 비해 숫자가 급증한단다.

중요한 점은, 이 던전에 나오는 오거는 평범한 오거보다 월등하게 흉포하고 후각이 좋으며 사람 냄새에 민감해서 모험가를 귀신같이 찾아내 쫓아온다는 것이다.

액셀이 "원래부터 식인귀였으니까. 녀석들한테는 진수성찬을 먹을 더없이 좋은 기회니 놓치고 싶지 않겠지"라는 말을 덧붙였다.

35계층을 탐색 중이었던 파티의 멤버가 부상을 당한 것도 이 흉포한 오거에게 한쪽 팔을 먹혔기 때문이라고 한다.

페르에게 그 이야기를 했더니『흠, 흉포한 오거라. 게다가 오거 킹……』이라고 하며 씨익 웃었다. 조금은 의욕이 생긴 모양이다.

34층은 페르도 참가해 트리오가 모두 공격에 나설 것 같네.

그렇다면 수색에 속도가 더 붙어서, 데미우르고스 님이 말씀하신 문제의 최하층에 생각보다 빠르게 도착할지도…….

아이고, 머리야…….

아이언 골렘이 득시글거리던 33계층의 보스 방도 드라 짱이 후딱 격파해 버렸다.

셀 수 없을 만큼 많이 떨어진 아이언 골렘의 조각을 부지런히 주워 모은 후, 우리 일행은 34계층에 발을 디뎠다.

예상했던 대로 이 층부터 페르가 공격에 참가하겠단다.

『오거 킹이 나오면 내가 맡으마.』

그런 선언도 했다.

탐색을 시작한 우리는 오거들을 차례로 해치우며 순조롭게 나아갔다.

페르는 오거 킹이 좀처럼 나타나지 않자 불만스러운 투로『시시하군』이라고 했지만.

색이 있는 특수 개체 오거는 몇 마리 정도 나타났지만 그것도 드라 짱과 스이가 어렵지 않게 처리했다.

그나저나…….

"오거 놈들, 나를 노리지 않았어?"

『뭐, 놈들은 사람을 좋아하니 말이다.』

『그래, 식인귀잖아.』

"드랭 던전에도 오거는 있었지만, 드랭에서 본 것보다 많이 흉악하게 생겼던데."

『아까 이곳의 오거는 유난히 흉포하다고 하지 않았더냐.』

『맞아.』

알아, 알고는 있지만 페르도 드라 짱도 그렇게 별것 아니라는 듯이 말하지 말라고.

2미터도 더 되는 우락부락하고 거대한 오거가 군침을 질질 흘리면서 나만 쳐다보는 데다 무작정 달려오기까지 한다니까.

얼마나 무서운지 알아?

생각만 해도 몸이 부르르 떨린다.

『주인, 괜찮아? 주인은 반드시 스이가 지킬 테니까 걱정 마~!』

"스이, 고마워."

무심결에 스이에게 뺨을 비볐다.

그 후에는 스이가 선언한 대로 애써준 덕분에 거의 스이만의 힘으로 34계층을 돌파할 수 있었다.

오거가 드롭한 물건이 가죽과 마석뿐이라 살짝 넌더리가 나기는 했지만(오거 가죽은 뭔가 징그럽다고) 중간에 있던 방에서는 보물 상자도 발견해서 수확은 쏠쏠했다.

참고로 보물 상자에는 당연히 함정이 있었지만(열면 독화살이 튀어나오는 함정이었다) 감정 덕분에 여유롭게 대처할 수 있었다.

안에는 보석과 귀금속류가 많이 나오는 던전답게 중간 크기의 다이아몬드 펜던트 헤드와 귀걸이, 중간 크기의 루비 반지와 작지만 여러 가지 보석이 박힌 팔찌가 들어 있었다.

보스 방에는 레드 오거와 블루 오거, 그리고 그린 오거라는 특수 개체도 있었지만 스이의 산탄을 맞고 순식간에 쓰러져서 결국 얼마나 강한지도 확인하지 못하고 끝났다.

그리고 35계층.

펜타그램 멤버들에게 들었던 대로 오거들이 잔뜩 나왔다.

어디서 솟아나는 건지 35계층을 탐색하기 시작하자마자 우리의 앞길을 가로막듯 쉴 새 없이 와르르.

뭐, 페르와 드라 짱과 스이 트리오의 활약으로 그 많은 오거들도 순식간에 쓸려 나갔지만.

다들 눈에 띄는 순간 파박, 하고 해치워버렸지.

그럼에도 숫자가 많은 탓에 진행 속도는 확 떨어졌다.

"그나저나 숫자가 많네."

『흥, 숫자가 많다 해도 오거 정도는 아무것도 아니다. 오거 킹이라면 놀이 상대는 될 거라 생각했다만 나올 생각을 않는군.』

"그런 소리 말고, 일단 이 많은 오거들을 어떻게든 해야 아래로 내려갈 수 있잖아."

오거 킹이 좀처럼 나오지 않아 불평하는 페르를 달래고 있자 드라 짱이 염화를 날려 왔다.

『어이, 또 왔어!』

『스이가 해치울래~!』

『호오, 이번에도 많군.』

"자, 잠깐, 태평하게 '많군'이라는 소리나 할 때가 아니라고! 앞에도 뒤에도 온통 오거투성이잖아!"

전방에서도 후방에서도 수많은 오거들이 "그오오오" 하고 고함을 지르며 밀려들었다.

『진정해라. 우리가 오거 정도에게 어떻게 될 리가 있나. 드라와 스이는 전방에 있는 오거를 처치해라, 나는 후방의 오거를 쓸어버릴 테니.』

『어엉.』

『네~에.』

드라 짱과 스이는 통로 전방에서 오는 오거와 대치하고 페르는 후방에 있는 오거와 대치했다.

내가 그 사이에서 허둥대고 있자…….

촤아악──.

페르가 앞발을 내려침과 동시에 발톱 참격이 날아가 전열에 있던 오거들이 잘게 썰려 나갔다.

그럼에도 후방에 대기하고 있던 오거들이 이쪽으로 달려들었다.

페르가 두 번, 세 번 발톱 참격을 내지른다.

세 번의 공격이 이루어지고 나서야 모든 오거들이 쓰러졌다.

푸슉, 푸슉, 푸슉, 푸슉, 푸슉——.

드라 짱은 얼음 마법을 마구 쏴서 오거들을 차례로 격파해 나갔다.

풋, 풋, 풋, 풋, 풋, 풋——.

스이도 산탄을 연사해서 차례로 오거들을 처치해 나갔다.

오거가 일소된 자리에는 오거 가죽이 널려 있었다.

그리고 약간의 마석도.

우웩, 헛구역질이 났지만 이 층에는 주워가 줄 것 같은 모험가도 없으니 일단 주워서 아이템 박스에 넣을 수밖에.

그 후에도 수많은 오거들이 나타났지만 트리오가 모조리 해치워 나갔다.

그리고 드디어 도착한 보스 방.

안을 들여다보니 평범한 오거에 색이 있는 특수 개체, 그리고…….

"뭐야, 저건…….”

평범한 오거의 2배는 될 듯한 크기의 사납게 생긴 오거가 중앙에 떡 버티고 서 있었다.

『드디어 오거 킹이 납셨나. 저건 내가 처리한다.』

『나 원, 어쩔 수 없지. 그럼 다른 건 나랑 스이가 상대하자.』

『알았어~! 잔뜩 있네~. 스이, 잔뜩 해치울 거야~!』

역할 분담을 마치고 보스 방에 돌입.

……하기 직전에 페르가 갑자기 제지했다.

『그러고 보니 너, 이 던전에서는 아직 싸우지 않았지?』

"어? 뭐, 아직이긴 하지.”

『그럼 이쯤에서 조금은 몸을 풀어둬라.』

"뭐?"

『드라, 스이, 이 녀석용으로 오거 한 마리만 보내라. 색이 있는 녀석 말고 평범한 놈으로.』

『어엉, 알았어. 스이, 내가 알아서 할 테니까 너는 팍팍 쓰러뜨려.』

『응? 잘 모르겠지만 알았어~.』

『그럼 간다.』

"어? 잠깐, 한 마리 보내겠다니, 멋대로 정하지 말라고~!"

큰 소리로 항의했지만 페르 일행은 그대로 보스 방으로 돌입하고 말았다.

전방에는 흉악한 얼굴의 오거들이 우글대며 위협이라도 하듯 "그오오오"라느니 "그아아아" 하며 고함을 질러대고 있었다.

그리고 어째서인지 나까지 그런 오거와 강제로 전투를 치러야만 하게 되고 말았다.

식인귀인 데다 나를 보면 군침을 질질 흘리는 놈들이라고.

불안해 죽을 것 같다.

아차차, 무, 무기무기.

무기를 꺼내야 해.

맨손이라는 사실을 깨닫고 허겁지겁 스이 특제 미스릴 창을 꺼낸 뒤 엉거주춤한 자세로 겨누었다.

그러는 동안 오거들과 페르 트리오의 전투가 시작되었다.

하지만 전투라고 하기에는 거의 일방적인 싸움이었다.

페르는 오거 킹을 상대하겠다고 했었지만, 떡 버티고 선 오거 킹에게 번개 마법을 쾅, 하고 한 방 때려 넣자 승부가 나고 말았다.

번개 마법을 맞은 오거 킹은 그대로 몇 초 동안 꼼짝도 안 했지만, 잠시 후 천천히 뒤로 쓰러졌다고.

그 밖의 많은 오거들은 드라 짱과 스이가 각각 얼음 마법과 산탄으로 정확하고도 빠르게 처치하고 있었다.

이 정도면 나는 안 싸워도 되지 않을까?

필요 없지 않아?

그렇게 생각했지만 일이 내 마음대로만 되지는 않았다.

『어이! 그쪽으로 한 마리 갔어!』

머리에 드라 짱의 염화가 울린 것이다.

"그오오오오."

땅마저 뒤흔들 듯한 고함 소리와 함께 흉악하게 생긴 오거가 군침을 질질 흘리며 일직선으로 나에게 달려왔다.

"갸아악~!"

덤벼드는 오거를 보고 무심결에 비명을 질렀다.

도망치려 해 보았지만 다리가 굳어서 뜻대로 움직일 수가 없다.

"그오오오오."

오거가 고함을 지르며 먹잇감인 나를 붙잡으려 한다.

"히익……."

공포에 질린 나는 다리가 풀려 엉덩방아를 찧었다.

그 덕분에 오거의 손을 피할 수 있었다.

그리고 그렇게 생겨난 빈틈에, 나는 무아지경이 되어서 미스릴 창을 찔러 넣었다.

"이, 이 자식~!"

"끅, 끄악……."

오거의 움직임이 멈췄다.

쭈뼛거리면서 보니 창끝이 심장 근처를 관통하고 있었다.

기회는 지금뿐이라 생각한 나는 일어나서 허겁지겁 창을 콱콱 밀어 넣었다.

"그……아…………."

오거에게서 완전히 힘이 빠진 걸 확인하고 창을 빼자, 오거는 그대로 풀썩 쓰러졌다.

조금 지나자 그 오거도 사라졌다.

"후우우우~."

순식간에 긴장이 풀린 나는 그 자리에 무릎을 꿇은 채 한숨을 내쉬었다.

『오거 한 마리를 상대로 아주 꼴사납게도 싸우더군. 이전 던전에서는 그나마 좀 낫지 않았던가?』

페르가 살짝 어이가 없다는 얼굴로 그런 소리를 했다.

크윽, 그런 소릴 한들.

드랭과 에이블링에서 싸우고서 꽤 시간이 지나기도 했고, 요즘은 전투를 거의 안 했으니 어쩔 수 없잖아.

아닌 게 아니라 원래 전투 같은 거랑은 인연이 없었던 초짜인데 그렇게 금방 익숙해지겠냐고.

게다가 여기 오거들은 진짜 무섭다니까.

군침을 흘리던 그 얼굴이 꿈에 나올 정도라고.

『에이, 너무 그러지 말라고. 이 녀석의 전투력은 기대할 게 못 된다는 건 알고 있었잖아.』

『주인은 약해도 괜찮아~! 왜냐면 스이가 지킬 거니까!』

잠깐 드라 짱, 그 말은 좀 심한 것 같은데.

게다가 스이, 약하다고 하지 마.

사실이기는 하지만 자꾸 그러면 나 울어버린다?

하아, 역시 나는 전투에 소질이 없어…….

우리 일행은 36계층에 발을 디뎠다.

그와 동시에 멀리서 울음소리가 들려왔다.

그게 점차 가까워지고 있다.

"컹, 컹, 컹컹."

요란한 울음소리와 함께 모습을 드러낸 것은 한 마리 한 마리의 크기가 페르에 뒤지지 않을 만큼 큰, 도베르만을 거대하게 만든 것 같은 개들이었다.

"저게 블랙 도그인가……."

블랙 도그 무리가 눈앞으로 다가와 있었다.

펜타그램에게 블랙 도그에 관한 이야기도 듣기는 했다.

이야기를 하는 도중, 펜타그램 멤버들이 떨떠름한 표정을 지었던 게 인상에 남았다.

파티마 씨는 "이 던전도 참 악질적인 게, 거기서 블랙 도그가 나온단 말야"라고 했었다.

알렉 씨와 액셀의 말로는 스톤 골렘과 아이언 골렘은 강하지만 발이 느려서 여차하면 도망칠 수 있다고 한다.

다음에 나오는 오거들도 숫자가 불어나는 35층은 위험하지만 34층 정도에서는 어찌어찌 대응할 수 있고, 오거들의 움직임이 잽싸기는 해도 결국은 몸집이 커서 자신들이 더 재빨리 움직일 수 있으니 도망칠 수도 있다고도 했다.

하지만…….

""블랙 도그한테서 도망치는 건 무리야.""

두 사람은 입을 모아 그렇게 말했다.

이어서 아델미라가 "블랙 도그는 마법을 사용하니까요"라고 덧붙였다.

듣자 하니 바람 마법을 사용해 달리는 속도를 높이고 있다는 모양이다.

그리고 상위종은 울음소리로 상대를 일정 시간 동안 공황 상태로 만드는 수법도 사용한다고 한다.

"스톤 골렘에 아이언 골렘, 그리고 오거를 상대한 후에 블랙 도그와 맞닥뜨리면 체력이 남아나질 않지. 애초에 블랙 도그만큼 끈질긴 마물도 그리 많지 않을걸. 아무리 상처를 입어도 물러나질 않으니 말이야. 결국 저쪽이 죽거나 이쪽이 죽어야 결판이 나지."

장수 종족인 드워프, 사무엘 씨는 몇 번인가 블랙 도그와 싸운 적이 있는지 넌더리가 난다는 듯이 그런 소리를 했다.

그나저나 저쪽이 죽거나 이쪽이 죽어야 한다니…….

"괜찮겠어?"

펜타그램 멤버들에게 들은 몹시도 뒤숭숭한 정보 때문에 다소 석정이 되어 그렇게 물어 보았다.

『흥, 저런 개 따위에게 우리가 당할 것 같으냐.』

그렇게 말하더니 페르가 블랙 도그 무리를 향해 울부짖어 위협을 했다.

『아우우————우.』

페르의 울음소리에 블랙 도그 무리가 겁을 먹고 급정지한다.

하지만…….

"크릉~ 컹, 컹, 컹."

블랙 도그는 으르렁거리며 또다시 다가오기 시작했다.

『흥, 힘의 차이도 깨닫지 못하다니……. 이 녀석들은 역시 멍청한 개들이다.』

페르는 그렇게 말하더니 앞발을 내리쳤다.

촥──.

페르의 발톱 참격에 맞은 블랙 도그 무리가 순식간에 잘게 썰려 숨을 거뒀다.

블랙 도그의 시체가 사라진 자리에는 작은 마석이 남아 있었다.

"정말로 마석만 나오네."

이것도 펜타그램에게 들은 정보인데, 이 층은 성가신 블랙 도그가 주로 나오는데도 불구하고 드롭 아이템은 소량의 마석뿐이라고 한다.

애초에 블랙 도그의 소재는 가죽과 마석 정도뿐이라는 모양이다.

그 가죽도 다른 튼튼한 것들이 널리고 널린 탓에 그다지 좋은 물건이라 할 수는 없어서 블랙 도그는 모험가들이 싫어하는 마물 중에서도 다섯 손가락에 안에 들 것이라고 했다.

『드라, 스이, 개를 발견하면 모두 섬멸해라. 알겠느냐.』

『어엉, 나도 알아. 저 녀석들은 절대로 안 물러나잖아.』

『알았어~!』

"드라 짱, 말하는 걸 보니 전에도 몇 번 싸워봤나 봐?"

『그럼. 몇 번 싸워봤지. 끈질기게 따라붙어서 아주 귀찮아. 끈질긴 걸로 치면 요전에 싸웠던 원숭이랑 동급일걸.』

끈질긴 원숭이라면, 블랙 바분 말인가?

그것도 끈질겼지…….

생각만 해도 넌더리가 난다.

『개들은 제대로 상대해 봐야 시시하기만 하다. 최대한 빨리 아래층으로 간다.』

페르의 선언 이후, 우리 일행은 이 계층을 최대한 빨리 통과하기 위해 전진했다.

그런데…….

『아아, 진짜 짜증 나 죽겠네!』

푹, 푹, 푹, 푹, 푹, 푹——.

드라 짱의 얼음 마법이 블랙 도그 무리에게 쏟아졌다.

개라서 코가 좋은 블랙 도그는 쉴 새 없이 우리 앞에 나타났다.

『이번엔 스이가 해치울래~!』

풋, 풋, 풋, 풋, 풋, 풋——.

스이의 산탄에 관통당한 블랙 도그가 차례로 땅에 쓰러졌다.

주로 드라 짱과 스이가 싸우고, 가끔씩 페르도 참가해서 우리는 드디어 보스 방에 도착했다.

"그나저나 중간에 있던 방도 그냥 지나쳤는데 꽤 시간이 걸렸네."

『저것들은 쉴 새 없이 솟아나니 말이다. 슬슬 지겹군. 어서 이곳을 벗어나 아래로 내려가야겠다.』

『그러게. 슬슬 지겨워지기 시작했어.』

『스이는 잔뜩 싸울 수 있어서 재밌어~.』

페르와 드라 짱은 블랙 도그를 상대하는 게 지긋지긋해진 듯했지만 스이는 기운이 넘쳤다.

『그러냐. 그럼 이곳은 스이에게 맡기마. 마법을 다소 쓸 줄 아는 개의 상위종이 섞여 있는 것 같지만, 뭐 신의 가호가 있는 우리에게는 안 통할 테지.』

"상위종의 마법이라면, 울음소리로 일정 시간 동안 공황 상태에 빠뜨린다는 그거?"

『음. 그것도 있지만, 마찬가지로 울부짖어서 눈이 보이지 않게 만드는 것도 있지.』

어? 그 얘긴 못 들었는데.

『뭐, 이걸 할 수 있는 건 상위종에서도 일부뿐이지만, 저기 있는 놈은 할 수 있을 거다.』

보스 방에 있는 유달리 커다란 블랙 도그를 코끝으로 가리키며 페르가 그렇게 말했다.

"에엑, 괘, 괜찮은 거야?!"

눈을 안 보이게 한다니, 블랙 도그 앞에서는 한순간이라도 치명적인 빈틈이 되잖아.

『우리에게는 신의 가호가 있다. 상태 이상에는 안 걸리니 걱정 마라.』

"저, 정말이지? 스이한테 무슨 일이 생기면…… 가만, 스이?!"

나와 페르가 이야기하던 도중에 스이가 『간다~!』라면서 보스 방으로 돌격했다.

나는 허둥지둥 뒤따라 보스 방에 들어갔다.

그 후, 천천히 보스 방으로 들어온 페르와 드라 짱은 허둥대는 나를 보고 못 말리겠다는 듯이 고개를 가로저었다.

『나 참, 넌 무슨 걱정이 그렇게 많은 거야. 보라고, 스이가 저런 녀석한테 당할 리가 없잖아.』

드라 짱의 말을 듣고서 보니, 기운 넘치는 스이는 이미 전투를 개시한 상태였다.

상위종의 울부짖음에도 아랑곳 않고 『에잇, 에잇』하고 산탄을 마구 쏴대고 있다.

블랙 도그도 스이에게 접근하려고 기를 썼지만 모두 스이에게 격파당해 파고들 틈조차 잡질 못했다.

그리고 블랙 도그들은 불과 몇 분 만에 격퇴되어 결국 상위종 한 마리만 남았다.

자신을 제외하고 모두 다 쓰러지자 블랙 도그 상위종은 이를 드러낸 채 침을 흘리며 미친 듯이 분노를 표출했다.

"그르르르릉, 워우우우————울."

으르렁거리다가 울부짖더니 스이에게 돌진했다.

『이제 너만 남았어~. 스이가 쓰러뜨릴 거야~! 에잇!』

블랙 도그가 돌진해와도 스이는 섭벅시 않고 금직한 산단을 쏘았다.

풋——.

"아……."

스이의 산탄이 맞은 순간, 블랙 도그 상위종의 머리가 날아갔다.

이렇게 표현하는 게 맞을지 모르겠지만, 아무튼 맞은 순간 머리가 사라져 버렸다.

『됐다~! 스이 전부 해치웠어~!』

"스이⋯⋯."

『그러게 걱정하지 말라고 하지 않았느냐.』

『그러게 말이야.』

으으, 던전에 올 때마다 나의 귀여운 스이의 전투력이 위험할 정도로 오르고 있어⋯⋯.

나의 고뇌를 아는지 모르는지, 스이는 회수해 온 드롭 아이템인 마석을 의기양양하게 내밀었다.

칭찬해주길 바라는 듯한 스이를, 쓴웃음을 지은 채『스이, 정말 잘했어』라며 쓰다듬어주자 기쁜 듯이 푸들푸들 진동했다.

그리고 드디어 37계층.

현재 이 던전에서 가장 앞서가고 있는 파티가 이 계층에 있다는 모양이다.

이 나라에서 손꼽히는 실력파 파티라는데, 펜타그램 멤버들의 말로는 분명 실력은 있지만 콧대도 산처럼 높아서 그다지 호감이 안 간다는 듯했다.

콧대가 높다니, 귀찮을 것 같은 사람들이네.

뭐 이 층도 넓은 듯하니 마주칠 일은 아마 없겠지만.

그나저나…….

"들었던 대로 넓네."

사전에 펜타그램 멤버들에게 들었던 대로 지금까지 거쳐서 온 곳에 비해 폭도. 천장의 높이도 네다섯 배는 될 듯한 통로가 눈앞에 펼쳐져 있었다.

펜타그램 멤버들도 37계층은 좌우간 전체적으로 넓고, 통로도 이전 층과는 비교도 안 될 만큼 넓다는 정보까지는 얻었지만 그 이외의 정보는 알아내지 못했다고 했다.

나타나는 마물들에 관한 정보도 과거의 문헌을 조사해 봐도 자세히 나와 있는 게 없어서 앞서 가고 있는 그 파티에게도 물어봤다는데 '그런 중요한 정보를 간단히 알려줄 것 같아?'라면서 다들 입에 자물쇠를 채워버렸다는 모양이다.

"뭐가 나올지 모르니까 일단 긴장을……."

『알 수 있다.』

"응? 페르는 무슨 마물이 나올지 알 수 있는 거야?"

『음. 냄새로 알 수 있다. 저 녀석은…….』

"움모어어어어어어어어."

갑자기 울음소리가 울려 퍼졌다.

그 후 나타난 것은…….

"미노타우로스? 그런 것치고는 너무 크지 않아?!"

그 거대한 몸에 걸맞은 육중한 도끼를 든 거대한 미노타우로스가 이쪽을 향해 다가오고 있었다.

곧바로 감정해 보니…….

【기간트 미노타우로스】

미노타우로스의 대형종. S랭크 마물. 마블링 비율이 적절한 그
고기는 매우 맛있다.

『후하하하하핫. 드디어 고기를 내놓는 게 나타났나. 드라, 스
아, 녀석의 고기는 맛있다!』

그렇게 말하는 페르의 눈이 반짝…… 아니, 번뜩였다.

여, 역시 페르야.

기간트 미노타우로스가 맛있다는 걸 알고 있다니.

『뭐라고?! 맛있는 고기?! 좋았어! 고기다 고기, 고기를 내놔~!』

맛있는 고기라는 말을 듣자 드라 짱은 잔뜩 신이 났다.

『맛있는 고기~! 고기, 고기, 고기~♪』

스이도 맛있는 고기라는 말을 듣고 흥분했는지 고속으로 통통
튀어 올랐다.

『드라, 스이, 말 안 해도 알겠지?』

『물론이지.』

『응.』

어?

아니, 뭐가 '말 안 해도 알겠지'라는 건데?

『마구 사냥해라!』

『야호~!』

『고기~~~!』

맛있는 고기가 눈앞에 나타나자 신이 난 페르와 드라 짱과 스이는 기간트 미노타우로스에게 돌진했다.

그리고 모두의 공격을 일제히 받은 기간트 미노타우로스는 순식간에 쓰러졌다.

"에엑……."

고기를 위해서라지만 격렬하기 그지없는 동료들의 집중공격을 보고 나는 살짝 식겁했다.

『어이, 다음 고기가 왔다.』

『좋았어, 고기다~!』

『고기~.』

"아니, 고기라고 부르면 안 되지."

페르 일행에게 기간트 미노타우로스는 이제 고기로만 보이나 보다.

그리고 세 방향에서 쏟아진 집중포화로 인해 기간트 미노타우로스는 눈 깜짝할 새 쓰러졌다.

그 자리에는 커다란 고깃덩이와 어금니와 마석만 남았다.

고깃덩이를 본 순간, 페르 일행이 한층 더 흥분했다.

『오오~ 고기가 나왔다, 나왔다고!』

『고기, 고기, 고 · 기 · 이~ ♪』

『음, 맛있어 보이는 좋은 고기로군. 그나저나 모든 녀석이 고기

를 내놓는 게 아니라는 게 안타깝구나. 뭐, 아무튼 팍팍 사냥해서 고기를 회수하는 수밖에. 드라, 스이, 알겠느냐.』

『당연하지.』

『응.』

첫 번째 기간트 미노타우로스를 잡고 커다란 고깃덩이를 얻은 후, 페르의 선언대로 우리 일행은 기간트 미노타우로스 사냥에 나섰다.

하지만 페르가 좀 전에 말했듯이 모든 기간트 미노타우로스가 고기를 드롭하는 건 아니었다.

지금까지의 성과로 미루어 대략 2할에서 3할 정도 같다.

드롭되는 고깃덩이는 크지만 기다리고 기다렸던 고기인 데다 맛있다는 사실을 아는 탓에 우리 육식 애호가들은 멈추질 않았다.

지금까지 얻은 드롭 아이템인 고깃덩이도 두 자릿수가 되었지만 페르와 드라 짱, 스이는 아직 만족할 기미가 없었다.

그 후로도 우리 일행은 기간트 미노타우로스 사냥을 계속하다가, 모두가 '배고파'라고 합창을 해서 일시 중단했다.

페르의 체내 시계에 따르면 이제 슬슬 저녁 시간이라기에 근처에 있는 세이프 에리어에서 하루 묵기로 했다.

오늘 아침과 점심 모두 만들어둔 음식으로 대충 때운 탓에, 페르는 코끝으로 나를 툭툭 건드리며 『당연히 저녁은 조금 전에 얻은 고기일 테지?』라고 확답을 요구하는 정도가 아니라 협박을 해댔다. 따라서 저녁 메뉴에는 기간트 미노타우로스의 고기를 쓰기로 했다.

일단은 심플하게 고기의 맛을 가장 잘 알 수 있는 스테이크로. 처음에는 소금과 후추로만 간을 한 스테이크다.

마블링의 비율이 적절한, 두꺼운 붉은 고기가 구워지는 그 모습은 실로 압권이었다.

맛도 일품이라 페르와 드라 짱, 스이는 내놓는 족족 먹어치웠다.

결과적으로 어렵게 얻은 기간트 미노타우로스 고기도 절반 가까이 줄어들었다……

하지만 기간트 미노타우로스 고기에 맛을 들인 페르와 드라 짱, 스이는 다시금 기간트 미노타우로스 사냥에 대한 투지를 불사르고 있었다.

◇ ◇ ◇ ◇ ◇

하룻밤이 지나 우리는 다시 기간트 미노타우로스 사냥을 위해 출발했다.

『어제는 그다지 고기를 얻지 못했으니. 오늘은 잔뜩 손에 넣는다.』

『응! 오늘은 맛있는 고기 잔뜩 잡을 거야~!』

『뭐, 어제는 다 늦어서 이 층에 왔었으니까. 내일도 여기서 사냥해도 좋을 것 같아. 누가 뭐래도 맛있는 고기가 있잖아. 그럴 만한 가치는 있어.』

『음, 그 말도 일리는 있구나. 부족하면 내일까지 계속 사냥하는 것도 검토해 봐야겠군.』

기간트 미노타우로스의 고기가 얼마나 맛있는지를 깨달은 탓인지 다들 어제보다 더 의욕적이었다.

게다가 페르와 드라 짱은 양이 부족하면 내일도 계속 사냥하자고 아예 결정을 내려버린 것 같다.

뭐, 뭐어 딱히 상관은 없지만, 이렇게 되고 나니 기간트 미노타우로스가 좀 불쌍해졌다.

결국 고기라면 사족을 못 쓰는 페르 트리오가 사냥을 멈출 리가 없어서, 트리오는 오늘도 의욕을 불사르며 기간트 미노타우로스가 나오는 족족 쓰러뜨렸다.

중간에 방이 보이면 들어가서 닥치는 대로 기간트 미노타우로스를 쓰러뜨리며 나아가던 중, 전방에서 날붙이가 부딪히는 소리며 폭발음, 고함 소리가 들려왔다.

채앵, 팅——.

퍼억——.

"지금이야, 가라~!"

여섯 명의 모험가가 기간트 미노타우로스와 싸우고 있었다.

바스타드 소드를 치켜들고 기간트 미노타우로스에게 덤벼드는 덩치 큰 모험가.

날렵함을 무기 삼아 한손검으로 집요하게 다리를 노리는 마른 체구의 모험가.

대형 도끼를 무릎에 박아 넣는 덩치 큰 수인 모험가.

불 마법을 얼굴에 날리는 조금 성깔 있어 보이는 여성 모험가.

팔을 노리고 화살을 슉슉 차례로 날려대는 엘프 여성 모험가.

그리고…….

"테이머인가."

마지막 모험가는 페르와 비슷한 크기에 털이 붉은 호랑이를 조종해 맹렬하게 공격을 퍼붓고 있었다.

이게 펜타그램이 말한 이 나라에서 손꼽히는 실력파 모험가 파티일 거다.

실력파라는 평가답게 연계 공격이 훌륭했다.

『어이, 뭘 멍하니 있는 거냐? 잘 잡고 있지 않으면 떨어진다.』

실력파 모험가 파티의 전투에 눈길을 빼앗겨 페르를 붙잡고 있던 손의 힘이 풀렸던 모양이다.

"미안, 미안."

그렇게 말하며 다시 꽉 잡았다.

페르가 알아채고 알려주어서 망정이지, 그대로 있었다면 떨어졌겠지.

큰일 날 뻔했네.

『빨리 가자. 우리의 고기가 기다리고 있잖아.』

드라 짱, 우리의 고기라니…….

나 참.

"하아, 알겠어. 그럼 방해가 되지 않게 옆으로 지나가자. 스이도 손대면 안 된다?"

『알았어~.』

콧대가 높아서 살짝 귀찮을 것 같은 사람들이기도 하고, 굳이 얽힐 필요도 없으니 잽싸게 그 자리를 뜨기로 했다.

우리 일행은 방해가 되지 않도록 옆으로 잽싸게 빠져나갔다.

그럼에도 알아챈 실력파 모험가 파티 멤버들의 눈이 잠시 휘둥 그레지기는 했지만.

옆으로 지나쳐 앞으로 나아가려던 그때…….

팍──.

"어?"

화살이 발치에 떨어져 있었다.

"빗나간 화살인가?"

히엑~.

전투 중인 곳을 지나치다 보면 가끔은 이런 일도 일어나는 걸까.

"큰일 날 뻔했네~. 던전에 들어오기 전에 페르에게 결계를 쳐 달라고 하길 잘했어."

난관 던전이기도 하니 만약을 위해 페르에게 부탁해 모두에게 결계를 쳐달라고 한 보람이 있었다.

"고마워, 페르. 어라, 왜 그래?"

페르가 이유는 모르겠지만 눈살을 찌푸린 채 전투 중인 실력파 모험가 파티 멤버들을 노려보고 있었다.

"뭐야, 빗나간 화살이잖아? 전투 중이니까 그럴 수도 있지, 뭐. 너무 노려보지 마."

『하아, 이래서 머릿속이 꽃밭인 녀석은 안 된다니까…….』

"머릿속이 꽃밭이라니, 무슨 소리야, 드라 짱."

『드라, 이 녀석이 그런 걸 민감하게 알아채길 바란들 무리다.』

"그게 무슨 소리냐니까. 무슨 일인지 말을 해야 알 것 아냐."

나 참, 페르랑 드라 짱은 무슨 뜬금없는 소리를 하는 거람.

『있지있지, 얼른 고기 잡으러 가자~.』

『음, 그게 좋겠군. 이런 데서 시간을 낭비할 수야 없지.』

『맞아. 고기다, 고기~.』

재촉하는 스이의 목소리에 우리 일행은 다시 기간트 미노타우로스를 찾아 전진하기 시작했다.

~side 모험가 파티~

무코다 일행이 떠나고서 얼마쯤 지나 전투가 종료되었다.

실력파 모험가 파티의 승리다.

괜히 실력파라 불리는 게 아니었다.

"하아, 피곤해애~."

성깔 있어 보이는 여성 모험가가 그런 말과 함께 주저앉으며 바스타드 소드를 든 덩치 큰 모험가를 째려보았다.

"그나저나 리더, 어떻게 된 거야?! 우리가 이 던전에서 제일 앞서가고 있는 거 아니었어?!"

"나도 그 부분이 궁금한데."

대형 도끼를 든 덩치 큰 수인 모험가도 그렇게 말을 이었다.

"내가 어떻게 알아! 하지만 저 녀석이 누구인지는 짐작이 가."

바스타드 소드를 든 리더가 벌레라도 씹은 듯한 얼굴로 그렇게 대꾸했다.

"누군데?"

"펜리르를 데리고 다니는 S랭크 테이머……. 얼마 전부터 이 던전에 온다는 소문이 돌았잖아."

테이머 남자가 털이 붉은 호랑이의 머리를 쓰다듬으며 그렇게 말했다.

"칫, 짜증 나게 갑자기 툭 튀어나온 테이머 따위가 우리의 영광을 뺏어가려 하다니! 애초에 말이야, 다들 펜리르만 보고 굽실거리고 굉장하다면서 난리를 쳐대고 있지만, 실제로 실력을 본 녀석은 아무도 없잖아? 좌우간 얼마 전까지 펜리르는 책에서나 볼 수 있는 존재였고 실물을 본 건 한 사람도 없었으니까. 과대평가라고!"

한손검을 든 마른 체구의 모험가가 짜증스럽게 얼굴을 찌푸리며 말했다.

"화가 나는 건 나도 마찬가지야. 다 같이 고생해가면서 여기까지 왔으니까, 그런데……. 그래서 금칙 사항인 걸 알고도 지시한 거야, 리더로서. 전투 도중에는 얼마든지 둘러댈 수 있으니까."

"죽을 정도는 아니지만 치명상을 노리고 어깨를 쐈어. 그 정도면 설령 상급 포션을 가지고 있어도 머리가 돌아가는 모험가라면 지상으로 돌아갈 테니까. 그런데 막혔어. 그 녀석, 무슨 마도구 같은 걸로 몸을 보호하고 있어."

여자 엘프 모험가가 그렇게 말하며 분한 듯 입술을 꽉 깨물었다.

"뭐야, 마법이 부여된 잘난 엘프의 활도 안 통한다는 거야?"

성깔 있어 보이는 여자 모험가가 비아냥거리자 여자 엘프 모험가는 그녀를 째려보며 반박했다.

"그러면 네 특기인 불 마법이라도 한 방 먹여주지 그랬어?"

"하, 죽여도 된다면 진작 날렸지."

"그만. 동료들끼리 말다툼을 해봐야 달라질 건 없어. 어쨌든, 이 던전을 최초로 답파할 팀은 우리다. 그것만은 무슨 일이 있어도 양보 못 해. 무슨 일이 있어도 말이야. ……다들 알겠지?"

리더가 그렇게 말하자 다른 멤버들이 진지한 얼굴로 고개를 끄덕였다.

◇ ◇ ◇ ◇ ◇

나…… 아니, 페르와 드라 짱, 스이는 기간트 미노타우로스 사냥에 열을 올렸다.

기간트 미노타우로스를 발견하는 족족 사냥하기를 반복하다 보니 드롭 아이템인 고깃덩이도 상당히 많이 쌓였다.

뭐, 페르와 드라 짱, 스이가 만족할 만한 양에는 아직 도달하지 못한 모양이었지만.

페르는 『또 언제 손에 넣을 수 있을지 모르니까』라면서 좌우간 사냥할 수 있는 만큼 최대한 사냥하고 갈 생각인 듯했다.

드라 짱과 스이도 그 말에 동의하는지 나 같이 열심히 기간트 미노타우로스 사냥에 힘썼다.

『에이~ 또 고기 없는 놈이야……?』

쓰러뜨린 기간트 미노타우로스가 드롭 아이템으로 가죽과 메이스, 마석만 내놓자 드라 짱이 실망한 투로 말했다.

『스이도 고기 안 나왔어~.』

스이가 쓰러뜨린 기간트 미노타우로스의 드롭 아이템에도 고기는 없고 뿔과 가죽, 마석뿐이라 풀이 죽은 눈치였다.

『큭…… 나도 마찬가지다.』

페르에 이르러서는 가죽과 마석만 드롭되어 떨떠름한 표정을 짓고 있었다.

"아까 쓰러뜨렸을 때는 고기가 나왔으니 됐잖아."

드롭 아이템을 주으며 그렇게 말했지만 역시 모든 개체한테서 고기가 나오지 않는다는 게 답답한 모양이다.

『칫, 쓰러뜨릴 때마다 고기가 나오면 좋을 텐데.』

『스이도 그렇게 생각해. 전부 맛있는 고기가 나오면 좋을 텐데~.』

『나도 그렇게 생각하지만, 이것도 던전의 섭리다. 어쩔 수 없지. 다음으로 넘어가자.』

나를 내버려 두고 다음 기간트 미노타우로스를 사냥하러 가려하는 페르를 향해 허겁지겁 소리쳤다.

"앗, 잠깐잠깐! 나 태우고 가야지~!"

『아아 정말이지, 빨리 타라!』

이런 데서 낙오되고 싶지는 않아서 황급히 페르의 등에 기어 올라갔다.

"나 참, 고기를 확보하고 싶은 마음은 알겠지만 날 두고 가면 어떡해. 여기 두고 가면 난 무조건 죽는다고!"

저런 덩치를 상대하는 건 진짜 무리라고, 아하하.

죽는 미래밖에 안 보여.

『하아……. 너란 녀석은…….』

『그거, 당당하게 할 말은 아니지 않아~?』

큭, 왜 그렇게 어이가 없다는 투로들 말하는 건데.

나는 사실을 말한 것뿐이라고.

『주인은 스이가 지킬 테니까 괜찮아~.』

스이…….

내 마음의 안식처는 스이뿐이야.

◇ ◇ ◇ ◇ ◇

무적 트리오인 페르와 드라 짱, 스이가 마치 반복 작업을 하듯 기간트 미노타우로스를 처치하는 가운데 나는 드롭 아이템 회수에 전념했다.

그리고 고기를 찾아 기간트 미노타우로스를 마구 사냥하는 무적 트리오의 앞에 다음 사냥감이 나타났다.

긴 통로 끝을 어슬렁거리고 있는 기간트 미노타우로스는 아직 이쪽을 알아채지 못한 듯했다.

『네 마리인가. 고기가 나오면 좋겠군.』

『그러게.』

『고기 나와라~.』

무적 트리오는 한가하게 그런 소리나 주고받고 있다.

『흠……. 알아챘느냐, 드라여.』

『어엉. 뒤에서 오고 있는 놈들 말이지? 살기가 노골적으로 흘러나오고 있는데.』

『저놈들, 우리가 사냥을 하는 동안 이 녀석을 죽이기라도 하려는 것일 테지. 교활하지만 멍청하기 그지없는 놈들이로군.』

『뭐, 어차피 사냥은 순식간에 끝날 테니까 그다음에 한 방 먹여주면 되잖아. 게다가 어차피 무슨 일이 생겨도 페르의 결계가 있으니까 괜찮지 않아?』

『음. 이 녀석에게는 특히 튼튼한 결계를 걸어뒀다. 드래곤 브레스도 막을 정도의 강도지.』

『하핫, 걱정도 많네.』

『난관이라 불리는 던전이라고 하니 말이다. 신중에 신중을 기한 것뿐이다. 맛있는 밥을 못 먹게 되는 건 싫으니까.』

『하긴 그래.』

『그나저나 드라여, 교활한 멍청이들에게 굳이 우리가 직접 손을 댈 필요는 없다. 그런 인간놈들에게는 압도적인 힘의 차이를 보여주는 게 제일이지. 마물과 달리 인간은 조금이나마 지혜가 있으니 말이다. 다행히도 절대로 이기지 못할 상대라는 것 정도는 간파할 수 있지.』

『압도적인 힘의 차이를 보여줘서 녀석들의 마음을 꺾자 이거야? 새삼스럽지만 잔인하기도 하네. 흐하하. 뭐, 재미있을 것 같지만.』

『크크크, 다 자업자득이다.』

잘은 모르겠지만 페르와 드라 짱이 엄청 사악한 표정을 짓고 있네…….

"저기, 페르랑 드라. 뭔가 표정이 사악해졌어. 가끔씩 그러던데 나 빼고 직접 염화로 대화하고 있는 거야? 나도 끼워줘. 너희끼리 그러고 있으면 무슨 얘길 하고 있는가 싶어서 불안해진다고, 나 참."

『신경 쓰지 마라. 하잘것없는 이야기다.』

『맞아맞아.』

그런 대화를 나누던 중, 드디어 우리 일행의 존재를 알아챈 기간트 미노타우로스 중 한 마리가 고함을 질렀다.

"훔모어어어어어어어."

그 고함소리를 들은 다른 기간트 미노타우로스들도 우리 일행을 쳐다보았다.

쿵쿵 소리를 내며 네 마리의 기간트 미노타우로스가 이쪽으로 다가왔다.

"이, 이봐, 이쪽으로 오고 있어!"

네 마리의 기간트 미노타우로스가 밀려드는 박력에 기겁해서 내가 소리쳤지만 페르와 드라 짱과 스이, 무적 트리오는 초조한 낌새는 전혀 보이지 않고 여유롭게 기다리고 있었다.

『……그렇게 된 거다. 드라, 스이, 저 고기들은 일격에 쓰러뜨려라. 압도적인 힘의 차이라는 걸 보여주는 거다.』

『흐하핫, 알겠어!』

『잘은 모르겠지만 풋 해서 쓰러뜨리면 되는 거지? 스이, 잘 할게~!』

"흠머어어어어어어어."

요란한 기간트 미노타우로스의 고함 소리와 함께 양측 진영이 부딪혔다.

풋——.

스이는 대포인가 싶을 정도의 산탄을 기간트 미노타우로스의 가슴에 맞춰 바람구멍을 뚫었다.

푹——.

드라 짱은 극대 크기의 뾰족한 얼음 기둥을 머리 위에서 떨어뜨려 기간트 미노타우로스를 꿰었다.

후웅——.

페르의 시선 끝에 있던 두 마리의 기간트 미노타우로스를 에워싸듯이 한 줄기 바람이 불었다.

그리고 다음 순간, 수평으로 썰린 기간트 미노타우로스가 철퍽, 하고 무너져 내렸다.

불과 몇 초 만에 결판이 났다.

"정말 터무니없이 강하구나, 너희."

새삼스럽지만 트리오의 일격필살의 공격을 보고 나는 그런 생각을 했다.

~side 모험가 파티~

여섯 명의 모험가는 새파랗게 질린 얼굴을 한 채 필사적으로 달렸다.

중간에 기간트 미노타우로스와 마주쳤지만 그야말로 한눈도 안 팔고 도망쳤다.

S랭크 테이머…… 아니, 그 사역마들로부터 도망치듯이.

달리고 달려서 거리가 상당히 벌어졌다는 확신이 들고서야 근처에 있던 세이프 에리어로 도망쳤다.

"뭐, 뭐야, 저거!"

이 나라에서도 손꼽히는 실력파 모험가 파티의 멤버 중 한 명인 성깔 있어 보이는 여성 모험가가 신경질적으로 외쳤다.

"기간트 미노타우로스를 일격에……. 괴물이잖아……."

여자 엘프 모험가가 파랗게 질린 얼굴로 중얼거렸다.

"저런 걸 무슨 수로 이겨! 펜리르도 별것 아닐 거라고 큰소리치더니!"

성깔 있어 보이는 여성 모험가가 펜리르의 실력을 의심하던 한손검을 든 마른 체구의 모험가에게 신경질적으로 소리치며 덤벼들었다.

"내가 언제 별것 아닐 거라고 했어! 과대평가일 거라고만 했지!"

마른 체구의 모험가도 파랗게 질린 얼굴로 그렇게 대꾸했다.

"……그 펜리르, 전혀 움직이지 않았어."

그렇게 말한 성깔 있어 보이는 여성 모험가는 마법을 다룰 줄 아는 만큼 펜리르의 실력이 얼마나 엄청난지 실감할 수 있었고, 그 때문에 벌벌 떨고 있었다.

"그게 뭐 어쨌다고?"

대형 도끼를 든 덩치 큰 수인 모험가가 눈살을 찌푸리며 그렇게 묻는다.

"미동도 하지 않고 그만한 위력의 마법을 쓸 수 있다는 소리야! 그 작은 드래곤도 마찬가지고! 그런 위력의 얼음 마법은 본 적도 없어!"

공포에 질린 얼굴을 한 채, 성깔 있어 보이는 여성 모험가가 또다시 신경질적으로 외쳤다.

"펜리르랑 드래곤만이 아니야, 그 슬라임도 심상치 않았어."

얼굴이 새파랗게 질린 테이머가 심각한 표정으로 그렇게 말했다.

그 테이머의 사역마인 털이 붉은 호랑이는 압도적인 힘을 내뿜는 펜리르와 드래곤, 슬라임의 영향인지 불안한 듯이 세이프 에리어 안을 어슬렁어슬렁 돌아다녔다.

"그래, 그 슬라임도 이상해. 슬라임은 송사리 중에서도 송사리 잖아……."

슬라임의 공격이 떠올랐는지 여자 엘프 모험가가 벌벌 떨며 그렇게 말을 이었다.

"저쪽에서는 안 보였을 텐데 공격이 끝난 후, 펜리르 녀석은 우리가 있는 쪽을 쳐다봤어……."

여태 침묵하고 있던 이 파티의 리더인 덩치 큰 모험가가 눈살을 찌푸리며 나직하게 말했다.

분명 리더의 말이 맞았다.

탐색 중에 S랭크 테이머와 다시 마주쳤다.

먼저 알아챈 건 이쪽이었고, 저쪽은 알아채지 못한 듯 보였다.

그렇다면 지금이 기회라는 생각에 다 같이 각오를 굳히고 S랭크 테이머를 죽이려 했는데…….

리더의 '펜리르 녀석은 우리가 있는 쪽을 쳐다봤다'라는 말을 듣고 깨달았다.

그 장렬한, 그리고 압도적인 힘은 자신들에게 보여주기 위한 것이었다는 사실을.

"저, 저런 괴물을 상대하다 죽고 싶지는 않아!"

"나도 저런 것과 싸우고 싶지 않아."

여성진의 필사적인 말에 다른 멤버들도 그 압도적인 힘이 자신을 향하면 어떻게 될지를 상상하고 고민스러운 표정을 지었다.

그 힘으로 자신들을 공격한다면…….

생각만 해도 소름이 돋는 상황이다.

그리고 리더인 덩치 큰 모험가는 눈을 감은 채 숙고한 끝에 결론을 내렸다.

"예정을 변경한다. 저 녀석들한테는 참견하지 말자. 그리고 어떻게든 빠르게 이 계층을 벗어나 아래층으로 향한다. ……어떻게든 우리가 이 던전을 최초로 답파해야 해."

리더의 말에 아직도 안색이 돌아오지 않은 멤버들이 고개를 끄덕였다.

이토록 압도적인 힘을 보았음에도 던전 답파를 포기한다는 선택지는 이 모험가들에게 없었다.

던전 답파자…….

이 모험가들은 명예와 돈을 한 손에 거머쥘 수 있는 그 칭호에 사로잡혀 있었던 것이다.

◇ ◇ ◇ ◇ ◇ ◇

『저기 페르, 이제 슬슬 아래층으로 가자고.』

『흐음, 고기도 그럭저럭 쌓였으니 드라의 말에도 일리가 있나. 하지만 고기는 좀 더 있어도 괜찮을 것도 같군.』

『근데 그런 식으로 생각하면 끝이 없다구.』

『그건 그렇군. 게다가 아래층으로 가는 동안에도 사냥은 그럭 저럭 할 수 있겠지. 좋아, 아래층으로 가도록 할까.』

페르와 드라가 결정을 내린 모양이다.

계속 전진할지 어떨지는 주전력인 동료들에게 맡겨두고 나는 그 뒤를 졸졸 따라다니는 느낌이니 어쩔 수 없다.

"그럼 이제부터는 보스 방을 향해서 가는 거지?"

『음. 가는 동안 최대한 많이 사냥한다. 드라, 스이, 알겠느냐.』

『마지막 고기 확보 시간이네. 많이 좀 나와주라~.』

『이제 마지막이구나아. 고기가 잔뜩 나오면 좋겠어~. 스이, 힘 낼게.』

보스 방을 향해 라스트 스퍼트를 올리기로 했다.

페르와 드라, 스이는 보스 방까지 가는 동안 나타난 기간트 미 노타우로스를 한 마리도 놓치지 않고 격파해 나갔다.

그 덕분에 추가로 그럭저럭 많은 양의 고깃덩이를 확보할 수 있 었다.

그리고…….

"저게 보스 방인가."

『음.』

페르가 안내해준 보스 방의 입구는 중후한 문으로 닫혀 있었다.

"좋아, 연다?"

이 층에 걸맞은 커다란 문을 두 손으로 밀어보았다.

하지만 문은 꿈쩍도 안 했다.

"어라? 좀 더 힘을 줘야 하나?"

힘이 부족한가 싶어서 이번에는 어깨를 써서 체중을 실어 있는 힘껏 밀어 보았다.

그럼에도 문은 꿈쩍도 안 했다.

"이상하네에."

『이봐, 안 열린다는 건 안에 누가 있다는 뜻 아니야?』

드라 짱의 말을 듣고서야 그런가, 하는 생각이 들었다.

"그러고 보니 이 층에는 한 팀이 더 있었지. 그렇구나, 어쩌다 보니 보스 방에 오는 타이밍이 겹쳤나 보네. 하지만 먼저 들어갔으면 어쩔 수 없지."

『어이, 그럼 언제 열릴지 알 수 없지 않으냐.』

"그러게 말이야. 보스전이 언제 끝날지는 모를 일이니까."

『그뿐만이 아니다, 끝난다고 그 문이 바로 열릴 거란 보장은 없지 않느냐.』

"그러고 보니……."

이 던전은 지금까지도 그랬지만 마물이 다시 나올 때까지의 쿨타임이 계층별로 다르다고 하고, 실제로 상당 시간을 기다린 계층도 있었으니까.

이 계층에 관한 정보가 없긴 하지만 이제 와서 쿨타임이 완전히 없어졌을 리도 없고.

『그런 거다. 오늘은 이쯤 해두고 내일에라도 들어가도록 하지.』

"어라? 벌써 시간이 그렇게 됐어? 그럼 그렇게 할까?"

오늘은 밥 먹은 뒤로 쉬지도 않고 계속 사냥을 하고 다녔으니까.

그걸 따라다니다 보니 나도 살짝 피곤하고.

페르의 제안은 그런 나에게 바라마지 않던 것이었다.

"그래서, 근처에 세이프 에리어는 있어?"

『음, 바로 앞에 있다.』

세이프 에리어에 들어가자마자 밥 타령을 하기 시작한 먹보 무적 트리오를 위해 나는 곧장 저녁 식사 준비에 돌입했다.

"그럼 뭘 만들어 볼까."

아이템 박스에 있던 만들어둔 요리도 슬슬 바닥을 보이고 있으니 절약해야 한다.

애초에 여행을 위해 만들어둔 요리 중 남은 것이라 그렇게까지 양이 많지도 않았지만.

만들어둔 요리는 시간적으로 여유가 없는 아침밥이나 탐색 도중에 먹는 점심밥으로 하고 싶으니 저녁은 새로 만들기로 했다.

저녁은 먹고 휴식을 취하고 나면 할 일이 자는 것뿐이라 시간적으로도 조금은 여유가 있으니까.

"애들이 주문한 건, 이번에도 기간트 미노타우로스 고기 요리
였지? 으~음…… 아, 오랜만에 스키야키도 괜찮을지도. 기간트
미노타우로스의 고기로 만들면 맛있을 것 같으니까. 아니, 스키
야키 생각을 했더니 엄청 먹고 싶어졌어. 좋아, 오늘은 스키야키
로 하자."

결정을 내리자마자 인터넷 슈퍼를 띄워서 재료들을 차례로 구
입했다.

파, 배추, 구운두부, 실곤약 등등.

그리고 빼먹어서는 안 되는 스키야키 소스.

간단하고 호불호가 없는 맛이라 집에서 스키야키를 할 때는 늘
이렇게 했었지.

재료를 썰고 던전 소의 지방(기간트 미노타우로스는 지방이 적
어서 이쪽을 쓰기로 했다)을 달군 전골냄비에 녹이고서 파를 굽
는다.

기간트 미노타우로스 고기를 가볍게 구워서 색이 변하면 스키
야키 소스를 넣고 약불로 굽는다.

그런 다음 배추, 구운두부, 실곤약 등등을 넣고 끓이면 완성이다.

"아~ 냄새 좋다. 이 냄새가 정말 끝내주게 좋다니까……."

뭐라 형용할 수 없는 달콤함을 머금은 간장 냄새.

무지막지하게 식욕을 자극하는 냄새다.

『맛있는 냄새~.』

스이가 내 옆으로 와서 그렇게 말하며 푸들푸들 몸을 떨었다.

근데 스이만 이 냄새에 낚여서 다가오다니, 어째서지?

그렇게 생각하며 우측 후방을 보니 어째서인지 페르와 드라 짱이 서로 마주 보고 있었다.

또 자기들끼리 염화로 대화를 하고 있나 보다.

보나 마나 나쁜 흉계라도 꾸미는 거겠지.

그도 그럴 게 페르도 드라 짱도 사악한 표정을 짓고 있잖아.

나 참, 무슨 얘길 저렇게 하는 건지…….

『뭐야뭐야, 저 녀석이 이쪽을 보고 있어.』

『보나 마나 나와 드라가 나쁜 흉계라도 꾸미고 있을 거라 생각하고 있겠지.』

『나쁜 흉계 맞잖아, 시답잖기는 해도. 하하.』

『뭐, 이쪽은 딱히 손을 대지 않았다. 모두 다 그 녀석들 책임이지. 죽든 앞으로 나아가든 말이다.』

『그렇긴 해. 뭐 그 실력으로 아래층으로 내려가는 데 성공할 가능성은 상당히 낮겠지만 말이야.』

『그것도 고려해 결단을 내리고 안으로 들어간 건 녀석들 본인이 아니냐.』

『근데 말이야, 그 문, 페르라면 열 수도 있었잖아?』

『그랬지. 저 녀석한테는 말하지 마라. 알면 시끄럽게 굴 테니까. 나 정도쯤 되면 마력의 흐름이 대략적으로 보인다만, 저 문은 번개 마법에 약한 듯하더군. 아마도 번개 마법을 한 방 먹이면 열렸을 거다.』

『그 사실까지 알고서 저 녀석한테 말하지 말라는 건…….』

『저 녀석을 죽이려 했던 자들이 아니냐. 딱히 구해줄 이유는 없지.』

『그렇긴 해. 뭐, 여긴 던전이니까 죽고 싶지 않으면 자기 실력에 맞는 장소에서 탐험해야지. 뭐, 지금쯤 몸소 깨닫고 있겠지만, 하하핫.』

『뭐어, 우리와는 상관없는 일이다. 크크크.』

페르와 드라 짱을 뚱한 눈으로 쳐다보았다.

뭔가 페르와 드라 짱의 표정이 좀 전보다 더 사악해졌는데.

『주인, 부글부글해~.』

"아차, 슬슬 다 끓었으려나."

『와아~ 밥이다 밥~.』

페르와 드라 짱이 무슨 이야기를 하고 있었는지는 궁금하지만 우선은 밥이다.

페르, 드라 짱, 스이의 전용 그릇에 계란을 깨뜨려 넣고 가볍게 풀어준 후 기간트 미노타우로스 고기는 듬뿍, 다른 건더기는 다소 적게 퍼서 계란과 잘 섞어주었다.

"여깄어."

『흠, 이건 전에도 먹어본 적이 있는 냄새로군.』

"그래, 스키야키야. 분명 전에는 와이번 고기로 만들었었지? 기간트 미노타우로스 고기로 해도 맛있을 것 같아서 만들어 봤어."

『오오, 맛있어! 계란이 묻어나서 끝내줘!』

『달고 짠 맛의 고기랑 계란, 엄청 맛있어~. 스이는 얼마든지 먹을 수 있어~.』

『음, 맛있구나!』

그렇지? 누가 뭐래도 스키야키니까.

자아, 나도 먹자.

나는 허겁지겁 쌀밥을 수북하게 퍼서 먹을 준비를 했다.

그리고 날계란을 듬뿍 묻힌 기간트 미노타우로스 고기를 얹고 그 고기로 쌀밥을 감싸서…… 하압.

"크으~ 맛있어! 살짝 상스러워 보일지 몰라도 먹는 걸 멈출 수가 없어."

배어든 스키야키 소스의 맛과 고기 본연의 맛을 굳건히 유지하고 있는 기간트 미노타우로스의 고기, 그리고 그걸 부드러운 맛으로 승화시켜주는 날계란, 거기에 그것들을 포용해주는 쌀밥.

정말 최고라는 말밖에 안 나오네.

『어이, 한 그릇 더! 계란에는 고기만 넣어도 된다. 아니, 오히려 고기 말고는 넣지 마라.』

"잠깐, 페르!"

맛있는 건 알겠지만 스키야키에서 고기만 먹는 건 지나친 사치라고.

『오, 그거 괜찮네. 나도 고기만 담아줘.』

『스이도 고기만 먹고 싶어~.』

"아니아니, 절대로 안 돼. 그렇게 하면 채소만 남아 버리잖아. 안 그래도 채소는 얼마 안 넣었으니까 채소도 같이 먹어."

채소도 빠뜨리지 않고 퍼서 추가로 내놓자 다들 불평을 하면서도 맛있게 먹었다.

"맛이 밴 채소도 맛있다고~."

그렇게 말하며 날계란을 묻힌 파를 덥썩 입에 넣었다.

"음, 맛있어."

~side 모험가 파티~

무코다 일행이 기간트 미노타우로스 스키야키를 만끽하고 있던 바로 그 무렵.

"이런 얘긴 없었잖아! 왜 이렇게 많이 나오는 건데! 들었던 거랑 완전히 다르잖아!!!"

성깔 있어 보이는 여성 모험가가 공포로 물든 얼굴을 한 채 신경질적으로 외쳤다.

"이, 이렇게 많은 숫자를 상대하는 건 무리야! 도망쳐야 해!"

여자 엘프 모험가가 후방을 주의하며 들어온 문을 열려고 필사적으로 밀었다.

"안 열려! 안 열린다고!"

문이 꿈쩍도 않자 여자 엘프 모험가는 초조한 얼굴로 소리쳤다.

"도울게!"

목숨이 걸린 판이라 성깔 있어 보이는 여성 모험가도 힘을 모아 필사적으로 문을 밀었다.

"소용없어! 결판이 날 때까지는 안 열리도록 되어 있을 테니까!"

리더가 눈앞에 있는 기간트 미노타우로스에게 시선을 고정한 채 외쳤다.

방 안에는 총 열두 마리의 기간트 미노타우로스가 우글대고 있었다.

아슬아슬하기는 해도 이 멤버들은 어찌어찌 혼자서 한 마리를 쓰러뜨릴 만큼의 실력은 있었다.

하지만 숫자가 이렇게 많으면 아무것도 희생하지 않고 통과하기는 어려울 듯했다.

리더의 이마에서 식은땀이 흘러내렸다.

"도망치는 게 불가능하다면 저 녀석들을 쓰러뜨리는 수밖에. 살아남으려면 그 수밖에 없어, 다들 각오해라."

살아남느냐 죽느냐의 갈림길이다.

그런 상황에 놓였다는 사실을 모든 멤버가 강하게 체감하고 있었다.

"흠모어어어어어어어."

기간트 미노타우로스의 울부짖음이 방 안에 울려 퍼진다.

"죽여주마, 해치워주겠다고!"

덩치 큰 수인 모험가는 자신을 질타하며 애용하는 대형 도끼를 세게 움켜쥐었다.

"나는 절대로 안 죽어! 이 던전을 답파할 거라고! 그리고 돈과 명예를 손에 넣겠어!"

한손검을 쥔 마른 체형의 모험가가 자신을 설득하듯 외치고 자신을 고무시켰다.

"반드시 살아남자. 할 수 있지?"

테이머는 사역마인 털이 붉은 호랑이를 격려했다.

그리고 기특하게도 털이 붉은 호랑이는 주인의 뜻에 따르듯 "캬오" 하고 짧게 답했다.

"죽고 싶지 않아…… 난 안 죽을 거야………… 절대로 이런 데서 죽을 순 없어!"

성깔 있어 보이는 여성 모험가는 입술을 꽉 깨문 채 무슨 짓을 해서든 살아남아 주겠다고 다짐했다.

"…………진정하자. 나는 죽지 않아, 절대로."

여자 엘프 모험가는 심호흡을 해서 마음을 가라앉히고 어떻게든 살아남기 위한 길을 찾고자 주변을 살폈다.

"반드시 이긴다!"

리더가 자기 자신을, 그리고 멤버들을 설득하듯 외쳤다.

그리고 모험가들과 기간트 미노타우로스가 부딪혔다.

챙챙, 격렬하게 철이 부딪히는 소리와 폭발음, 그리고 기간트 미노타우로스의 울음소리와 모험가들의 외침 소리가 한참 동안 울려 퍼졌다.

그리고…….

전투가 끝난 방 안에는 네 마리의 기간트 미노다우로스기 남아 있었다.

제 5 장

육식 애호 트리오의 환희

다음 날, 충분한 휴식을 취한 우리는 다시 보스 방의 중후한 문 앞에 와 있었다.

『그럼 간다.』

그렇게 말하며 페르가 앞발로 문을 밀어 열었다.

"켁, 열두 마리나 있잖아……."

방 안에는 거대한 기간트 미노타우로스가 열두 마리나 있었다.

"다들 저렇게 많은데 괜찮겠어?"

『흥, 바보 같은 소리 하지 마. 우리가 저런 것한테 질 리가 없잖아.』

『드라의 말이 맞다. 저러한 것이 아무리 많아도 우리의 적수는 못 된다. 그보다 이번 방으로 이 층도 마지막이다. 고기가 나와 주면 좋을 텐데.』

『흐하하, 그러게 말이야.』

『고기가 나오면 좋겠어~.』

페르 일행에게 '괜찮아?'라는 말은 하나마나한 소리였던 모양이다.

기간트 미노타우로스가 열두 마리 있어도 페르 일행에게는 문제가 안 되나 보다.

"흠모어어어어어어."

우리를 알아챈 기간트 미노타우로스들이 고함을 지르며 무기

125

를 치켜든 채 한꺼번에 이쪽으로 밀려들었다.

그 모습에서는 마치 괴수 영화를 방불케 하는 박력이 느껴졌다.

그 박력에 몸이 굳은 나와 달리, 페르와 드라 짱과 스이는 아주 태연하기만 했다.

『드라, 스이, 빠르게 해치운다. 드라는 우측에 있는 네 마리를, 스이는 좌측에 있는 네 마리를 맡아라. 나는 중앙에 있는 네 마리를 맡으마.』

『어엉, 알겠어.』

『네~에.』

콰릉, 콰릉, 퍽, 퍽──.

중앙에 있던 네 마리는 머리에 벼락을 맞고 천천히 허물어지듯 쓰러졌다.

푸슉, 푸슉, 푸슉, 푸슉──.

우측에 있던 네 마리는 화염을 두른 엄청난 속도의 탄환을 맞고 차례로 배에 바람구멍이 나서 도미노처럼 차례차례 쓰러졌다.

풋, 풋, 풋, 풋──.

좌측에 있던 네 마리는 산성 탄환이 가슴 부근을 녹이며 관통하자 요란한 소리를 내며 앞으로 고꾸라졌다.

"빨리 해치우겠다고는 했지만, 정말 순식간에 결판이 났네……."

『흥, 당연한 거다. 그보다 고기가 나왔다. 어서 고기를 주워라.』

『고기가 나와서 다행이야~.』

『그러게. 심지어 막판에 와서 세 개나 나오다니. 이거 운이 좋네.』

고깃덩이가 세 개나 나와서인지 페르와 드라 짱, 스이의 얼굴에는 희색이 가득했다.

하지만 고깃덩이만 줍지는 않을 거라고.

다른 드롭 아이템도 아까우니까 남김없이 회수할 거야.

도끼, 마석, 가죽, 뿔에 또 마석에…….

"응? 이건……."

기간트 미노타우로스의 드롭 아이템 속에 어째서인지 바스타드 소드가 떨어져 있었다.

검을 든 미노타우로스는 없었고, 거구인 기간트 미노타우로스의 무기치고는 너무 작아 보였다.

들어서 전체적으로 살펴보니, 어쩐지 눈에 익은 바스타드 소드인 것 같아서 혹시나 하는 생각이 들었다.

"있잖아, 이건 우리보다 먼저 이 방에 들어온 모험가 파티의 사람이 가지고 있었던 검이겠지?"

『그렇겠지.』

페르가 아무것도 아니라는 듯이 답했다.

"왜 여기 떨어져 있지?"

그렇게 묻자 드라 짱이 고개를 절레절레 흔들며 이쪽으로 다가왔다.

『넌 여전히 둔해 빠졌구나. 당연히 죽었기 때문이지.』

"뭐……?"

『그 녀석들이 가지고 있던 대형 도끼랑 한손검도 저기 있잖아.』

드라 짱이 가리킨 방향을 보니 분명 대형 도끼와 한손검이 떨어져 있었다.

『아마도 전멸한 것일 테지. 네가 들고 있는 검을 가지고 있던 자가 그중에서는 가장 강했다. 그자가 죽었다면 다른 자가 살아 있을 가능성은 거의 없겠지.』

페르가 그렇게 말하자 드라 짱이 『맞아』라고 답했다.

페르의 말에 따르면 던전에 따라 다르지만 사람의 시체나 입고 있는 옷, 그리고 가죽 갑옷 등 유기물로 되어 있는 것은 비교적 빨리 흡수되지만, 광물로 된 무기 등은 흡수되는 속도가 느리다고 한다.

"그 파티 사람들이 다 죽었다는 거야? 하, 하지만, 그 사람들은 이 나라에서 손꼽히는 실력파 모험가 파티라 불리던 사람들이잖아."

『뭐라 불렸는지는 모르겠다만 여긴 던전이다. 이런 일도 있는 법이다.』

아니 뭐, 나도 그건 알고 있지만…….

『그 녀석들은 이 층에 도전하기에 실력이 부족했다는 것뿐이야. 애초에 던전에 들어왔으니 그 녀석들도 나름대로 각오는 되어 있었을걸?』

드라 짱의 말이 맞기는 하지만 말이야…….

최악의 경우에는 살아서 나갈 수 없는, 목숨이 왔다 갔다 하는 장소가 던전이라는 사실은 나도 안다.

하지만…….

친한 지인도 뭣도 아닌 사이이기는 하지만, 얼마 전에 만나 건강한 모습을 봤는데 그 사람들이 죽었다고 하면 뭐라고 형용할 수 없는 기분이 든다고.

"그나저나 각오라. 새삼스럽지만 무거운 말이네. 이런 식으로 말하기는 좀 그렇지만, 난 던전에서 죽을 각오 같은 건 안 되어 있는데……."

『그런 건 안 해도 된다. 우리와 저 녀석들을 비교하지 마라.』

『그래그래. 나랑 페르랑 스이가 있잖아. 네가 죽는 일은 절대로 일어나지 않아.』

『주인은 스이가 지킬 거니까 괜찮아!』

"페르, 드라 짱, 스이……."

모두의 말에 살짝 코끝이 찡해지고 말았다.

『맛있는 밥을 먹을 수 없게 된다는 건 큰일이니 말이다.』

『맞아맞아.』

『주인이 만든 밥은 맛있으니까~.』

"너, 너희들…… 밥 때문이라니……."

알고는 있었다, 알고는 있었지만, 역시 중요한 건 내가 만든 밥 뿐이었냐아아아.

『아하하, 이건 농담이고, 밥을 비롯해서 다 같이 여행하는 건 꽤 즐겁다고. 페르랑 스이도 그렇지?』

『음, 뭐 그렇지. 혼자 있는 것보다는 즐겁다.』

『다 같이 있는 거 엄청 즐거워~!』

"흥, 밥 때문이라는 게 거의 본심이었으면서. 하지만 뭐, 나도 너희랑 같이 여행하는 건 꽤 즐거우니까."

『그치? 그런고로 우리는 앞으로도 서로서로 도우며 사이좋게 지내자고.』

그런 말을 하며 드라 짱이 내 어깨를 톡톡 두드렸다.

하여간 말은 잘한다니까.

"뭐, 그건 둘째 치고, 이건 어쩌지?"

남겨진 바스타드 소드와 대형 도끼와 한손검.

『소유자는 이미 없으니, 가져가면 되지 않느냐.』

『맞아. 어차피 여기 두고 가 봐야 던전에 흡수되기밖에 더하겠어?』

"그것도 그런가? 뭐, 일단 가지고 돌아가서 어떻게 해야 할지 모험가 길드에 물어볼게."

그리고 남은 드롭 아이템을 회수한 후, 우리는 보스 방을 뒤로 했다.

계단을 내려가 38계층에 발을 디디자……

"흠모어어어어어어."

귀에 익은 울음소리가 들려왔다.

『크크크, 우리는 운이 좋군.』

『하핫, 그러게. 분명 평소 행실이 좋아서 그럴 거야. 그나저나 또 이 녀석들을 만나다니.』

『고기다~!』

38계층 초반부터 기간트 미노타우로스와 맞닥뜨렸다.

심지어 거대 통로에 **빽빽**하게 들어차 있으니 육식 애호 트리오인 페르, 드라 짱, 스이가 환희할 만도 하지.

『좋아, 사냥이다!』

『야호~!』

『고기~!』

"아앗, 돌진해 버렸네……."

그 후로 당연하다는 듯이 육식 애호 트리오인 페르, 드라 짱, 스이는 기간트 미노타우로스 사냥에 열을 올렸다.

37계층보다 훨씬 많은 이 층의 기간트 미노타우로스를 신이 나서 계속 사냥하고, 마지막으로 보스 방에 있던 대량의 기간트 미노타우로스를 처리하고 나자 드롭 아이템인 고깃덩이는 결국 세 자릿수로 불어나 있었다.

"당분간 기간트 미노타우로스 고기 걱정은 안 해도 되겠네……."

내가 먼눈을 한 채 나직하게 중얼거리자 페르와 드라 짱과 스이는 만족스러운 표정을 지었다.

◇ ◇ ◇ ◇ ◇

계단을 내려와 도착한 39계층.

그곳에는 파릇파릇 자라난 나무들이 늘어선 숲이 펼쳐져 있었다.

"숲, 이네……."

『음. 요전에 갔던 던전과 같군.』

『드랭이었지? 그 변태 엘프가 있는 도시의 던전.』

드라 짱, 변태 엘프라는 말은 너무 직설적이잖아.

뭐, 부정은 못 하겠지만.

그 사람, 드라 짱한테만 변태적인 태도를 취했었으니까.

『주인, 저쪽에서 이상한 게 날아와~.』

스이가 염화로 그렇게 말하며 내 바지 자락을 잡아당겼다.

"이상한 거?"

스이가 촉수로 가리키는 방향을 보니 벌레처럼 생긴 무언가가 부~웅, 날갯소리를 내며 날아오고 있었다.

"……저건, 모기인가? 그런 것치고는 너무 큰데?"

명백하게 이상하리만치 커다란 모기가 이쪽을 향해 날아왔다.

『칫, 저게 있는 건가. 이봐, 페르.』

『음. 많기도 하군. 아닌 게 아니라 이 녀석이 있으니 당연히 이리로 모여들겠지.』

『그렇겠지? 일이 귀찮아졌어.』

페르와 드라 짱은 커다란 모기에 관해 아는 눈치다.

"페르랑 드라 짱은 저게 뭔지 알아?"

『저건 말야, 피를 아주 좋아하는 마물이야.』

『음. 한 마리 한 마리는 약하지만 좌우간 숫자가 많다. 피를 빨 수 있을 듯한 사냥감이 가까이 오면 떼를 지어 몰려들지.』

『심지어 저 녀석들이 제일 좋아하는 건 인간의 피거든.』

그렇게 말하며 드라 짱이 나를 쳐다보자 페르도 고개를 끄덕이며 나를 보았다.

"어? 인간이면, 나?"

『그래. 봐, 왔어.』

"히엑."

몸길이가 1미터 정도는 될 듯한 커다란 모기가 빨대처럼 튀어 나온 주둥이를 나에게 꽂으려 들었다.

『너무 걱정하지 마라. 내가 결계를 쳐두었다고 하지 않았느냐. 저 녀석들의 공격으로는 꿈쩍도 안 할 테니 안심해라.』

페르의 말대로 커다란 모기의 빨대처럼 생긴 주둥이는 보이지 않는 결계의 벽에 가로막혀 칵칵 소리만 내고 있었다.

"그건 알지만 그래도 좀……. 그나저나 크기도 하네."

일본에 있던 작은 모기와는 비교도 안 될 만큼 커다란 모기를 빤히 쳐다보았다.

페르의 결계에 막힌 것을 보니 안심이 되기도 해서 커다란 모기를 감정해볼 여유가 생겨났다.

【뱀파이어 모스키토】

D랭크 마물. 피를 빠는 마물로 특히 인간의 피를 좋아한다. 동시에 여러 마리에게 피를 빨리면 사망하는 경우도 있으니 주의.

뱀파이어 모스키토라고 하는구나, 이 모기들.

피를 빠는 마물로 특히 인간의 피를 좋아한다니, 크기만 컸지 진짜로 모기네.

커다란 모기에게 피를 빨리는 모습을 상상하자 절로 얼굴이 찌푸려졌다.

뭐, 뭐어, 페르의 결계가 있으니까 그렇게 될 일은 없겠지만.

하지만…….

커다란 모기, 뱀파이어 모스키토는 끈질기게 몇 번이나, 쉴 새

없이 칵칵 소리를 내며 나에게 빨대처럼 생긴 주둥이를 꽂으려 했다.

"으음~ 이건 내버려 두면 포기하고 다른 곳으로 가줄까?"

『바보, 그럴 리가 없잖아. 아까도 설명했듯이 그 녀석은 인간의 피를 아주 좋아한다고. 좋아하는 음식을 앞에 두고 다른 데로 갈 리가 없잖아.』

"윽…… 드라 짱, 바보라는 말은 좀 심하지 않아?"

『어이, 드라의 말이 맞다. 그리고 설명했던 대로 거기 있는 한 마리뿐이 아니다. 계속 모여들 거다. 주위를 봐라.』

페르가 그렇게 말하기에 주변을 둘러보니 여러 마리의 뱀파이어 모스키토가 나를 노리고 계속해서 날아오고 있었다.

"우왁, 뭐야 이 숫자는……."

부~웅 부~웅 불쾌한 날갯소리를 내며 여러 마리의 뱀파이어 모스키토가 날아들고 있다.

그리고 먼저 와 있던 한 마리와 마찬가지로 나에게 빨대처럼 뾰족한 주둥이를 꽂으려고 했다.

칵칵칵칵칵칵칵——.

……이거, 어쩌면 좋으려나?

『계속 이러고 있어야 해?』

페르 일행이 안 보일 정도로 뱀파이어 모스키토가 모여들어서 얼굴을 찌푸리며 염화로 물어보았다.

『그러한 송사리는 쓰러뜨려봐야 시시하다. 결계가 있으니 괜찮지 않으냐.』

『이 녀석들이 노리는 건 너잖아. 나랑 페르랑 스이한테는 무해하다고.』

드라 짱이 그런 소리를 하기에 보니 뱀파이어 모스키토는 나한테만 모여들어 있었다.

바로 옆에 있는데 뱀파이어 모스키토는 페르 일행을 거들떠보지도 않았다.

얼마나 인간의 피를 좋아하는 거야.

『걸리적거리거든 직접 쓰러뜨려라. 레벨 업도 되고 좋지 않으냐.』

『응응, 그렇게 해. 던전에 들어와서 넌 제대로 전투한 적이 없잖아? 이왕 던전에 왔으니 조금은 싸워두라고.』

페르와 드라 짱이 싸우라고 재촉을 했다.

뭐, 확실히 전투다운 전투는 거의 안 했지.

딱히 안 해도 상관은 없지만 외부 브랜드 문제도 있으니, 레벨 업을 하는 건 나쁘지 않을 것 같다.

게다가 페르의 결계 덕분에 안전하게, 마음 놓고 싸울 수도 있을 것도 같고.

『그럼 어디 해볼까. 페르의 결계가 있으면 안전할 테니까. 숫자가 많은 게 문제이기는 하지만 말이야…….』

나에게 모여들어 빨대처럼 생긴 주둥이를 꽂으려고 하는 뱀파이어 모스키토를 보고 있자니 넌더리가 다 나기도 했다.

『주인, 괜찮아? 스이가 해치울까?』

『스이, 고마워. 하지만 이건 약한 마물이라니까 직접 쓰러뜨려볼게. 좀 힘들 것 같다 싶으면 그때 도와줘.』

『알았어~.』

◇ ◇ ◇ ◇ ◇

"이야압."

푸욱——.

뱀파이어 모스키토에게 스이 특제 미스릴 창을 찔러 넣었다.

"후우, 아무리 찔러도 끝이 없네⋯⋯."

뱀파이어 모스키토 사냥에 힘쓰는 내 옆에서는 페르와 드라 짱
과 스이가 낮잠을 자고 있다.

"나 참, 너무 많이 모여들었잖아. 어디서 냄새를 맡고 오는 건지."

쿡쿡 찔러서 그럭저럭 많은 수를 쓰러뜨리기는 했지만 좀처럼
줄어들 기미가 없는 것은 뱀파이어 모스키토가 계속해서 날아오
고 있기 때문이다.

"뭔가 한꺼번에 확 쓰러뜨릴 수 있는 방법은 없으려나?"

이럴 때는 마법을 사용하는 게 편하겠지만 내가 사용할 수 있
는 건 불 마법과 흙 마법뿐이니까.

숲속에서 불 마법을 쓸 수는 없는 일이고, 흙 마법은 애초에 던
전에서 발동을 안 하고.

으음~ 어떻게 해야 할까.

이 커다란 모기들은 역시 한 마리씩 쿡쿡 찔러서 쓰러뜨리는 수
밖에 없으려나.

커다란 모기, 모기⋯⋯⋯⋯ 앗!

나는 서둘러 인터넷 슈퍼를 띄웠다.

그리고 어떤 물건을 구입했다.

"이거야, 이거, 모기 잡는 살충제! 에이블링 던전에 있었던 검은 그 녀석한테도 인터넷 슈퍼에서 산 바퀴벌레 전용 살충제가 통했으니 여기 있는 모기들한테도 통하겠지."

나는 구입한 스프레이식 살충제를 뱀파이어 모스키토를 향해 분무했다.

치익——.

"될까?"

나에게 빨대처럼 생긴 주둥이를 꽂으려고 힘차게 칵칵 소리를 내던 뱀파이어 모스키토가 비틀비틀 후퇴하다가 땅에 툭 떨어졌다.

"오오, 역시 통하네!"

신이 난 나는 살충제를 추가 구입해서 쌍권총처럼 양손에 살충제를 들고 뱀파이어 모스키토에게 뿌려댔다.

"이얍."

치익~ 치익~ 치익~ 치익————.

"너도 먹어라."

치익~ 치익~ 치익~ 치익——.

나는 뱀파이어 모스키토에게 살충제를 마구 뿌려서 순조롭게 숫자를 줄여 나갔다.

"후우, 피곤하다."

내 발치에는 텅 빈 살충제 스프레이가 잔뜩 굴러다니고 있었다.

『흐음, 제법 쓰러뜨린 것 같구나.』

쭈~욱 기지개를 켜며 일어난 페르가 내 주변에 널린 대량의 드롭 아이템을 보고 그렇게 말을 걸어왔다.

"뭐, 어찌어찌. 이만큼 잔뜩 죽였는데도 아직 살아있는 녀석이 남아있다는 게 더 무섭지만."

『숫자 하나는 많은 놈들이니 어쩔 수 없지. 그보다 배가 고프다.』

"슬슬 그런 소릴 할 때가 됐다 싶었어. 나도 슬슬 지치기 시작 했으니까 밥을 먹어 볼까?"

이 층에 온 것도 점심을 먹고 좀 지난 뒤였으니 시간상 슬슬 저 녁 시간일 것 같은 느낌은 들었다.

『흐암~ 지금 밥이라고 했어어?』

밥이라는 단어가 귀로 들어갔는지 드라 짱이 늘어져라 하품을 하며 일어났다.

『밥~?』

드라 짱이 일어나자 스이도 뒤따라 일어났다.

"그래, 밥이야. 일단 드롭 아이템부터 줍고 나서."

『오오, 너 치고는 꽤 많이 쓰러뜨렸네.』

내 주변에 떨어진 대량의 드롭 아이템을 보고 드라 짱이 놀란 듯이 말했다.

"그렇지, 뭐. 나도 할 때는 한다고."

『주인 대단해!』

"후후후, 고맙다, 스이."

『근데 다 쓰러뜨리지 않아도 되는 거야~? 아직 날아다니는데~.』

"저건 됐어. 이따 또 쓰러뜨려야 할 테니까."

스이의 말대로 내 주변에는 아직도 뱀파이어 모스키토가 조금 남아 있었다.

이제 다 쓰러뜨렸나 하면 어디선가 또 뱀파이어 모스키토가 날아와서 중간부터는 일단 숫자부터 줄이고 보는 쪽으로 작전을 변경했다.

그 덕분에 지금은 뱀파이어 모스키토의 숫자가 다섯 마리까지 줄어 있었다.

살충제 공격이 제법 먹혀든 것인지 지금 있는 뱀파이어 모스키토는 나에게 섣불리 빨대처럼 생긴 주둥이를 꽂으려 들지 않았다.

그럼에도 인간의 피를 포기할 수가 없는지 가깝지도 멀지도 않은 거리를 유지한 채 내 주변을 어슬렁어슬렁 날아다니고 있지만.

성가시기는 하지만 저걸 쓰러뜨려봐야 머지않아 새로운 게 날아올 거다.

게다가 다 생각이 있으니 괜찮다.

자는 동안 일망타진해주지.

그보다…….

"스이, 드롭 아이템 모으는 것 좀 도와줄래?"

『응, 좋아~.』

"숫자가 많으니까 대충해도 돼."

『알았어~.』

좌우간 드롭 아이템의 양이 많은 데다 뱀파이어 모스키토는 D 랭크 마물이라 드롭 아이템도 그다지 값어치는 없을 테니까.

스이와 함께 부지런히 드롭 아이템을 줍기 시작해서 어느 정도 회수한 참에 페르가 말을 걸어왔다.

『어이, 저녁밥은 아직이냐?』

"곧 준비하기 시작할게. 아, 그 전에 페르한테 부탁하고 싶은 게 있었지. 평소에 내가 흙 마법으로 만드는 상자 모양 집이 있잖아? 그 정도 크기의 결계를 쳐주겠어?"

『흠, 알겠다. ……쳤다.』

"빠르네. 좋아, 그러면……."

인터넷 슈퍼에서 어느 물건을 구입한 뒤 곧바로 상자를 열어 포장을 뜯었다.

『뭐냐, 그건? 냄새가 지독하다만.』

독특한 향이 마음에 들지 않는지 페르는 냄새를 맡자마자 얼굴을 찌푸렸다.

반대로 드라 짱과 스이는『처음 맡아보는 냄새네』라면서 궁금해했다.

"이건 말이야, 모기향이라는 거야. 내가 있던 세계의 물건인데, 여기에 불을 붙여서 태우기만 해도 모기를 쫓을 수 있거든. 지금까지도 벌레 계열 마물한테 내가 있던 세계의 살충제가 통했던 것처럼 이 모기향도 뱀파이어 모스키토한테 잘 통할 것 같아서."

『헤에~ 태우기만 해도 쫓을 수 있다니 숫자가 많은 이 마물한테는 딱이네.』

"바로 그거야. 근데 말이야, 태우면 냄새가 더 강해지거든~."

그렇게 말하며 모기향의 독특한 냄새가 마음에 안 드는 눈치였던 페르에게 시선을 돌렸다.

『냄새가 통과하지 못하는 결계로 만들 테니 괜찮다. 그보다 밖에 내다놓을 거면 빨리 해라.』

"그래그래."

그나저나 냄새가 통과하지 못하는 결계 같은 것도 만들 수 있다니, 역시 페르야.

괜히 오래 산 게 아니었어.

그런 생각을 하며 모기향에 불을 붙여서 세팅했다.

그걸 네 개 준비해서 상자형 결계의 모퉁이 네 곳의 바깥쪽에 각각 설치했다.

『흠, 효과가 있군.』

『오~ 엄청 잘 통하네.』

『굉장해~! 아무것도 안 했는데 뚝 떨어졌어~.』

"후흐응. 역시 통하는군. 이제 저녁 식사를 할 때나 잘 때도 안심할 수 있겠어."

모두와 이야기를 하는 동안 다섯 마리였다가 다시 불어난 뱀파이어 모스키토가 힘없이 차례로 땅에 떨어졌다.

이걸로 일단 안심해도 되겠네.

그런고로 저녁밥을 만들어 보실까.

"그나저나 정말 효과가 좋네."

저녁밥을 만들자고 마음은 먹었지만, 모기향의 효과가 너무 좋아서 놀라지 않을 수 없었다.

효과가 너무 좋은 나머지 차례로 날아드는 뱀파이어 모스키토들을 일망타진하고 있었다.

"드롭 아이템을 주운지 얼마 안 됐는데 벌써 잔뜩 떨어져 있잖아……."

『주인, 주워 올까~?』

"스이, 고마워. 근데 괜찮아, 저대로 둬. 아까 꽤 많이 주웠잖아."

참고로 뱀파이어 모스키토의 드롭 아이템은 날개와 빨대처럼 생긴 주둥이, 작은 병에 든 액체(감정해보니 마비독이란다)다.

애초에 D랭크 마물이니 그렇게 가치 있는 물건도 아닐 것 같고, 아까 스이의 도움을 받아 주운 것만 해도 양이 상당하니 됐다.

그런고로 일단은 무시하고 저녁밥을 만들자.

어차피 얼마 안 가서 던전에 흡수될 테니까.

"그럼 마음을 다잡고 저녁밥을 해볼까. 고기를 사용한다 치면, 너희는 기간트 미노타우로스 고기가 좋지?"

페르와 드라 짱과 스이는 기간트 미노타우로스의 맛에 푹 빠져 있다.

그런 탓인지 육식 애호 트리오는 요즘 밥 먹을 때마다 기간트 미노타우로스 고기를 주문했다.

『음. 그 고기가 좋다.』

『맛있으니까.』

『스이도 그 고기가 좋아.』

"으음~ 나는 오랜만에 오야코동*을 먹고 싶은 기분인데, 기간트 미노타우로스 고기라. ……아, 기간트 미노타우로스의 고기를 써서 타닌동**을 해도 괜찮으려나. 좋아, 그걸로 하자."

『뭐든 좋으니 빨리 만들어라. 배가 고프다.』

『동감~. 빨리 먹게 해 줘.』

『스이도 배고파~.』

페르와 드라 짱의 배에서는 요란하게 꾸르륵 소리가 났고 스이는 살짝 쭈그러들었다.

기간트 미노타우로스가 대량 발생했던 38계층에 있을 때 다들 열심히 활약했었으니까.

배가 고플 만도 하지.

"그렇게 오래 걸리는 요리도 아니니까 조금만 기다려."

계란을 비롯해서 부족한 재료를 인터넷 슈퍼에서 후딱 구입한 후, 곧바로 타닌동을 조리하기 시작했다.

하지만 엄청 간단한 데다 만드는 법도 오야코동과 거의 같다.

뭐, 나는 개인적으로 타닌동은 약간 달달한 편이 맛있는 것 같아서 살짝 단맛을 강하게 만들고 있지만.

"양파를 얇게 썰고 기간트 미노타우로스 고기도 한입 크기로 얇게 저미고…… 가만, 페르, 그렇게 옆에 앉으면 걸리적거리거든?"

배가 고픈 나머지 기다릴 수가 없었는지 페르가 내 옆에 앉아

---

*닭고기와 계란을 밥 위에 올린 덮밥. 오야(親)는 부모, 코(子)는 자식이라는 뜻으로 각각 닭고기와 계란을 가리킨다.
**타닌(他人)은 다른 사람이라는 뜻으로, 보통 오야코동에 닭고기를 쓰지 않고 소고기나 돼지고기를 사용한 것을 의미한다.

군침을 흘릴 듯한 얼굴로 기간트 미노타우로스의 고기를 뚫어져라 쳐다보고 있었다.

거기에 동참하듯 드라 짱은 페르의 목에, 스이는 페르의 머리 위에 진을 친 채 고기를 쳐다보고 있다.

모두의 행동에 쿡, 하고 웃으며 "금방 다 되니까 좀 뒤에서 기다려"라고 말하자 다들 마지못해 내 옆에서 비켰다.

『고기는 듬뿍 넣어라. 듬뿍.』『나도!』『스이도!』

그러면서도 페르는 곧장 뒤를 돌아보며 못을 박았고, 뒤따라서 드라 짱과 스이도 동의를 표했다.

"그래그래. 알았다고."

나는 쓴웃음을 지으며 그렇게 대꾸하고서 기간트 미노타우로스의 고기를 썰어 나갔다.

"좋아, 양파랑 기간트 미노타우로스 고기는 이제 됐고."

양파와 기간트 미노타우로스 고기를 다 썰고 나면 계란을 깨서 가볍게 풀어둔다.

고기의 양이 많다 보니 계란도 많이 들어간다.

그런 다음 프라이팬에 물과 맛간장, 맛술, 설탕을 넣고 불에 올려서 부글부글 끓으면 양파와 기간트 미노타우로스 고기를 투입.

거품을 걷어내면서 양파와 기간트 미노타우로스 고기가 익으면 풀어둔 계란을 절반만 넣고 약불로 바꾼다.

계란이 굳기 시작할 때 나머지 절반을 넣어 반숙 상태가 되면 완성이다.

아이템 박스에 넣어두었던 갓 지은 쌀밥을 퍼서 몽글몽글 반숙

계란이 어우러진 타닌동의 건더기를 얹고 장식으로 파드득나물을 가운데 얹으면.

"좋아, 타닌동 완성."

『음, 어서 내놓아라.』

"나 참, 기다리라고 했더니 바로 뒤에서 들여다보면서 기다리고 있네……."

페르뿐 아니라 드라 짱과 스이도 분명 뒤로 물러갔었는데 결국 슬금슬금 앞으로 이동해 내 바로 뒤까지 와 있었다.

『하도 늦으니까 그러지.』

"아니아니, 그렇게 오래 안 걸렸잖아."

『주인, 밥~.』

"아아 정말, 여기 있어. 특대 타닌동이야."

페르, 드라 짱, 스이의 앞에 내놓자 우걱우걱 먹기 시작했다.

『제법 맛있구나. 요전에 이 고기에 날계란을 묻혔던 것도 맛있었지만, 익힌 계란과 함께 먹는 것도 다른 맛이 나서 나쁘지 않군.』

『응응, 보들보들한 계란이랑 고기, 그리고 이 달콤 짭조름한 맛이 엄청 잘 어울려.』

『이거 밥이랑 같이 먹으면 엄~청 맛있어~!』

계란 범벅, 달콤짭짤한 맛, 이 콤보에 쌀밥이 어울리지 않을 리가 없다.

아닌 게 아니라 계란 범벅으로 덮밥을 만들면 대부분의 것은 맛있게 먹을 수 있을 것 같다.

전날 만들었다가 남아버린 채소볶음으로 해도 맛있지만, 냉장고에 조금씩만 남은 채소와 고기 등은 이번처럼 달콤짭짤하게 조려서 계란 범벅으로 만들면 남은 재료라는 게 믿기지 않을 만큼 맛있다.

남은 튀김 같은 걸로 만들면 살짝 호화로운 덮밥을 즐길 수도 있다.

계란 범벅 덮밥은 위대해.

페르 일행에 이어 나도 타닌동을 입 안 가득 욱여넣었다.

"응, 오늘 만든 타닌동도 두말할 것 없이 맛있어!"

『그 타닌동이라는 게 이 요리의 이름이냐?』

"맞아."

『꽤나 별난 이름의 요리로구나, 이건.』

"전에 오야코동(닭고기덮밥)이라는 걸 만든 적이 있잖아, 그때는 분명 록 버드 고기랑 내 스킬로 가져온 이세계의 계란으로 만들어서 엄밀히 따지면 오야코동이 아니었지만⋯⋯. 글쎄, 알기 쉽게 이쪽에 있는 걸로 예를 들자면, 코카트리스의 고기랑 코카트리스의 알로 이런 식으로 만들면 오야코동, 그 이외의 고기를 사용하면 타닌동이 되는 거야."

『코카트리스의 고기와 그 알, 부모(親)와 자식(子)이라 오야코동. 부모와 자식이 떨어지면 타닌(타인)동이 되는 건가. 재미있군.』

『오야코동이랑 타닌동이라, 이름 한번 잘 붙였네. 하핫.』

『주인, 그럼 다른 고기로도 만들 수 있어~?』

"그럼, 만들 수 있지, 스이. 던전 소랑 던전 돼지, 그리고 블러디 혼 불이나 오크로 만들어도 맛있을 거야."

『잘했다, 스이. 좋아, 다음 건 그 고기들로 만들어라.』

『오, 괜찮네. 맛을 비교해보자고.』

"뭐어? 왜 또 그런 귀찮은 주문을 하는 건데……."

『오래 걸리는 요리가 아니라고 했지 않느냐. 다른 고기로 만드는 것 정도는 일도 아닐 텐데.』

페르가 하고 싶은 말이 뭔지는 알겠지만, 막상 만들려면 준비를 해야 하잖아.

양파랑 기간트 미노타우로스 고기는 더 먹을 걸 예상해서 어느 정도 썰어두었으니 괜찮지만, 그 이외의 고기를 쓰려면 다시 썰어야 한다고.

뭐, 하지만…….

"분명 던전 소랑 던전 돼지는 얇게 저민 게 아이템 박스에 들어있으니까 그 두 가지만 만들 거야."

『흐음, 어쩔 수 없지.』

어쩔 수 없긴 뭐가 어쩔 수 없어.

그 후, 던전 소와 던전 돼지의 고기를 사용해 타닌동을 만들었다.

육식 애호 트리오는 이쪽도 맛있네, 저쪽도 맛있네 비평을 하며 우걱우걱 먹었다.

결국 어떤 게 제일 맛있냐고 묻자…….

『전부 맛있다.』

『맞아.』

『다 맛있었어~.』

결국 다들 배가 고파서 전부 다 맛있게 느껴졌다는 거잖아~.

그럴 거면 준비했던 기간트 미노타우로스 고기로 만든 타닌동만 먹어도 됐을 텐데.

뭐, 다들 만족스러워 보이니 됐지만.

◇　◇　◇　◇　◇

아침 식사를 마치고 페르 일행은 과일 우유를, 나는 커피를 마시며 식후 휴식을 취했다.

그토록 몰려들었던 뱀파이어 모스키토도 모기향 덕분에 비실비실해져서 당장에라도 땅에 떨어질 듯 약해진 두어 마리만이 페르가 친 결계 밖에서 휘청거리며 날고 있을 따름이었다.

모기향 만세, 정말 효과 끝내주네.

인터넷 슈퍼에서 산 살충제가 이만큼 잘 먹히는 걸 보면, 벌레 계열 마물한테는 대부분 통할지도 모르겠다.

그 밖에도 파리와 지네, 거미, 벌에게 통하는 살충제가 있었던 것 같으니 이참에 구입해서 아이템 박스에 넣어두는 것도 괜찮겠어.

좌우간 여긴 던전 안에 있는 숲이다 보니 벌레 계열 마물도 꽤 나올 것 같으니까.

드랭 등의 숲의 필드 던전에서도 짐승 계열, 새 계열, 벌레 계열 마물이 잔뜩 나왔었고.

일단 준비는 해둘까.

나는 인터넷 슈퍼로 몇 가지 종류의 살충제를 구입해서 아이템 박스에 던져 넣었다.

　그 작업을 마치고 남은 커피를 꿀꺽 삼켜 비우고 나서 보니 페르가 나를 빤히 쳐다보고 있었다.

　"왜 그래?"

　『너, 상당히 레벨 업을 했군.』

　"어, 정말? 스테이터스."

　페르의 말을 듣고 곧바로 자신의 스테이터스를 확인해 봤다.

【이름】무코다(츠요시 무코다)

【나이】27

【종족】일단 인간

【직업】휩쓸린 이세계인, 모험가, 요리사

【레벨】85

【체력】492

【마력】483

【공격력】476

【방어력】464

【민첩성】382

【스킬】감정, 아이템 박스, 불 마법, 흙 마법, 사역마, 완전 방어,
　　　획득 경험치 두 배 증가
　　　사역마(계약 마수) 펜리르, 휴즈 슬라임, 픽시 드래곤

【고유 스킬】인터넷 슈퍼(+1)

《외부 브랜드》후미야, 리큐어 샵 다나카

【가호】 바람의 여신 닌릴의 가호(소), 불의 여신 아그니의 가호(소), 대지의 여신 키샤르의 가호(소), 창조신 데미우르고스의 가호(소)

"에엑?!"

레벨 85, 라고?

분명 전에 확인했을 때는 레벨 78이었으니, 단숨에 7이나 오른 셈이다.

이거, 모기향으로 쓰러뜨린 것의 경험치도 들어오는 것 같다.

뱀파이어 모스키토는 D랭크 마물이지만 살충제와 모기향으로 쓰러뜨린 것까지 치면 숫자가 상당할 거다.

그게 쌓이고 쌓여서 이렇게 된 건가.

게다가 신들이 '획득 경험치 두 배 증가' 같은 스킬까지 부여해 줘서 효과도 두 배가 됐을 테고.

그나저나 85라……

레벨 80을 넘어서 고유 스킬인 인터넷 슈퍼 옆에 +1 표시가 떴다.

그 이벤트가 다가오고 있다.

지상으로 돌아가면 성가신 일이 기다리고 있을 것 같다.

외부 브랜드…… 으윽, 머리가………….

『벌레가 이상할 정도로 많네.』

등에는 나를, 머리에는 스이를 태운 페르와 나란히 날던 드라 짱이 염화로 그렇게 투덜댔다.

『숲이라 그런 거 아냐?』

던전 안의 숲이기도 해서 평소보다는 다소 느린 속도로 달리는 페르의 등에 탄 채로 나는 염화로 답했다.

『그렇다 쳐도 너무 많지 않아? 페르, 어떻게 생각해?』

『음, 그렇기는 하군. 어쩌면 그런 숲일지도 모른다.』

『벌레의 숲이라……. 진짜 싫다. 아, 그리고 보니 던전 코어라 는 게 있댔지? 그럼 던전 내부는 그 던전 코어의 뜻대로 변하는 거야?』

『그런 거다.』

『어라? 하지만 말야, 전에 페르가 숲속에 막 생긴 젊은 던전이 라면서 억지로 끌고 간 적이 있었잖아. 그때는 마소가 짙은 장소 에는 던전이 자연히 생긴다고 했던 것 같은데…….』

『아아, 그건 말이다…….』

페르의 말에 의하면 던전 자체는 여러 가지 조건이 갖춰져야 하기는 하지만 마소가 짙은 장소에 자연적으로 생기되, 만들어 지고서 어느 정도 던전이 성장하면 던전 코어가 태어난다는 모 양이다.

그 던전 코어가 태어날 만큼 성장하는 데에 상당히 오랜 세월이 걸린다는 것 같지만.

그렇게 던전 코어가 태어나면 던전은 던전 코어의 뜻에 따라 어떤 계층이 될지, 어떤 마물이 나올지가 결정되고 천천히 성장을 계속한다는 듯하다.

물론 오래 산 페르도 던전 코어와 교신해본 적은 없고 전해 들은 지식이라고 했지만.

뭐 어쨌든, 그런고로 던전 코어가 이 계층에 벌레 계열 마물만 잔뜩 배치하고 있다는 것도 틀린 말은 아니라는 뜻이다.

『또 마물이 나왔어~! 에잇!』

풋──.

전투를 좋아하는 스이만 대량의 벌레 마물을 보고 기뻐했다.

지금도 이름은 모르겠지만 커다란 등에 같은 마물에게 산탄을 쏴서 격추시켰다.

『성가시기는 하지만 스이에게 맡겨두면 괜찮을 거다.』

페르가 자신의 머리 위에 진을 친 스이를 올려다보며 그렇게 말했다.

『응. 스이가 전~부 해치울게~!』

후흥, 하고 의기양양하게 콧숨을 내쉴 듯한 기세로 스이가 선언했다.

『페르 말대로 괜찮을 것 같네. 하핫.』

『스이…….』

던전에 들어올 때마다 전투 슬라임(?)으로 변해가는 스이의 모습을 보고 나는 뭐라 말할 수 없는 심정에 잠겼다.

끊임없이 나타나는 벌레 계열 마물을 스이가 퍽퍽 쓰러뜨리는 가운데, 우리 일행은 숲속을 전진하고 있었다.

고랭크 마물의 드롭 아이템이 나오면 회수하는 것도 잊지 않았다.

그건 날렵한 드라 짱에게 맡겼다.

내가 준 매직 백을 목에 걸고 날아다니며 드롭 아이템을 회수해서 집어넣고 있다.

지금도 스이가 쓰러뜨린 자이언트 센티피드의 드롭 아이템인 껍질과 마석을 회수한 참이다.

『그나저나 진짜 벌레밖에 없네. 숲인데 짐승 계열 마물은 하나도 안 나와.』

『벌레 이외의 것도 나왔잖아. 미끈미끈하고 기분 나쁜 거.』

『아하. 숫자는 적었지만 포이즌 스네일이니 자이언트 슬러그 같은 것도 있었지.』

드라 짱이 말한 미끈하고 기분 나쁜 것은 중형견 정도의 크기에 독을 가지고 있는 달팽이 마물과 길이가 2미터쯤 될 듯한 초거대 민달팽이 마물 등이다.

『그리고 위에서 떨어진 녀석도 있었고.』

『아 진짜~ 생각나 버렸잖아, 드라 짜아아아앙.』

위에서 떨어진 녀석…….

그건 트라우마가 될 것 같은 마물이었다.

그 이름하여 빅 포레스트 리치.

몸길이가 20센티미터 정도 되는 거머리 마물이다.

가장 낮은 F랭크의 마물로 송사리이기는 하지만 정신적으로는 가장 꺼림칙한 마물이었지…….

빅 포레스트 리치는 나뭇가지에 있었던 것 같다.

몸길이가 20센티미터나 되는 거무튀튀한 거머리가 꾸물거리며 머리 위에서 후두두 빗발치듯 쏟아졌더랬다.

정말이지 온몸에 소름이 쫙 돋는 무지막지하게 기분 나쁜 광경이었지…….

페르의 결계 덕분에 직접 피를 빨리지는 않아서 망정이지, 만약 빨렸다면 난 무조건 기절했을 걸?

게다가 평생 트라우마를 떠안고 살아가게 됐을 거다.

어쨌든, 생각만 해도 오싹하고 기분이 나빠지는 악몽 같은 광경이었다고, 그건.

『으윽, 상상했더니 속이 울렁거리기 시작했어…….』

『내가 말을 꺼내기는 했지만 미안, 나도 그래.』

그 악몽과도 같은 광경은 드라 짱한테도 정신적 대미지를 입힌 모양이다.

드라 짱과 그런 이야기를 하고 있자 문득 페르의 걸음이 멈췄다.

『페르, 멈춰준 건 고맙지만 괜찮아.』

『그래. 속이 울렁거리기는 하지만 멈춰야 할 정도는 아니야.』

나와 드라 짱이 그렇게 말하자 페르가 흥, 하고 코웃음을 쳤다.

『너희를 위해 멈춘 게 아니다. 저걸 봐라.』

페르가 코로 가리킨 방향을 보자 이 숲에는 없는 줄 알았던 짐승 계열 마물이 있었다.

『저건 레드 보어인가?』

레드 보어가 몸길이 50센티미터 정도의 개미 마물 무리에게 둘러싸여 있었다.

『저게 있을 줄이야. 그러니 벌레만 보일 수밖에.』

『그러게. 저게 있으니 다른 게 없을 만도 해.』

레드 보어를 둘러싼 이 세계 기준으로는 작은 편이라 할 수 있는 개미 마물을 보고 페르와 드라 짱이 의미심장한 말을 주고받았다.

『저 개미, 감정해보니 '포레스트 아미 앤트'라고 뜨는데, 저게 있으면 안 좋은 거야?』

『문제이기는 하지…….』

페르와 드라 짱이 말하길, 포레스트 아미 앤트는 집단전에 능한 육식 마물로, 자신들보다 커다란 마물과 상위의 마물까지도 먹잇감으로 보고 무리 지어 공격한다고 한다.

강력한 턱을 사용해 물어뜯는 것이 주된 공격 수단인데, 굳이 말하자면 공격 방법이 그것밖에 없는 탓에 한 마리의 힘은 대단치 않은 마물이지만 좌우간 숫자가 많고 무리 지어 공격한다.

동료가 죽건 말건 머릿수로 밀어붙이는 방식으로 싸운다.

『숫자는 많으니 말이다. 저렇게 무리 지어 차례차례 공격해서 먹잇감으로 삼지.』

페르의 시선 끝에서는 포레스트 아미 앤트들이 레드 보어를 차례로 물어뜯고 있었다.

머릿수 앞에서는 장사 없다더니.

레드 보어는 필사적으로 포레스트 아미 앤트들을 떼어내려고 "구이이이이익" 하고 요란하게 울부짖으며 날뛰고 있다.

『페르가 말한 대로 저렇다 보니 저 녀석들의 집이 있는 숲에서는 짐승 계열 마물의 모습을 찾아볼 수가 없어. 참고로 인간인 너도 포식 대상이다?』

드라 짱, 그런 말은 일일이 하지 않아도 대충은 안다고.

그런 이야기를 하는 동안 레드 보어가 개미의 집단 공격을 물리치지 못하고 쓰러졌다.

고기와 가죽이 드롭되자 포레스트 아미 앤트들은 가죽에는 눈길도 주지 않고 날카로운 주둥이로 잽싸게 고기를 잘게 쪼개 각자 들고 옮기기 시작했다.

『주인, 스이가 해치울까~?』

스이가 그렇게 말하자 페르가 지체 없이 거친 말투로『손대지 마라, 스이』라고 말했다.

『왜 그래, 페르.』

거친 말투를 나무라듯 페르를 쳐다본 후, 풀이 죽은 스이를 품에 안았다.

『끙, 미안하기는 하다만 다 이유가 있다.』

페르가 말하길, 포레스트 아미 앤트에게 섣불리 손을 대면 뒷일이 성가셔진다고 한다.

동료가 당했다는 사실을 알아챈 포레스트 아미 앤트가 점차 모여들어 덤벼들 것이라는 거다.

물론 페르가 포레스트 아미 앤트 따위에게 당할 리는 없겠지만 약한 마물인 주제에 좌우간 숫자가 터무니없이 많다 보니 이만저만 귀찮은 게 아니라서 얽히기도 싫은 마물 중 하나라고 얼굴을 찌푸리며 말했다.

드라 짱도 『저 녀석들한테 손을 댈 경우, 집을 통째로 섬멸하지 않으면 괜히 피만 보게 될 걸』이라고 의견을 내놓았다.

집을 통째로 섬멸한다라.

그거, 가능할지도.

분명 인터넷 슈퍼에 있던 그걸 쓰면 할 수 있을 것 같은데…….

『저기, 섬멸할 방법이 있을 것 같아. 일단 저 녀석들의 뒤를 밟자.』

우리 일행은 들키지 않게 일정 거리를 유지하며 고기를 운반하는 포레스트 아미 앤트를 추적했다.

얼마 안 가 집을 발견했다.

포레스트 아미 앤트가 커다란 바위 아래 뻥 뚫린 구멍으로 차례차례 들어갔다.

『저기가 집인 것 같군. 그래, 섬멸할 방법이 있다고 했는데 어떻게 할 셈이냐?』

개미집 쪽을 살피며 페르가 그렇게 물어왔다.

기다리고 있었던 질문에 나는 가슴이 설레기 시작했다.

『조금만 기다려.』

염화로 그렇게 말하고서 나는 인터넷 슈퍼를 띄워 살충제 메뉴를 열었다.

『후후후후후, 역시 있었어. 개미한테도 통하는 녀석이.』

나는 발견한 물건을 곧장 구입했다.

『뭔가 얼굴이 사악해졌는데, 너. 뭘 찾았기에 그래?』

『에이 드라 짱, 얼굴이 사악해졌다니, 실례잖아.』

살짝 블랙한 면이 드러나 버린 걸까?

좌우간 포레스트 아미 앤트에게는 그야말로 재앙이 따로 없을 테니 말이야.

『후후후, 이건 말이야, 개미집을 섬멸할 수 있는 비밀 병기야.』

나는 씨익 미소를 지은 채 도착한 종이상자를 곧장 열며 그렇게 말했다.

종이상자에서 꺼낸 물건을 눈앞에 늘어놓았다.

일단 다섯 개씩 구입해뒀다.

포레스트 아미 앤트의 집이 얼마나 클지는 모르겠지만 이만큼 있으면 집 전체에 퍼질 거다.

『그래서, 이게 다 뭐냐?』

"후후후, 이건 말이야, 이세계에서 만든 살충제야. 여기에 물을 넣으면 연기가 나와서 벌레를 없애줘. 두세 시간 정도 내버려 두면 상황이 끝난다고."

내가 구입한 것은 강력한 훈연식 살충제다.

이거라면 포레스트 아미 앤트의 집도 분명 섬멸할 수 있을 거다.

『호오~ 네가 있던 곳에는 그런 게 있었구나.』

"이렇게 인터넷 슈퍼에서 판매되고 있는 것들은 전부 꽤 효과가 좋으니까 이것도 기대해도 될 거야. 그럼 준비해볼게."

나는 포장을 뜯어 사용할 준비를 시작했다.

"좋아, 이제 준비는 끝났어. 이제 물을 넣은 용기에 이걸 넣으면, 얼마쯤 지나서 연기가 나올 거야. 페르, 이걸 집 앞에 설치하면 연기가 이쪽으로 오지 않도록 입구에 결계를 쳐 줘."

『알겠다.』

"그리고 연기가 나오면 집 안쪽까지 퍼지도록 산들바람 정도의 바람을 불어넣어 줄래?"

『흠, 그런 미세한 조절이 필요한 마법은 드라가 더 잘 다룰 거다. 드라가 해라.』

『그래그래.』

"그럼 시작한다?"

물을 넣은 플라스틱 용기에 약이 든 캔을 세팅한다.

그리고 그걸 비스듬하게 파여 있는 개미집 입구에 허둥지둥 설치했다.

"페르, 결계를 부탁해."

『음.』

페르가 결계를 친 직후에 살충제에서 뭉게뭉게 하얀 연기가 피어올랐다.

『우와아, 연기가 뭉게뭉게~.』

신기한지 스이가 결계에 달라붙어 그렇게 말했다.

"드라 짱, 바람을 불어넣어 줘."

『드라 앞에만 결계를 얇게 만들었다. 그곳으로 바람을 불어넣어라.』

『알겠어.』

드라 짱의 마법으로 만든 바람이 포레스트 아미 앤트의 집에 주입되었다.

그러자 언덕처럼 비스듬히 파여 있는 개미집으로 살충제의 하얀 연기가 바람을 타고 흘러들었다.

"이제 됐어."

『뭐냐, 이제 끝난 거냐?』

"맞아. 이제 아까 말했던 대로 두세 시간만 기다리면 돼."

『그럼 심심해지겠네에.』

『좋아, 그럼 밥을……..』

"무슨 소리야. 점심을 먹기에는 아직 이르잖아. 나도 그 정도는 알거든?"

『끄으응.』

"그런 표정 짓지 말라고, 페르. 그 대신 간식이라도 먹으면서 느긋하게 기다리자."

『스이는, 케이크가 좋아.』

통통 튀어 오르면서 스이가 케이크를 달라고 졸랐다.

"그럼 간식은 케이크로 할까. 아, 세 개씩이야."

『아싸~! 케이크~.』

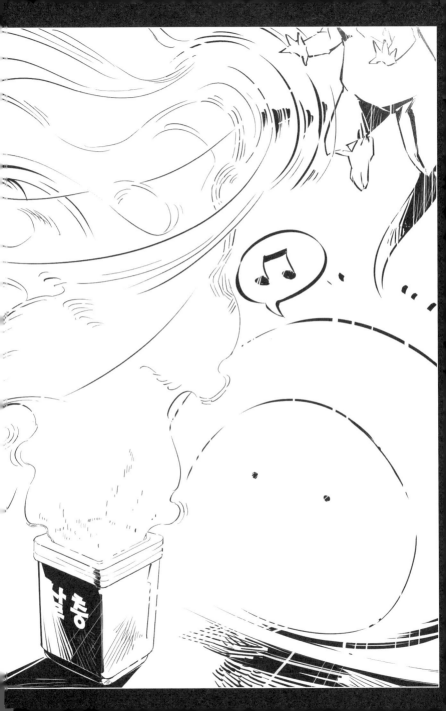

『케이크라. 나는 늘 먹는 하얀 게 좋다.』

『나는 무조건 푸딩.』

페르에게는 생크림을 듬뿍 쓴 딸기 쇼트케이크 세 개, 드라 짱에게는 한정 호박 푸딩과 우유 푸딩, 그리고 빼놓으면 서운한 커스터드 푸딩, 스이에게는 뭘 먹고 싶은지 물어봐서 초콜릿 케이크와 화이트 초콜릿 케이크, 딸기 밀푀유를 주었다.

페르도 드라도 스이도 단것은 싫어하지 않아, 신이 나서 케이크며 푸딩을 베어 물었다.

나는 프리미엄 몽블랑이라는 한정 케이크를 골라 보았다.

거기에 오늘은 커피가 당겨서 그걸 곁들이기로 했다.

킬리만자로산 원두커피다.

산미와 쓴맛이 조화를 이루고 있는 킬리만자로와 몽블랑의 깊이 있는 밤의 단맛이 정말이지 잘 어우러졌다.

그런 식으로 우리 일행은 디저트 타임을 가지며 시간을 보냈다.

『좋아, 이제 슬슬 됐겠지.』

만족스럽게 입 주변을 낼름낼름 핥으며 페르가 그렇게 말했다.

"뭐가 슬슬 됐을 거라는 거야?"

디저트 타임을 마친 후, 페르와 드라 짱과 스이는 낮잠을 자기 시작했다.

페르의 결계 덕에 마음이 놓이기도 해서 나도 꾸벅꾸벅 졸며 시간을 보내고 있었다.

　낮잠도 충분히 잤다 싶어서 페르 일행에게 말을 걸었더니 이번에는 배가 고프다고 난리였다.

　페르는『점심시간이 다 되었으니 이제 괜찮지 않느냐』라고 하고, 드라 짱도『개미집에 들어가기 전에 배를 채우자고』라고 하기에 일단 점심 식사를 했다.

　만들어두었던 오크 고기가스 샌드위치를 모두가 만족할 때까지 먹고서야 점심 식사가 끝났다.

　덕분에 시간을 넘겨버렸잖아.

　뭐, 훈연 살충 작업은 끝났을 테니 서두를 필요는 없지만 말이야.

"그럼 집 안을 확인해보실까."

　우리 일행은 포레스트 아미 앤트의 집 안에 발을 들였다.

　페르와 드라 짱은 깜깜한 개미집 안을 거침없이 내려갔다.

　그리고 스이는…….

『간다~.』

　공처럼 언덕을 떼구르르 굴러서 내려갔다.

"에, 에엑~ 잠깐, 스이, 괜찮은 거니?!"

『와~아 재밌어~! 한 번 더 하고 싶어~!』

　내가 걱정한 게 무색해지게 스이가 그런 소리를 했다.

　어?

　스이, 얼마나 걱정했는지 알아? 나 참~.

　마음을 다잡고 나도 아래로 내려갔다.

　페르 일행처럼 깜깜한 개미집 안을 내려가는 건 무리라 늘 사용하고 있는 랜턴 타입의 LED 손전등으로 비추면서.

미끄러지지 않도록 벽에 손을 짚고 신중하게 천천히 내려갔다.

그리고 첫 번째 방에 내려섰다.

『어이, 늦었잖느냐. 역시 내 등에 타는 게 빠르지 않겠느냐?』

"됐어. 이렇게 깜깜한 데서 제트 코스터를 타고 싶지는 않거든요."

『끄응, 무슨 소릴 하는 건지는 모르겠지만 싫다는 건 알겠다. 그렇다면 우릴 너무 기다리게 하지 마라.』

"나는 신중한 성격이라 어쩔 수 없다고. 그나저나 내가 해놓고서 할 말은 아니지만, 엄청난 일이 벌어졌네."

첫 번째 방은 포레스트 아미 앤트의 드롭 아이템인 튼튼해 보이는 검고 빛나는 턱으로 가득했다.

『이봐~ 이거 다 주울 거야?』

너무도 많은 드롭 아이템을 보고 드라 짱이 넌더리가 난다는 듯이 말했다.

"뭐, 저랭크 마물의 드롭 아이템이기는 하지만 일단 이 방에 있는 것 정도만 주워 가려고."

『에이~ 귀찮게스리.』

"너무 그러지 마. 봐, 스이도 저렇게 도와주고 있으니까 좀 도와줘."

『여깄어, 주인.』

스이가 회수한 드롭 아이템을 나에게 건넸다.

『어쩔 수 없지.』

"페르도 도와줘."

『귀찮지만 별수 없군.』

페르에게 매직 백을 주고 흩어져서 포레스트 아미 앤트의 드롭 아이템을 주워 나갔다.

다 같이 마음을 비우고 마구 주웠다.

몇 개 남기기는 했지만 양적으로는 충분하고도 남을 정도라 다음 방으로 이동했다.

아래로 이어진 언덕길을 페르 일행은 성큼성큼 내려갔지만 당연히 나는 신중하게 나아갔다.

이미 다음 방을 들여다보고 있는 페르와 드라 짱은 어쩐지 지긋지긋하다는 눈치였다.

"음? 왜 그래?"

나도 방 안을 들여다보았더니…….

"켁, 또 이거야?"

『주인, 주워~?』

이 방에도 포레스트 아미 앤트의 턱이 잔뜩 떨어져 있었다.

나 참, 얼마나 많았던 거야.

"턱은 충분하고도 남을 만큼 있으니 여긴 됐어."

그렇게 말하자 페르와 드라 짱이 노골적으로 안심했다.

아니, 그렇게 싫어할 만큼 줍지도 않았잖아.

『좋아, 다음으로 넘어가자.』

드라 짱이 그렇게 말하며 다음 방으로 날아갔다.

하지만 다음 방도, 그다음 방도 마찬가지로 포레스트 아미 앤트의 드롭 아이템인 턱으로 가득했다.

『사실대로 말하자면 그런 연기만으로 섬멸이 되겠나 싶었지만, 이거 효과가 굉장하네. 안에 있던 개미들까지 전부 죽었잖아…….』

드롭 아이템투성이가 된 방을 보고 드라 짱이 그렇게 중얼거렸다.

『그러게 말이다.』

페르도 방의 상황을 보고 동의했다.

"강력한 훈연 살충제니까. 연기가 구석구석까지 퍼져서 효과도 엄청 좋아."

내가 만든 건 아니지만 어쩐지 살짝 자랑스러워졌다.

제약회사분들 고맙습니다.

당신들이 만든 살충제는 이세계에서 대활약 중이랍니다.

뭐, 그건 그거고 내려간 곳의 다음 방이 마지막 방이라는 모양이다.

다시 말해서…….

『저게 퀸 포레스트 아미 앤트로군. 끈질기게도 살아있구나.』

페르가 그렇게 말하며 코로 가리킨 곳에 평범한 포레스트 아미 앤트의 4, 5배는 될 듯 커다란 개미가 벌렁 뒤집힌 상태로 다리를 꿈틀거리고 있었다.

『이것밖에 없는 걸 보면 유충은 다 죽은 것 같네. 한 마리도 안 남았어.』

드라 짱의 말대로 마지막 방에는 퀸 포레스트 아미 앤트만 있었다.

『네가 해낸 거다. 마무리도 네가 해라.』

"아, 으응. 알겠어."

페르가 재촉하기에 퀸 포레스트 아미 앤트의 앞에 섰다.

그리고 아이템 박스에서 스이 특제 미스릴 창을 꺼냈다.

"에잇."

퀸 포레스트 아미 앤트의 배에 미스릴 창을 깊이 찔러 넣는다.

한 차례 움찔하더니 퀸 포레스트 아미 앤트는 숨을 거뒀다.

퀸 포레스트 아미 앤트가 사라진 자리에는 퀸 포레스트 아미 앤트의 턱과 극소 마석이 떨어져 있었다.

그리고…….

『어이.』

『아하.』

『주인, 안에 뭐가 있어~.』

퀸 포레스트 아미 앤트에 가려서 안 보였던 그것이 퀸 포레스트 아미 앤트가 사라지자 드러났다.

"보물 상자네……."

설마 이런 개미집 깊은 곳에 보물 상자가 있을 줄은 꿈에도 몰랐다.

우리 일행 앞에 보물 상자가 놓여 있다.

낡은 목제 보물 상자다.

포레스트 아미 앤트의 집이기는 하지만 당연히 이곳도 던전의 일부라는 뜻이리라.

감정해 보았는데 딱히 함정 같은 것은 없는 듯했다.

"함정은 없는 것 같아. 열어본다?"

신중에 신중을 기하고자 창끝으로 보물 상자를 열었다.

덜컹 소리와 함께 뚜껑이 열렸다.

나, 페르, 드라 짱, 스이, 모두가 조심스럽게 안을 들여다보니, 안에는 펜던트 하나가 들어 있었다.

체인을 잡아 위로 들어 올렸다.

펜던트 헤드는 은색으로 기하학적인 문양이 그려진 메달처럼 생겼는데, 그 중앙에는 오팔처럼 무지개빛으로 빛나는 돌이 끼워져 있었다.

『호오, 상당한 물건이로구나, 그거.』

먼저 감정을 마친 것인지 페르가 그렇게 말했다.

나도 서둘러 펜던트를 감정해 보았다.

【해주(解呪)의 펜던트】

어떤 저주든 한 번 무효화하는 매직 아이템.

"이건⋯⋯."

침이 꿀꺽 넘어갔다.

『이봐, 뭐였는데?』

드라 짱이 뭐냐고 대답을 재촉했다.

"해주의 펜던트라는데?"

『헤에~ 관심 없어.』

『고기가 들어 있으면 좋았을 텐데~.』

드라 짱과 스이는 단숨에 흥미를 잃은 모양이다.

그런 반면 나는…….

"저, 저기, 페르, 이건 한 번만 효과가 있는 것 같기는 하지만, **어떤** 저주든 무효화한다는 뜻이지?"

『음. 내가 감정한 바로는 그렇다는군.』

페르의 상세 감정에도 그런 결과가 나왔다는 이야기는, 정말 아무리 강력한 주술이라도 무효화해준다는 뜻이다.

"그렇다면……."

『네가 몸에 지니고 다니는 게 좋겠다.』

기억해주기 바란다.

나한테는 신의 가호가 있지만 모두 다 (소)라는 사실을.

신께서는 '신의 가호(소)라고는 해도 즉사 효과가 있는 것이나 아주 강한 주술이 아닌 한은 상태 이상 무효화의 힘은 발휘될 것이고, 마법의 발동도 잘 된다'고 했다.

여기서 주목해주었으면 하는 부분은 '아주 강한 주술이 아닌 한은'이라는 부분이다.

그렇다, 강한 주술은 무효화할 수 없다는 뜻이다.

추후에 가호(소)들이 추가되어 중복되었으니 보통 가호와 비슷한 효과가 있다는 이야기를 듣기는 했지만 솔직히 말해서 아주 불안하지 않은 것은 아니었다.

좌우간 가호(소)잖아.

그런고로 이번 것은 순순히 내가 사용하기로 했다.

"그래. 내가 쓸게."

나는 곧장 해주의 펜던트를 목에 걸었다.

후후후후후, 이제 걱정할 일이 하나 줄었네.

뭐, 강한 주술 같은 걸 맞을 일은 없겠지만 세상일은 모르는 거니까.

이게 있으면 나도 마음을 놓을 수 있을 것 같다.

이제 즉사 효과를 무효화하는 매직 아이템이라도 나오면 좋겠는데.

세상일이 그렇게 호락호락하게 풀리지만은 않겠지.

『이제 이곳에는 볼일이 없다. 나가자.』

페르의 그 말에 우리 일행은 개미집에서 탈출했다.

나올 때는 페르의 등에 타서 편하게 나올 수 있었다.

◇　◇　◇　◇　◇　◇

포레스트 아미 앤트의 집에서 귀환하여 지상(?)으로 돌아온 우리 일행은 다시 숲속을 탐험하기 시작했다.

마물이 나타나면 당연하다는 듯이 스이가 격퇴했다.

자이언트 킬러 맨티스, 자이언트 센티피드, 베놈 타란툴라, 패럴라이즈 버터플라이 등과 나오지 않아도 될 미끈미끈 계열의 마물도 나왔다.

미끈미끈 계열의 마물은 보기만 해도 소름이 돋을 만큼 징그러웠지만 스이가 앞장서서 쓰러뜨려줘서 견딜 수 있었다.

포레스트 아미 앤트의 집에서 멀어지자 짐승 계열 마물도 나오게 되었고, 조금씩이지만 가죽이며 고기류의 드롭 아이템도 얻을 수 있었다.

그러다 보니 저녁 시간이 되었다.

저녁 메뉴에는 페르, 드라 짱, 스이의 요청으로 기간트 미노타우로스 고기를 사용하기로 했다.

"또 기간트 미노타우로스 고기야? 뭘로 할까. 분명 좋은 고기이기는 하니, 심플하게 스테이크가 제일 좋을 것 같기는 하지만 그것도 좀……. 아, 숲속이라 연기가 나는 걸 신경 쓸 필요도 없으니까 오랜만에 바비큐 그릴을 써보는 것도 괜찮을지도. 뭐, 엄밀하게 말하면 던전 안이지 숲속은 아닐지도 모르지만 말이야."

바비큐 그릴이라, 그러면…….

"바비큐 그릴로 기간트 미노타우로스 숯불 스테이크를 만들어볼까."

아이템 박스에서 바비큐 그릴을 꺼내 준비를 시작했다.

"좋아, 숯도 적당히 달궈졌으니 슬슬 굽기 시작해도 되겠지?"

적당한 두께로 썰어 소금 후추로 밑간을 해둔 기간트 미노타우로스 고기를 그릴 위에 늘어놓는다.

치익, 하는 소리와 함께 고기가 구워지는 맛있는 냄새가 풍기기 시작했다.

"냄새 진짜 끝내준다아……."

숯불에 충분히 구워질 때까지 얼마간 기다린다.

기간트 미노타우로스 고기에서 기름이 떨어지자 숯에서 불꽃이 혹 치솟았다.

조금만 더, 조금만 더, 좋아, 됐어.

적절하게 구워진 기간트 미노타우로스 고기를 차례로 뒤집는다. 또렷하게 새겨진 그릴 무늬가 아름답기 그지없다.

"분명 맛있을 거야, 이건."

무심결에 군침을 꿀꺽 삼키며 혼자서 그런 소리를 중얼거리고 있자, 바비큐 그릴에 뭔지 모를 물방울이 떨어져 치익 하고 증발했다.

뭔가 싶어서 위를 올려다보니 페르가 군침을 질질 흘리며 기간트 미노타우로스 숯불 스테이크를 뚫어져라 쳐다보고 있었다.

"자자잠깐, 페르, 더럽잖아!"

『더럽다니, 뭐가 말이냐.』

"뭐긴 뭐야! 침을 질질 흘려놓고. 그것도 그릴 위에 흘리다니~."

『어이쿠, 미안하다.』

"미안하면 다야~? 페르의 침이 묻은 숯불 스테이크 같은 건 먹고 싶지 않다고. 볼 거면 좀 더 떨어져서 보고 있어."

『끄응, 아직 멀었느냐?』

"거의 다 됐어."

『이 냄새는, 못 참을 것 같아아…….』

『빨리 먹고 싶어~!』

페르의 옆에 둥둥 떠 있는 드라 짱과 페르의 머리 위에 올라타 있는 스이도 페르와 마찬가지로 숯불 스테이크에서 눈을 떼질 못

하고 있었다.

"조금만 더 구우면 돼."

그렇게 달래고서 다시 스테이크로 시선을 옮겼다.

치익——.

잘 구워지고 있는지 물끄러미 쳐다보고 있는 내 머리 위에서 거칠게 콧숨을 몰아쉬는 소리가 들렸다.

"아아그을쎄에, 페르는 좀 떨어져 있으라고~. 가만, 아아! 너 내 어깨에도 침 흘렸잖아~!"

어깨에 잔뜩 묻은 페르의 침을 허겁지겁 수건으로 닦았다.

"나 참, 뭐 하는 거야. 콧김까지 훅훅, 훅훅 거칠게 내쉬어가면서."

『어쩔 수 없지 않으냐! 그 고기가 구워지는 냄새가 견딜 수 없이 좋으니. 배고픈 상태의 나에게 그 냄새를 맡고 참으라는 게 더 잔인한 짓이다.』

"뭐가 잔인한 짓이라는 거야. 고기를 굽고 있으니 당연히 냄새가 나지. 다 구워질 때까지만 좀 참아."

『끄으응.』

『자자. 하지만 페르의 말도 이해는 돼. 배고플 때 이 냄새는 위험해. 츄릅…….』

『주인, 고기 아직이야? 스이, 빨리 먹고 싶어~.』

드라 짱까지 군침을 삼키고 있잖아?

스이는 기다리기가 힘든지 푸들푸들 진동하고 있고.

"아아 진짜, 알았다고. 진짜 거의 다 됐어!"

조금만 더, 조금만 더, 좋아.

"자, 다 구워졌어."

각자의 그릇 위에 기간트 미노타우로스 숯불 스테이크를 몇 장씩 척척 쌓아서 내밀어주자 페르와 드라 짱, 스이는 말없이 덤벼들었다.

제2진을 굽기 시작했지만 페르는 벌써 다 먹어치우고 다음 스테이크를 기다리고 있었다.

『추가 요리는 멀었느냐?』

"지금 굽기 시작했으니까 조금만 더 기다려."

그렇게 말했음에도 불구하고 페르는 안절부절못하며 『아직이냐』 하고 몇 번이나 물어왔다.

그러는 동안 드라 짱과 스이도 다 먹고 대기하고 있었다.

겨우 다 구워져서 내놓자 다들 또다시 곧장 덤벼들었다.

"스테이크 소스는 안 뿌려도 되겠어?"

『음, 뿌려다오! 마늘 풍미가 나는 걸로.』

『나도! 이 고기에는 무조건 마늘 풍미가 어울릴 거야.』

『스이도~!』

숯불 스테이크에 마늘 풍미 스테이크 소스를 뿌려주었다.

어울리지 않을 리가 없지.

무의식중에 나도 군침을 꼴깍 삼켰지만, 기간트 미노타우로스 고기를 아직 한참 더 구워야 할 거다.

예상한 대로 페르와 드라 짱과 스이의 식욕은 멈추지 않았다.

마늘 풍미에 이어 갈은 무 풍미, 양파 풍미, 버터 풍미 스테이크 소스를 써서 계속해서 스테이크를 내놓았다.

한 바퀴 돌고 나자 드라 짱이 탈락했다.

불룩해진 배를 쓰다듬으며 만족스러운 얼굴을 한 채 큰대자로 누워 있다.

『나는 더 먹을 거다.』

『스이도 더 먹을래~.』

페르랑 스이의 배는 무한한 거야?

무서운 아이.

추가로 마늘 풍미와 양파 풍미 스테이크 소스를 끼얹은 숯불 스테이크를 먹자 어느 정도 식욕이 가라앉았는지 게걸스럽게 먹지는 않게 되었다.

드디어 상황이 진정된 것 같아 나도 기간트 미노타우로스 숯불 스테이크를 먹기로 했다.

내 몫은 먹기 쉽도록 한 입 크기 정도로 썰어야 한다.

써는 동안에도 육즙이 흘러나오고 있는 데다 잘린 단면도 보기 좋은 핑크빛을 띠고 있다.

진짜 엄청 먹음직하게 구워졌다.

이 고기에는 최근 개인적으로 푹 빠져 있는 고급 소금을 곁들여보기로 했다.

와사비 소금과 레몬 소금을 준비해 봤다.

우선은 먹기 좋게 썬 숯불 스테이크에 와사비 소금을 살짝 찍어서 덥석 입에 넣었다.

"뭐야 이거, 완전 맛있어."

와사비의 상쾌한 향과 매운맛이 은은히 코를 자극하는 소금이 육즙 넘치는 숯불 스테이크와 절묘하게 어울렸다.

"우와. 얼마든지 먹을 수 있겠어."

와사비 소금을 찍은 숯불 스테이크를 먹는 걸 멈출 수가 없었다.

"아차, 이것만 먹으면 안 되지. 레몬 소금 쪽도 시험해 봐야지."

이번에는 레몬 소금을 살짝 찍어서 덥석.

"레몬향이 상쾌해~. 이쪽도 맛있네에. 이거라면 고기도 상큼하게 먹을 수 있겠어."

이번에는 레몬 소금을 찍은 숯불 스테이크를 먹는 걸 멈출 수가 없었다.

"이거 우열을 가릴 수가 없네."

그런 감상을 늘어놓으며 레몬 소금을 찍은 숯불 스테이크를 덥석 문 순간, 이쪽을 물끄러미 쳐다보는 시선이 느껴졌다.

『어이, 그건 뭐냐.』

"으음~ 와사비 소금이랑 레몬 소금."

『이 고기에 어울리느냐?』

"응, 완전 어울려."

『왜 그것을 일찍 내놓지 않은 것이냐! 나한테도 내놔라!』

『스이도 줘~!』

"네에네, 알겠습니다."

그렇게 말하며 페르와 스이가 먹을 것을 준비하고 있자 큰대자로 뻗어 있던 드라 짱이 벌떡 일어나서 『나도 조금 먹을래!』라고 했다.

우린 던전 안에 있다는 사실은 까맣게 잊고 기간트 미노타우로스 숯불 스테이크를 실컷 만끽했다.

아침 식사 후, 우리 일행은 다시 숲을 탐색하기 시작했다.

나타나는 마물은 어제에 이어 스이 혼자 도맡아 처리했다.

스이는 페르의 등에 올라탄 내 위와 페르의 위를 종횡무진으로 이동하며 산탄을 쏘아 마물들을 차례차례 격파해 나갔다.

고랭크 마물의 드롭 아이템을 주우며 전진하고 있기는 했지만, 페르의 기동성으로도 숲의 끝이 보일 낌새가 없었다.

『그나저나 숲이 넓기도 하네. 빠져나가려면 멀었을까?』

페르의 등에서 염화로 물어보았다.

『최단거리로 이동하고는 있지만 말이다. 이 숲은 지나치게 넓구나.』

페르가 말하길, 느낌상 현재 위치는 중간 지점을 조금 지난 곳일 거라 한다.

『나 참, 던전 안인데 짜증 나게 이렇게 넓은 숲을 만들다니.』

『그러게 말이다. 내가 상대하고 싶은 강한 마물도 없어 시시하군.』

『그 말에는 나도 동감이야. 이 정도는 스이의 전력만으로도 무난하게 헤쳐나갈 수 있잖아. 우리가 나설 기회가 없어.』

아니아니, 그런 소릴 할 수 있는 건 너희뿐이라고.

이 숲은 A랭크 마물도 종종 나오잖아.

가끔씩 S랭크도 섞여 있고.

스이가 금방 쓰러뜨리고 있지만.

조금 전에도 스이가 쓰러뜨린 기간트 헤라클리우스 비틀이라는 커다란 S랭크 곤충 마물의 드롭 아이템을 주운 참이다.

내 키만큼 긴 뿔이랑 그럭저럭 큰 마석을 말이야.

페르와 드라 짱의 말에 살짝 뺨을 실룩거리며 그런 생각을 했지만, 결국 저 말이 사실이라는 게 우리 최강 트리오의 무서운 점이겠지, 싶어서 최종적으로는 쓴웃음만 짓고 말았다.

『뭐, 지금은 이대로 나아가는 수밖에 없겠네.』

『더 빨리 달려도 된다면 지금보다 빨리 빠져나갈 수 있겠지만 말이다.』

『페르, 그러지 마. 내가 떨어져 죽을지도 모르니까.』

페르의 제안은 당연히 그 자리에서 거절했다.

페르의 '빨리'는 진짜로 장난이 아니라고.

날아가서 등부터 떨어져 나동그라질 거다.

농담이 아니라 진짜로.

그러니까 지금 속도로 전진해주시죠.

끝이 보일 기미가 없는 숲에 넌더리를 내며, 우리 일행은 숲을 빠져나가기 위해 이동에 전념하기로 했다.

어제와 오늘, 이틀 동안 내내 이동만 한 결과.

우리 일행은 드디어 숲의 끝을 눈앞에 두고 있었다.

그 말인즉, 이 층의 보스가 나올 것이라는 뜻이다.

"저게 보스인가……."

숲을 빠져나오자 보인 것은 커다란 바위산이었다.

그 중앙에 커다란 동굴이 뻥 뚫려 있었다.

동굴 앞에는 몸길이가 10미터는 될 듯한, 팔이 네 개인 초거대 곰이 의기양양하게 쿵쿵 걸어 다니고 있었다.

우리는 숲이 끝나는 경계선에 있는 나무 뒤에서 상황을 살폈다.

초거대 곰을 감정해보니…….

【4암즈 베어】

S랭크 마물. 견줄 상대가 없는 괴력. 잡식성에 매우 흉포.

"견줄 상대가 없는 괴력…… 매우 흉포하다……."

응, 척 봐도 그런 느낌이긴 하네.

『걱정 마라. 저 녀석은 몇 번인가 쓰러뜨린 적이 있으니.』

내 표정이 어지간히도 불안해 보였는지, 페르가 작은 목소리로 말했다.

"그래?"

『음. 저건 분명 강력하고 흉포하지만 몸집이 커서 기민하지는 않지. 접근하지만 않으면 별것 아니다. 그보다 말이다. 저 녀석의 고기는 다소 누린내가 나기는 하지만 그래도 풍미가 좋아서 제법 맛있다.』

페르의 그 말에 육식 애호가 동료인 드라 짱과 스이가 반응했다.

『호오~ 저 녀석의 고기가 맛있다고? 한 번 본 적은 있지만 먹은 적은 없었는데. 마침 잘됐네.』

『맛있는 고기라아. 기대돼~.』

저 흉포하게 생긴 곰도 고기로만 보이는구나, 우리 애들 눈에는. 그럴 줄 알았지만. (먼눈)

『좋아, 그럼 간다.』

『그래. 임마, 고기 내놔~!』

『맛있는 고기~!』

페르와 드라 짱과 스이가 일제히 뛰쳐나갔다.

"어, 어이, 드롭 아이템으로 고기가 나올 거라는 보장은 없다고."

그렇게 외쳤지만 곰 고기 생각으로 머리가 가득해진 트리오의 귀에 들렸을지 어떨지는 모르겠다.

그리고 뛰쳐나간 페르, 드라 짱, 스이가 일제 공격을 퍼부었다.

콰르르ㅇㅇㅇ응――.

페르의 번개 마법으로 보이는 벼락이 4암즈 베어의 정수리에 꽂혔다.

푸슈욱――.

드라 짱의 얼음 마법으로 보이는 끝이 뾰족한 굵은 얼음 기둥이 4암즈 베어의 등을 뚫을 기세로 푹 박혔다.

풋――.

스이의 산탄이 4암즈 베어의 옆구리에 커다란 바람구멍을 냈다.

"크아……."

치명상이 될 만한 공격을 일제히 맞은 4암즈 베어는 힘없는 목소리를 흘린 후 쿠웅, 하고 큰소리를 내며 옆으로 쓰러졌다.

4암즈 베어가 쓰러진 것을 확인하고 나는 모두가 있는 곳으로 다가갔다.

『좋았어! 고~기, 고~기, 고~기!』

『고기, 고기, 고 · 기 · 이~ ♪』

드라 짱은 신이 나서 곡예비행을 하며 고~기 고~기 구호를 외쳤고, 스이는 통통 리듬에 맞춰 튀어 오르며 콧노래를 흥얼거렸다.

"아니아니 글쎄, 아까 내가 한 말 못 들었어? 고기가 나올 거란 보장은 없잖아."

『흠, 분명 그렇군.』

페르 씨, 이제 알아챘다는 표정 짓지 말라고.

『에에~? 고기가 안 나올지도 모른다고?』

『고기 안 나오는 거야~?』

"아니, 뭐가 드롭될지는 모르는 거잖아? ⋯⋯아, 마침 나왔네."

드롭 아이템을 확인해 보니⋯⋯.

『큭, 고기가 안 나오다니⋯⋯.』

『뭐야~ 기대했었는데~.』

『치이, 고기 안 나왔어~.』

고기가 나오지 않자 트리오는 실망했다.

"뭐, 이럴 때도 있는 거지. 일단 앞으로 가자. 이 동굴 안에 아래로 내려가는 계단이 있는 거지?"

나는 동굴 안으로 한 걸음을 내디뎠다.

"그오오오오오오오."

쿵쿵쿵, 땅울림 같은 발소리와 함께 우리의 눈앞에 나타난 것은…….

"와와와와와와왁, 하, 한 마리 더 있었어?!"

내 눈앞에 나타난 것은, 또 한 마리의 4암즈 베어였다.

내가 엉겁결에 지른 비명 소리를 들은 4암즈 베어가 나를 향해 앞발을 치켜들었다.

"크오어어어어어어엉."

숨결마저도 느껴질 듯한 거리다.

엄청난 박력과 공포심에 나는 다리가 풀려서 주저앉고 말았다.

『주인을 괴롭히지 마~!』

풋──.

『건방진 것. 죽어라.』

콰르르으으응──.

『어차피 죽을 거면 고기나 내놔!』

푸슈욱──.

스이, 페르, 드라 짱이 조금 전과 같은 일제 공격을 새로 나타난 4암즈 베어에게 날렸다.

"크오…… 어…………."

4암즈 베어는 뒤로 벌렁 쓰러지더니 꿈쩍도 하지 않았다.

그리고 조금 지나자…….

『됐다~! 고기 나왔어~!』

스이가 드롭 아이템으로 나온 고기 앞에서 기쁜 듯이 통통 튀어 오르고 있었다.

『좋았어, 나왔구나! 먹어본 적 없는 고기라 엄청 기대되네!』

드라 짱도 처음 보는 고기 앞에서 흥분한 듯했다.

『살짝 적은 것도 같지만, 뭐 됐다.』

적다니, 페르, 그 고깃덩이는 10킬로그램은 되어 보이거든?

트리오에게는 고기밖에 안 보이는 것 같지만, 그 밖에도 발톱과 마석을 드롭했기에 당연히 회수했다.

"하아, 그나저나 좀 전에는 깜짝 놀랐어어······. 갑자기 눈앞에 나타났잖아. 아직도 다리가 후들거리네."

『너는 경험을 쌓아도 칠칠치 못하구나. 자, 빠릿빠릿하게 걸어라.』

그렇게 말하며 아직도 충격에서 벗어나지 못해 비틀비틀 걷는 나를 페르가 꼬리로 철썩철썩 때렸다.

"야, 때리지 말라고. 그렇게 말한들 어쩔 수 없잖아. 저런 게 눈앞에 나타나면 누구든 놀랄걸."

솔직히 말해서 오줌을 지리지 않은 것만으로도 나 자신을 칭찬해주고 싶을 정도라고.

『저런 마물은 덩치만 크지 별것 아니다. 그보다 네 걸음에 맞추다가는 언제까지고 아래로 못 내려갈 거다. 타라.』

"뭐, 하고 싶은 말은 많지만, 부탁 좀 할게. 이 동굴에서 빨리 나가고 싶어."

나는 비틀대는 다리를 질타해서 페르의 등으로 기어 올라갔다.

『그럼 간다.』

우리 일행은 동굴 가장 깊은 곳에 있던 계단을 내려가 40계층으로 향했다.

40계층에 내려선 우리 일행의 눈앞에 나타난 것은……

"에엑~ 또 숲이야?!"

조금 전에 뒤로 했던 39계층처럼 파릇파릇 자라난 나무들이 늘어선 숲이었다.

"저기 페르, 이거 좀 전까지 있던 39계층의 숲이랑 비슷한 넓이일까?"

그렇겠지 싶기는 했지만 페르에게 확인해 보았다.

『음. 어쩌면 좀 전에 있던 곳보다 넓을지도 모르겠군.』

페르의 답을 듣자 맥이 탁 풀렸다.

39계층의 숲보다 넓다니…….

겨우 숲을 빠져나온 참인데, 죽을 맛이네.

『어쩔 수 없지. 가자.』

『그래야겠네. 안 그러면 아래층으로 갈 수가 없잖아.』

페르와 드라 짱의 말은 지당하지만 한숨이 나오는 걸 어떡해.

『마물은 스이가 전~부 쓰러뜨릴 테니까 맡겨줘~.』

스이만 신이 났다.

"어쩔 수 없지, 가볼까."

우리 일행은 40계층에 출현한 새로운 숲에 발을 디뎠다.

이곳 40계층의 숲은, 벌레 마물이 급감한 대신 짐승 계열 마물이 속속들이 덤벼들었다.

레드 보어를 시작으로 코카트리스, 록 버드, 자이언트 도도, 자이언트 디어 등 평소 자주 신세를 지고 있는(주로 고기로) 마물들 말고도 자이언트 혼 래빗과 와일드 에이프 등등이 차례로 나타났다.

물론 스이가 페르의 위에서 산탄을 쏴서 금방 쓰러뜨렸지만.

그런고로 우리 일행은 별다른 어려움 없이 성큼성큼 숲속을 전진했다.

『좋아, 오늘은 여기까지 하지.』

페르가 염화로 말하며 걸음을 멈췄다.

"어두워지기 시작했으니 그러자."

무슨 원리인지는 모르겠지만 던전 안인데 시간에 맞춰 밝아지거나 어두워지거나 한단 말이지.

지금까지 갔던 던전도 그랬지만 숲이나 사막 같은 필드 계열 계층은 어째서인지 그랬다.

그런 면은 시간 경과를 알 수 없는 계층보다 낫지만, 쓸데없이 넓은 건 불만이었다.

『저기저기저기저기!』

자기주장을 하듯 드라 짱이 두 손을 들고 내 앞으로 다가왔다.

"왜 그래, 드라 짱."

『저녁에는 아까 잡은 곰 고기를 써 줘. 나, 그거 먹어본 적이 없어서 먹고 싶어!』

"곰 고기라~ 또 귀찮은 걸 주문하네……."

곰 고기 요리 같은 건 해본 적이 없는데.

머릿속에 떠오르는 거라곤 회사 격려 여행으로 갔던 온천 여관에서 먹은 곰 전골뿐인데.

모양새가 곰 전골이라기보다는 곰 국 같은 느낌이기는 했지만.

된장 베이스에 생각했던 것만큼 누린내가 나지 않아서 꽤 맛있었던 곰 고기가 선명하게 기억난다.

그러고 보니 이야기를 나누다가 여관 직원한테 만드는 방법을 물어보긴 했었지.

"곰 고기 하면, 곰 전골밖에 안 떠오르는데."

『전골, 좋네. 전골로 해 줘!』

『전골이라. 나도 그거면 된다.』

『스이도 전골 좋아하니까 괜찮아~.』

그런고로 저녁 메뉴는 곰 전골로 결정됐다.

하지만 그 여관 직원이 곰 고기는 잡은 시기와 곰의 나이 등에 따라 냄새와 고기의 단단한 정도 같은 게 달라진다고 했던 것 같은데.

여관에서 먹었을 때의 곰은 동면을 앞둔 상태에 나이도 적당한 곰이라 잡내도 없고 맛있었지만.

던전산 4암즈 베어는…….

4암즈 베어 고기의 냄새를 맡아보았다.

"으~음, 그렇게까지 이상한 냄새는 안 나네. 일단 조금만 구워서 맛을 볼까?"

4암즈 베어의 고기를 조금 잘라서 소금 후추만 뿌려 구워서 먹어 봤다.

"으음? 이대로도 엄청 맛있는데? 고기도 전혀 단단하지 않고 평범하게 씹을 수 있고. 약간 사슴 고기 특유의 누린내 같은 게 나긴 하지만 그렇게까지 심하지는 않아."

어떨까 싶었지만 엄청 괜찮다.

생각해 보니 곰 고기이기는 해도 일본에 사는 곰과는 다르니 당연하다고 할 수도 있겠네.

좌우간 이건 이세계에 있는 던전산 마물 고기니까.

"이거라면 여관에서 배운 레시피대로 만들어도 맛있는 곰 전골을 만들 수 있을 것 같네."

나는 온천 여관에서 배운 조리법을 떠올리며 인터넷 슈퍼에서 재료를 구입해 나갔다.

"어디 보자. 우선은 채소부터 시작할까."

무와 당근은 부채꼴 모양으로 썰고, 우엉은 어슷썰기해서 물에 헹궈 둔다.

4암즈 베어의 고기는 적당한 크기로 소분해서 얇게 썬다.

그러고 나서 바닥이 깊은 냄비에 참기름을 두르고 곰 고기를 볶는다.

곰 고기가 살짝 익으면 무, 당근, 우엉을 넣어 계속 볶고, 전체적으로 기름기가 돌면 육수(다시마 육수가 좋다고 들었다. 이번에는 간단하게 과립형 다시마 육수를 사용했다)를 넣고 끓인다.

이때 거품이 잔뜩 뜬다고 들어서 거품 제거 시트를 구입해뒀는데, 4암즈 베어의 고기는 안 나오는 수준까지는 아니라도 잔뜩 나오지는 않았다.

그래도 꼼꼼하게 거품 제거 시트를 써서 걷어냈지만.

거품을 다 걷어내고 나면 보리된장과 맛술을 넣고 보글보글 끓인다.

그 사이 팽이버섯과 만가닥버섯을 찢어놓고, 파는 어슷썰기하고 두부는 깍둑썰기 한다.

끝으로 빨리 익는 팽이버섯, 만가닥버섯, 파, 두부를 넣고 익히면 완성이다.

맛을 보니 제법 맛있다.

조금 나던 누린내도 전혀 신경 쓰이지 않았다.

"후우, 이래저래 꽤 시간이 걸렸지만 다 됐어~."

『내 말이 그 말이다. 기다리느라 지쳤다.』

『배고파아.』

『배가 꼬륵꼬륵해~.』

"미안미안, 끓이는 데 시간이 좀 걸려서. 그보다 여기, 먹어 봐."

곰 고기…… 아니, 4암즈 베어 고기가 듬뿍 든 곰 전골을 퍼서애들 앞에 내놓았다.

『흐음, 채소가 많군……. 배가 고프니 뭐 됐다.』

페르는 채소가 많이 든 것을 보고 잠시 눈살을 찌푸렸지만 배고픔을 달래고 싶은 마음이 더 컸는지 와구와구 먹기 시작했다.

『호오~ 이게 곰 고기야? 어디 보자…….』

드라 짱은 처음 고기를 맛보는 사람처럼 꼼꼼히 씹어 먹었다.

『와아~ 밥이다~.』

배가 꼬륵꼬륵하다던 스이는 엄청난 기세로 와구와구 먹었다.

마도 버너를 최대한 활용해서 바닥이 깊은 냄비 네 개에 끓였던 곰 전골이 순식간에 줄기 시작했다.

매번 하는 생각이지만 다들 잘도 먹네, 싶었다.

『후우, 자알 먹었다.』

드라 짱이 불룩해진 배를 쓰다듬으며 말했다.

『그나저나 곰 고기도 나쁘지는 않지만, 까놓고 말해서 커다란 미노타우로스 고기가 더 맛있단 말이지.』

……이봐.

『고기의 맛으로 따지면 당연히 그렇지. 이건 가끔씩 먹어서 맛있는 거다.』

……이것 보셔어.

『있잖아~ 스이도 그렇게 생각해. 좀 전에 것도 맛있었지만, 커다란 소 마물 고기가 더 맛있는 것 같아.』

스이야아아아아.

곰 고기도 꽤 맛있다고 했으면서…….

곰 고기를 먹고 싶다고 했으면서…….

솔직히 말하자면 나도 기간트 미노타우로스 고기가 더 맛있다고는 생각해.

하지만 그런 식으로 비교하면 끝이라고.

하아, 곰 고기는 어렵구나.

사흘 내내 이동을 하다 보니.

페르의 말대로 40계층의 숲은 39계층보다 넓었다.

최근 사흘 동안 가죽에 뿔에 이빨 등의 드롭 아이템이 잔뜩 쌓였다.

고기가 별로 나오지 않자 트리오는 불평을 늘어놓았지만 어쩌겠는가.

어쨌든 겨우 그 광대한 숲을 빠져나왔다.

그리고 그 끝에 기다리고 있던 계층 보스는…….

"뭐, 뭐야 저게…….”

나무 뒤에서 상황을 살피다가 엉겁결에 중얼거리고 말았다.

멍하니 올려다보고 있는 시선 끝에는 엄청 거대하다고 생각했던 39계층 보스인 4암즈 베어보다 한층 더 큰 금색 사슴 같은 마물이 있었다.

금색 사슴 같은 마물은 발치에 있는 보라색 과실이 열린 키 작은 나무를 우물우물 먹고 있었다.

『호오~ 보기 드문 녀석이 나왔군.』

"뭔지 알아?"

금색 사슴 같은 마물을 보고 눈이 휘둥그레져서 물었디.

『예전에 딱 한 번 본 적이 있다. 한번 겨뤄보고 싶었지만 도망쳤다.』

천 살도 더 된 페르가 딱 한 번밖에 못 봤다니, 엄청 희귀한 마물인가 보네.

『아~ 저거라면 그러고도 남지.』

이야기를 듣고 있던 드라 짱이 응응, 고개를 끄덕이며 그렇게 말했다.

"뭐야, 드라 짱도 알아?"

『그래. 옛날에 살았던 숲에 있었거든.』

드라 짱의 말로는, 옛날에 살았던 숲의 주인 같은 존재가 저 마물이었다고 한다.

『저건 머리가 좋고 싸우는 것도 좋아하지 않아. 그래서 기본적으로 자기 쪽에서 먼저 공격하지도 않고. 분명 페르가 자기보다 명백하게 강해 보여서 도망친 거겠지.』

그렇기는 해도 강한 마물인 건 사실이라는 말도 덧붙였다.

『나도 그땐 참 어렸지이. 저 녀석이 싸우는 모습은 본 적도 없어서, 숲의 주인이라고 해봐야 별거 아닐 거라 생각했어. 근데 말이야아……』

드라 짱은 그렇게 말하며 떨떠름한 표정을 지었다.

듣자 하니 그 숲의 주인이라는 녀석은 오렌지색 열매가 열리는 나무의 뿌리를 보금자리로 삼고 그 나무를 소중히 여겼다고 한다.

아닌 게 아니라 그 나무에 다가가기만 하면 누구든 가차 없이 위협해서 쫓아낼 정도로.

그렇게 소중히 여기는 나무에 열리는 오렌지색 열매는 무조건 맛있을 거라고 생각한 드라 짱은 어떻게든 그 오렌지색 열매를 먹어보고 싶어졌단다.

그리고 숲의 주인의 눈을 피해 오렌지색 열매를 확보했다.

하지만 그대로 숲의 주인에게 들켜서…….

『이야아, 엄청나게 화를 내더라고. 저 녀석은 번개 마법을 쓰는데 저 금색 뿔 사이에 파직파직 벼락이 깃들어. 그 강렬한 벼락을 가차 없이 나한테 쏴대더라고. 심지어 끈질기기까지 해서 결국 하루 종일 쫓겨 다녔어.』

드라 짱은 그때의 일이 떠올랐는지 몸을 부르르 떨었다.

쫓겨 다니다 보니 오렌지색 열매는 중간에 떨어뜨려 먹어보지도 못한 데다, 결국 그 일이 화근이 돼서 살 곳을 옮겨야만 했다고 한다.

뭐, 까놓고 말해서 자업자득이라고 생각하기는 하지만.

그럼 오래 산 페르도 보기 드물다고 하고, 어린 시절이었다고는 해도 이렇게나 강한 드라 짱을 마구 쫓아다녔다는 저 금색 사슴 같은 마물의 이름은 뭘까.

【즐라토로그】

S랭크 마물. 머리가 좋고 어지간해서는 공격해 오지 않지만, 소중히 여기는 물건에 손을 대면 격노해서 집요하게 공격을 퍼붓는다.

오오, 드라 짱이 설명했던 그대로네.

'소중하게 여기는 물건에 손을 대면 격노해서 집요하게 공격을 퍼붓는다'라니.

여기 있는 저 즐라토로그가 소중히 여기는 물건은 뭘까?

그걸 피하면 싸우지 않아도 될지도 모르잖아.

으~음…… 앗!

"저, 저기, 소중히 여기는 물건이라는 게……."

『그거야, 과실을 엄청 좋아하는 걸 거야.』

숲의 주인에게 쫓기던 때를 떠올리며 드라 짱이 그렇게 중얼거렸다.

"그렇다면 역시 발치에 자라있는……."

『지금도 녀석이 먹고 있는 저 나무일 테지.』

페르의 생각도 같았다.

"어, 어쩌지? 저 바위산에서 살짝 우측에 있는 동굴이 아래층으로 이어진 계단으로 가는 길이잖아?"

『아마도 그럴 거다.』

저 동굴로 가려면 그 앞에 군생하고 있는, 보라색 열매가 열린 키 작은 나무 사이를 지나야만 한다.

그렇다면 분명, 보나 마나 즐라토로그가 화를 내겠지이.

『고민해 봐야 뾰족한 수는 없다. 쓰러뜨려야만 지나갈 수 있다면 쓰러뜨리는 수밖에.』

페르, 일리 있는 소리처럼 들리지만 사실은 즐라토로그랑 싸우고 싶은 것뿐이잖아.

『날 수 있는 나라면 저 녀석을 피해서 동굴로 갈 수도 있겠지만, 너희는 그렇지가 않으니까. 페르의 말대로 지금은 저 녀석을 쓰러뜨리는 수밖에 없겠어. 저 녀석은 그 숲의 주인이 아니지만, 여기서 울분을 풀어주지.』

아아 진짜, 드라 짱도 의욕이 넘치잖아.

가만, 어라?

이럴 때 제일 의욕적인 스이는?

페르의 등에도 없다.

내 가죽 가방 안에도 없다.

발치에도 없다.

"저기, 스이 어디 갔어?"

『모른다. 근처에 있겠지.』

『나도 몰라. ……음, 저건가?』

"어디어디?"

『저기다.』

"잠깐, 스이?!"

페르가 코로 가리킨 곳은 즐라토로그의 발치에 펼쳐진 보라색 열매가 열린 키 작은 나무 위였다.

스이는 키 작은 나무의 꼭대기에 앉아서 즐라토로그를 올려다보고 있었다.

『있지있지, 이 보라색 열매 맛있어? 스이한테도 줘~.』

스이가 즐라토로그에게 염화로 말을 거는 것이 들려왔다.

하지만 즐라토로그는…….

"키에아아아아아아악!!"

귀가 쩌렁쩌렁할 정도로 날카로운 고함을 질렀다.

그리고 머리 위에서 빛나는 두 개의 금색 뿔 사이에서 파직파직파직파직 소리와 함께 방전 현상이 일어났다.

"이, 이이이이이봐, 저거, 위험한 거 아니야?"

『저거, 엄청나게 화났네.』

『음, 격노했구나.』

"아니아니, 왜 그렇게 냉정한 건데?"

그런 소리를 하는 동안 즐라토로그의 뿔에서 강렬한 벼락이 스이를 향해 날아갔다.

쿠앙──.

"우와아아아악, 스이~!!!"

『진정하라고. 봐, 스이는 저기 쌩쌩하게 살아 있잖아.』

드라 짱의 작은 손이 가리키는 방향에 무사해 보이는 스이가 있었다.

"스이~ 다행이야아……. 가만, 구, 구출! 스이를 빨리 구출해줘!"

내가 그렇게 말하자 페르와 드라 짱은 얼굴을 마주 보더니『구출이라니』『필요 없을 것 같은데』같은 소리를 내뱉었다.

"잠깐잠깐, 왜 그렇게 느긋한 건데?! 빨리 스이를……."

빨리 스이를 구하러 가라고 말하려던 그때, 또다시 스이의 염화가 들려왔다.

『나 참~ 위험하잖아. 갑자기 이런 짓을 하면, 안 된다구~! 스이, 화낼 거야!』

무사한 스이를 보고 더더욱 화가 치밀었는지, 즐라토로그가 다시 귀에 거슬리는 새된 목소리로 울부짖었다.

"키에아아아아악!!"

그리고 또다시 강렬한 벼락을 스이에게 날렸다.

쿠앙──.

스이는 그걸 옆으로 뛰어 피했다.

『아~ 또 쐈어~! 스이, 진짜 화났어! 안 봐줄 거야~! 에잇.』

풋, 풋──.

스이의 산탄이 즐라토로그의 앞다리 사이, 가슴팍으로 정확히 빨려 들어갔다.

"키에아아아아아아아아아아아아악!!"

저절로 몸이 움츠러드는 절규를 내지른 후, 즐라토로그가 천천히 옆으로 쓰러졌다.

『스이는 강하다구~!』

"스이……."

『그러게 뭐랬어, 구출 같은 건 필요 없다고 했잖아.』

『음, 강해졌구나, 스이.』

진지하게 그런 소리나 할 때냐고~ 페르.

그건 그렇고…….

나는 키 작은 나무 사이를 헤치고 허겁지겁 스이가 있는 곳으로 향했다.

"스이~ 혼자 멋대로 가면 안 되잖아~. 얼마나 걱정했는 줄 알아?"

스이를 안으며 그렇게 타일렀다.

『이 열매를 맛있게 먹길래 스이도 먹고 싶어졌어~. 주인, 잘못했어요.』

스이가 슬쩍 뻗은 촉수 끝에는 보라색 열매가 있었다.

"이거구나. 맛있을까?"

거봉 한 알 크기 정도의 보라색 열매다.

『맛있어~. 주인도 먹어봐.』

스이는 이미 맛을 봤는지 그렇게 말하며 촉수로 집은 보라색 열매를 나에게 내밀었다.

"오, 고마워."

스이에게 받은 보라색 열매(감정해 보니 바이올렛 베리라고 떴다. 서식지가 적어서 상당히 희귀한 열매라고 한다)를 입 안에 넣었다.

"오~ 새콤달콤하고 농후한 맛이 나. 블루베리랑 비슷한 맛이네. 블루베리는 가끔씩 쌉쌀한 맛이 나는 것도 있는데, 이건 잘 익어서 정말 맛있는 블루베리 맛이야. 아니, 그것보다 맛있을지도. 이대로 먹어도, 잼으로 만들어도 괜찮겠어."

『주인, 잼이란 건 달콤한 그거지?』

"응, 맞아."

『와아~ 단 거 좋아~. 주인, 잼 잔뜩 만들어줘~.』

"그래? 그럼 이 보라색 열매를 잔뜩 따 가야겠네. 좋아~ 스이도 도와줘. 드라 짱도. 페르는~ 이걸 수확하는 건 무리일 것 같네. 페르는 보초를 서 줘."

『나 참, 귀찮게스리.』

『나는 보초를 서란 말이지. 알겠다.』

나와 드라 짱과 스이는 바이올렛 베리를 열심히 수확했다.

귀찮다고 했던 드라 짱도 달콤한 건 싫지 않다며 꽤 열심히 해 주었다.

그리고…….

싹쓸이를 할 기세로 수확해서 커다란 마대 다섯 개 분량을 수확할 수 있었다.

중간에 즐라토로그가 또 나타나서 간이 다 철렁했지만 보초를 맡고 있던 페르가 순식간에 처리했다.

드라 짱이『뭐야, 안 싸운 건 나뿐이잖아』하고 투덜댔지만 또 나올 때까지 기다리진 않을 거야.

"좋아, 이만큼 있으면 잼도 꽤 많이 만들 수 있겠어."

『아싸~! 재앰, 재앰~.』

『어이, 마물에게서 나온 걸 주워왔다.』

페르가 드롭 아이템을 모아와 준 모양이다.

뭔지 살펴보니 즐라토로그의 금색으로 빛나는 뿔, 그리고 금색으로 빛나는 발굽, 거기에 금색 모피, 커다란 마석 두 개에 또…….

"이 하얀 돌이랑 하늘색 돌은 뭐야?"

『내가 감정한 바로는 전이석이라는군. 하얀 건 일회용이고 파란 건 다섯 번 쓸 수 있다고 한다.』

전이석이라고?

그러고 보니 방주(아크) 사람들한테 받은 전이석도 이거랑 같은 물방울 모양이었다.

게다가…….

"30층에서 전이석을 손에 넣을 수 있다고 했으니, 그 이후부터는 10층마다 전이석이 나오게끔 되어 있는 걸지도 몰라. 그나저나 운이 좋았네. 전이석이 반드시 나오는 건 아닌 것 같은데 두 개나 손에 들어왔잖아."

실제로 우리가 30계층 보스를 쓰러뜨렸을 때는 전이석이 안 나왔었으니까.

뭐, 일회용과 다섯 번으로 사용 제한이 있기는 하지만 계속 이 도시에 있을 것도 아니니 우리한테는 이거면 충분……하겠지?

"저기, 전이석이 나왔으니까 일단 지상으로 돌아가자."

그렇게 말하자 페르, 드라 짱, 스이가 일제히 불평을 토해냈다.

"하지만 말이야, 2주 정도를 예정했었고 아직 그렇게까지 시간이 지나지는 않았지만, 이 이상 들어가면 2주를 넘겨버린다고. 신들에게 공물도 바쳐야 하는데 말이야……."

던전 안에서도 공물을 바칠 수 있기야 하지만 아무래도 마음이 불안하다.

특히 이번에는 외부 브랜드 문제도 있으니까.

『흠, 신께 공물을 바치는 거냐. 소홀히 해서는 안 될 일이지. 그렇다면 어쩔 수 없군. 가호를 받은 몸으로서 드라와 스이도 불만은 없겠지?』

『그렇다면야 뭐. 어쩔 수 없지. 돌아가자.』

『페르 아저씨, 알았어~.』

이렇게 우리 일행은 지상으로 돌아가게 되었다.

동굴로 들어가 아래로 내려가는 계단의 우측에 있는 방이 마법진이 그려진 방이었다.

지상에 있던 전이방에서 했던 것처럼 중앙에 세워진 원기둥에 일회용 하얀 전이석을 가져다 대고 "1층"이라고 외쳤다.

전이방에서 나오자 돌바닥으로 된 눈에 익은 통로와 햇볕이 드는 입구를 오가는 수많은 모험가들의 모습이 보였다.

던전에서 나와 햇볕을 온몸에 받으니 그제야 지상으로 돌아온 게 실감되었다.

"후우, 겨우 돌아왔네~."

『신께 공물을 바치고 나면 다시 곧장 던전에 들어가는 거다.』

안심할 수 있었던 것도 잠시뿐, 페르가 염화로 그렇게 말했다.

『무슨 소릴 하는 거야, 적어도 5일은 푹 쉴 거야. ……가만, 어라, 나 뭔가 중요한 걸 잊은 것 같은데? 으~음…… 저기, 다음에 던전에 들어갈 때는 전이석을 사용해서 40층부터 출발하는 거지?』

『음, 그렇지.』

40계층에서 나온 전이석이라 40계층까지는 자유롭게 지정할 수 있으니 당연히 그래야겠지.

40계층, 40층…… 아.

『저, 저기, 혹시, 40계층으로 전이하면 또 시작 지점부터 출발해야 할까?』

『그럴 테지. 30층 때도 그러지 않았느냐.』

………….

"노오오오오오~! 또 그 광대한 숲을 빠져나가야 한다고~?!"

갑자기 소리를 친 나에게 이목이 쏠렸지만 그런 걸 신경 여유가 없었다.

며칠에 걸쳐 겨우 돌파한 숲을 또 처음부터 다시 돌파해야 한다니.

『좋았어! 그럼 나도 싸워볼 수 있겠네!』

드라 짱, 그렇게 노골적으로 기뻐하지 마.

괜히 더 우울해지니까.

던전에서 나온 후, 일단은 모험가 길드로 보고를 하러 갔다.

창구의 접수 담당에게 우리가 던전에서 돌아왔다고 길드 마스터인 트리스탄 씨에게 전해달라고 부탁하고서 바로 돌아갈 생각이었다.

하지만 눈치 빠른 트리스탄 씨의 눈에 띈 것도 모자라 저자세와 화술에 넘어가서 정신을 차려보니 길드 마스터의 방으로 향하고 있었다.

페르 일행도 따라오고는 있지만 자신들은 모르는 일이라는 듯이 굴었다.

페르, 드라 짱, 스이는 내가 앉은 의자 뒤에 있는 공간에 누워서 다 같이 낮잠 모드에 들어갔다.

"이야아, 잘 돌아오셨습니다! 혹시, 이 짧은 시간에 던전을 답파해 내신 겁니까?"

"아뇨아뇨, 아무리 그래도 그건 무리죠."

트리스탄 씨에게 40계층까지 도달했다는 사실.

그곳의 보스를 쓰러뜨리고 전이석을 얻었다는 사실 등을 말했다.

"흠흠, 오호라. 30계층 다음에는 40계층에서 전이석이 나온다는 말씀이시군요. 이건 새로운 정보입니다! 그나저나 40계층이라니 신기록이군요! 지금까지의 최고 도달 계층이 37층인데 그걸 곧장 뛰어넘어 버리다니, 역시 S랭크다우십니다!"

"아니, 뭐, 그건, 하하."

대부분이 아니라 거의 페르와 드라 짱과 스이 최강 트리오 덕분이지만요~.

"아아, 그리고……."

37계층에서 엇갈렸던 이 나라에서 손꼽히는 실력파라 불렸던 모험가 파티.

그 파티의 소지품으로 보이는 무기 등이 37계층 보스 방에 떨어져 있었던 일을 이야기하고, 일단 회수해 온 물건들도 트리스탄 씨에게 보여주었다.

"설마……. 하지만 이 무기들은 분명 그분들의 물건……. 그렇습니까. 하아……."

이 던전에서 가장 많은 수익을 올리고 있던 팀 중 하나이기도 해서인지 트리스탄 씨도 그 보고를 듣고 어깨를 늘어뜨렸다.

"모험가란 위험이 따르는 직업이니 말입니다. 그 부분은 각자 자각하고 있을 겁니다."

냉정하게 들리기는 하지만 뭐, 분명 모험가란 직업이 그렇기는 하지.

이후, 유족에 대한 통지 등은 모험가 길드 쪽에서 해주겠다고 했다.

회수한 무기들도 주인이 없으니 소유권은 회수한 나에게 있다는 모양이다.

"화제를 바꾸도록 할까요, 이쪽도 중요한 이야기이기는 하니까요……."

그렇게 말하며 트리스탄 씨가 미소를 띤 채 손을 비비며 불쑥 다가왔다.

요컨대 40계층까지의 정보를 뭐든 좋으니 알려달라는 것이었다.

앞서가고 있는 모험가에게 각 층의 정보는 자신들이 유리하게 던전을 탐색하기 위한 가장 중요한 사항이다.

그 때문에 아래 계층으로 내려갈수록 정보가 모이지 않아 고민이 이만저만 아니라는 모양이다.

뭐, 길드에서 구입할 수 있는 지도에도 30계층까지밖에 안 실려 있었으니까.

지금까지 최고 도달 계층이었던 37층에 이르러서는 정보가 은폐되어 출현하는 마물조차 밝혀지지 않았던 모양이고.

37층은 우리라고 해야 할지, 페르와 드라 짱과 스이에게는 누워서 떡 먹기나 다름없는 계층이었지만.

"물론 전부 알려달라고는 하지 않겠습니다. 마음이 내키시는 범위 내에서라도 상관없으니 부디 알려주십시오."

"그건 상관없지만, 저희도 각 계층을 구석구석 돌아다닌 건 아니라서 아는 범위의 정보만이라도 괜찮으시다면……."

나는 트리스탄 씨에게 각 계층의 형상과 출현하는 마물 등에 관해 이야기해주었다.

특히 정보가 없었던 37계층 이후에 관해 이것저것 묻기에 나도 아는 범위에서 대답했다.

"37계층에는 기간트 미노타우로스가 있었습니까. 분명 들어본 적이……."

트리스탄 씨는 비치되어 있던 마물 도감을 꺼내 페이지를 넘겼다.

"이 마물입니까?"

마물 도감을 테이블에 놓고 펼친 페이지를 나에게 보여주었다.

"네, 맞습니다. 평범한 미노타우로스의 두 배는 될 듯한 크기였죠."

그렇게 이야기하자 트리스탄 씨는 도감을 보며 입가에 미소를 머금은 채 "흠흐음, 과연, 이 마물은 고기가 매우 맛있고 가죽과 뿔도 최고급품 무구의 소재로 쓰이는군요"라고 중얼거렸다.

듣자 하니 이 마물 도감은 트리스탄 씨의 개인 소장품으로, 이곳의 길드 마스터로 착임했을 때 모험가 길드의 길드 마스터가 되는 것이니 마물의 종류와 그 마물의 매입 부위 등도 파악해두는 편이 좋겠다는 생각에 큰마음 먹고 마련한 것이라고 한다.

마물 도감은 두말할 것 없이 도움이 되고 있는 듯 보였다.

"38계층도 기간트 미노타우로스였지만, 출현 숫자가 차원이 다르게 많았습니다."

"오호라, 과연, 그곳을 돌파하셨다면 고기와 가죽과 뿔을 잔뜩 취득하셨겠군요."

그렇게 말하는 트리스탄 씨의 눈이 번뜩 빛났다.

아니, 그렇기는 하지만 고기는 못 팔아요.

그런 짓을 했다가는 육식 애호 트리오가 미친 듯이 화를 낼 테니까요.

트리스탄 씨의 번뜩이는 눈빛을 무시하고 말을 이었다.

"39계층은 숲이었습니다."

"호오, 숲 말씀이십니까. 던전에는 그런 계층도 있다고 듣기는 했습니다만, 이곳 브릭스트 던전도 그러했던 모양이군요. 이 정보만으로도 큰 수확이라 할 수 있을 것 같습니다."

그렇게 말하며 트리스탄 씨가 도감 옆에 있던 종이에 메모를 했다.

"그리고 말이죠, 39계층은 벌레 계열 마물이 많았습니다. 보스는 4암즈 베어였고요."

"4암즈 베어라고요?!"

트리스탄 씨가 덜컥, 소리를 내며 엉덩이를 들썩거렸다.

"아, 네에, 그렇습니다만……."

반응이 너무 요란해서 이유를 물어보니 4암즈 베어의 모피는 귀족님들에게 매우 인기가 있을뿐더러 간은 강력한 정력제의 재료로 쓰인다는 모양이었다.

이건 비밀이라면서 트리스탄 씨가 해준 이야기에 따르면, 4암즈 베어의 간을 사용한 정력제가 시장에 나오면 나이 든 귀족님들이 그야말로 돈을 들이붓다시피 해서 싹쓸이를 해간다고 한다.

뭣 때문인지는 듣고 싶지도 않지만 4암즈 베어의 간은 비싼 값에 거래된다고 하고, 곰의 간은 가지고 있어 봐야 쓸 데도 없으니 매물로 내놓는 게 좋겠네.

"그래서, 소재 쪽은 어떻게 하시겠습니까?"

트리스탄 씨, 진정 좀 하시라니까요.

"그게, 드롭 아이템의 양이 상당한 데다 저 나름대로 남겨두고 싶은 물건도 있어서 정리를 하고서 부탁드리고 싶습니다."

20층과 30층부터 40층까지를 탐색했지만 양만 놓고 보면 드랭과 에이블링 던전의 드롭 아이템에 뒤지지 않을 만큼 많이 회수했으니까.

역시 직접 파악하기 위해서라도 정리를 해야겠다.

거래는 그 다음이다.

"그래도 어떻게, 지금 당장 거래를 해주실 수는 없겠습니까?"

"아니, 그래도 한 번은 제대로 정리를 해야죠……."

심정은 이해하지만 일단은 확인을 해야죠.

"크으, 정 그러시다면 어쩔 수 없지요."

트리스탄 씨는 매우 아쉬운 듯한 눈치였지만 일단은 물러나 주었다.

최대한 빨리 정리해서 거래하러 올게요.

"던전에 관한 이야기를 계속하죠. 40계층 말입니다만, 여기도 숲이었습니다. 이곳은 짐승 계열 마물이 많았죠. 그리고 보스는 즐라토로그라는 마물이었습니다."

"즐라토로그, 말씀이십니까. 그건 혹시……."

그렇게 말하며 마물 도감은 팔락팔락 넘겼다.

"이 마물입니까?"

트리스탄 씨가 보여준 마물 도감의 페이지에는 사슴처럼 생긴 마물의 그림이 있었다.

"맞습니다. 뿔도 몸에 난 털도 금색이고 굉장히 크더군요."

"이것 참 굉장한 마물이 나왔군요. 역시 40계층의 보스쯤 되면 그런 게 나오는 건가요……."

트리스탄 씨의 말로는 즐라토로그 자체가 매우 희귀한 데다 그 금색 뿔과 모피는 매우 귀한 물건으로 알려졌는데, 100년 정도 전에 마르베일 왕국에서 당시 S랭크 모험가가 토벌해서 뿔과 모피를 왕에게 헌상한 것이 가장 최근의 사례라고 한다.

"가장 최근 사례가 100년 전, 심지어 임금님에게 헌상……. 그런 물건이군요……."

"네. 가지고 계시죠?"

"네에. 그것도 두 마리 분량을."

"두, 두 마리 분량이라고요?"

첫 번째 녀석을 쓰러뜨린 뒤에 바이올렛 베리를 채취했고, 그러던 중에 두 번째 녀석이 출현해버렸다고 설명하자 트리스탄 씨는 매우 복잡한 표정을 지었다.

"당신들은 정말로 상식을 벗어난 분들이군요."

아뇨아뇨, 상식을 벗어난 건 우리 사역마 트리오들뿐이거든요?

아무튼 이야기를 마치고 우리 일행은 모험가 길드를 뒤로했다.

되도록 빨리 드롭 아이템을 팔아달라고 거듭 부탁하는 트리스탄 씨의 말을 들으며.

모험가 길드에서 우리가 빌린 호화스러운 저택으로 돌아와서 저녁 식사를 간단히 때운 후, 우리는 오랜만에 목욕을 즐겼다.

"하아, 역시 목욕은 좋다니까~."

『그러게에.』

『기분 좋아~.』

『나는 전혀 기분이 좋지 않다만.』

목욕을 즐기지 못하는 한 명을 제외하고.

페르는 부루퉁한 얼굴로 샤워기 같은 스이의 촉수 끝에서 나오는 물을 맞고 있었다.

"어쩔 수 없잖아. 던전을 탐색하느라 더러워졌으니까."

『나는 더럽지 않다!』

"아~니, 더럽거든? 겉으로 보기에는 안 그런 것 같아도 숲 같은 데를 뛰어다닌 탓에 먼지를 엄청 뒤집어썼잖아."

『끄으응.』

"끄으응은 무슨. 그만 포기하라고."

『아하하, 맞아맞아. 페르가 그렇게 싫어할 만큼 목욕은 나쁜 게 아니라고.』

『페르 아저씨, 기분 좋지~? 따뜻한 물 잔뜩 뿌려줄게~.』

『큭, 드라와 스이는 목욕을 좋아해서 그런 소리를 하는 거다.』

얼굴을 찌푸리고 있는 페르를 인터넷 슈퍼에서 늘 구입하고 있는 수의사 추천 저자극 애견용 샴푸로 벅벅 씻겨 나간다.

싫어하던 것치고는 페르도『거긴 더 세게 씻어라』라느니『이쪽도 꼼꼼하게 해라』라면서 시끄럽게 주문을 해댔다.

스이의 샤워기로 거품을 헹궈내자 페르는 푸르르르, 호쾌하게 몸을 흔들어 물기를 털어내더니 한발 먼저 목욕을 마치고 나갔다.

그 후, 나와 드라 짱과 스이는 느긋하게 따뜻한 물에 몸을 담그고 던전에서 쌓인 피로를 풀었다.

목욕을 마치고 거실로 나와 보니 바람 마법으로 몸을 말린 페르가 드러누워 있었다.

"봐, 역시 더러워져 있었잖아. 지금의 털 상태가 훨씬 예뻐 보이거든?"

내가 그렇게 말하자 페르는 분한 투로 『흥, 내 털은 언제나 아름답다』라고 대꾸했다.

『주인, 달콤한 마실 거 줘~.』

"그래그래, 늘 먹는 과일 우유 말이지? 페르랑 드라 짱도 마실 거지?"

『물론이지.』

『당연하다.』

목욕 후 한동안 휴식을 취하고서 페르와 드라 짱과 스이는 한 발 먼저 2층에 있는 침실로 향했다.

『그럼 우린 먼저 잔다아~.』

"그래, 잘 자."

『나 참, 끔찍한 일을 당했군. 어서 자야겠다.』

"페르~ 끔찍한 일을 당했다니, 넌선에 다녀온 후니 깨끗하세 씻는 건 당연한 일이잖아. 목욕이 싫더라도 이럴 땐 어쩔 수 없다고."

『안녕히 주무세요, 주인. 빨리 와야 해.』

"그래그래, 다 끝나면 바로 갈게."

페르 일행을 침실로 보냈으니 내 스테이터스 체크와 외부 브랜드를 어떻게 할지를 생각할 시간인데…….

"그나저나 페르랑 드라 짱이랑 스이도 레벨이 올랐었지. 특히 스이가 대폭으로 올랐어."

던전에서는 스이가 가장 많이 싸웠으니 당연한 일일지도 모르겠지만.

참고로 페르와 드라 짱과 스이의 현재 스테이터스는 이랬다.

【이름】페르

【나이】1014

【종족】펜리르

【레벨】947

【체력】10151

【마력】9778

【공격력】9442

【방어력】10172

【민첩성】9974

【스킬】바람 마법, 불 마법, 물 마법, 흙 마법, 얼음 마법, 번개 마법

신성 마법, 결계 마법, 발톱 참격, 신체 강화, 물리 공격 내성

마법 공격 내성, 마력 소비 경감, 감정, 전투 강화

【가호】바람의 여신 닌릴의 가호, 전쟁의 신 바하근의 가호

【이름】드라 짱

【나이】116

【종족】픽시 드래곤

【레벨】202

【체력】1243

【마력】3469

【공격력】3324

【방어력】1173

【민첩성】4048

【스킬】불 마법, 물 마법, 바람 마법, 흙 마법, 얼음 마법, 번개
　　　마법, 회복 마법, 포격, 전투 강화

【가호】전쟁의 신 바하근의 가호

【이름】스이

【나이】6개월

【종족】휴즈 슬라임

【레벨】50

【체력】1756

【마력】1709

【공격력】1714

【방어력】1734

【민첩성】1758

【스킬】산탄, 회복약 생성, 증식, 물 마법, 대장장이, 초거대화

【가호】 물의 여신 루사루카의 가호, 대장장이 신 헤파이스토스의 가호

페르는 원래 레벨도 높다 보니 1밖에 안 올랐지만, 이렇게 레벨이 높은 데도 더 올랐다는 것 자체가 대단했다.

그나저나 언제 봐도 엄청난 스테이터스다.

이것만 보면 정말 전설의 마수답다니까.

드라 짱은 레벨이 3 올랐다.

드라 짱도 원래 레벨이 높았었으니까.

그럼에도 레벨 업했으니 얼마나 많이 싸운 건가 싶단 말이지.

스이에 이르러서는 레벨이 8이나 올랐다.

스이도 신이 나서 싸웠었으니까아. (먼눈)

오를 거라고는 생각했지만 너무 많이 싸웠어, 스이.

"그리고 나만 남았는데. 뭐, 뭐어, 뱀파이어 모스키토를 잔뜩 쓰러뜨린 이후로는 그렇게까지 많이 오르지 않았겠지만……."

나는 "스테이터스"라고 말했다.

【이름】 무코다(츠요시 무코다)
【나이】 27
【종족】 일단 인간
【직업】 휩쓸린 이세계인, 모험가, 요리사
【레벨】 90
【체력】 508

【마력】 499

【공격력】 495

【방어력】 480

【민첩성】 394

【스킬】 감정, 아이템 박스, 불 마법, 흙 마법, 사역마, 완전 방어, 획득 경험치 두 배 증가

사역마(계약 마수) 펜리르, 휴즈 슬라임, 픽시 드래곤

【고유 스킬】 인터넷 슈퍼(+1)

《외부 브랜드》 후미야, 리큐어 샵 다나카

【가호】 바람의 여신 닌릴의 가호(소), 불의 여신 아그니의 가호(소), 대지의 여신 키샤르의 가호(소), 창조신 데미우르고스의 가호(소)

"뭐어엇?!"

어, 어, 어라?

레벨 85에서 왜 올라간 거지?

하지만 곰곰이 생각해 보니 알 수 있었다.

"…………아~! 개미, 개미구나!"

39계층에서 포레스트 아미 앤트의 집을 섬멸했던 일이 떠올랐다.

"훈연 살충제를 설치한 것뿐인데……. 생각해보니 뱀파이어 모스키토도 모기향을 밤새 피워놓은 것뿐인데 그만큼 올랐으니, 포레스트 아미 앤트로도 올랐겠네."

레벨은 둘째 치고 지금 문제인 것은…….

"역시 외부 브랜드란 말이지."

◇　◇　◇　◇　◇

"역시 외부 브랜드를 먼저 확인해두는 게 좋겠지?"

모 여신님이 난리를 피우기 전에 미리 확인을 해두고 싶다.

각오를 하고 고유 스킬인 인터넷 슈퍼(+1)의 (+1) 부분에 손을 댔다.

【고유 스킬 '인터넷 슈퍼'의 외부 브랜드가 해방되었습니다】

【다음 후보에서 선택해 주십시오】

【노스 버거 / 클리닝 야마다 / 마츠무라 키요미 / 선어 사토】

『떴어어~~~!』

머릿속에 새된 여성의 목소리가 울렸다.

…………키샤르 님, 열심히 훔쳐보고 계셨군요.

그나저나 마음의 목소리가 그대로 새어 나왔는데요.

『우훗, 그건 미안해.』

잔뜩 들뜬 목소리로 말씀하지 말아주세요.

마츠무라 키요미[*].

누구나 알고 있는 유명 드러그스토어.

---

[*]일본의 드러그스토어 체인점인 마츠모토 키요시의 패러디. 해외에서는 약국(드러그스토어)에서 화장품을 취급하는 경우가 많다.

드러그스토어가, 떠버렸어…….

드러그스토어를 열망하고 있던 키샤르 님이 들뜬 것도 무리는 아닌가.

하아, 개인적으로는 클리닝 야마다나 선어 사토를 고르고 싶은데.

빨래란 건 꽤 귀찮은 일이니까.

이쪽에 오고서는 옷을 상당히 오래 입고 있는데, 아무리 그래도 계속 빨지 않을 수는 없는 일인 데다 나 자신도 싫다.

더러워지고 땀 냄새도 나고.

카레리나의 집에 있을 때는 여성진에게 맡길 수 있으니 괜찮지만, 여행지에서는 그럴 수도 없어서 손이 빌 때 직접 빨아야만 한다.

인터넷 슈퍼에서 산 플라스틱 빨래판과 액체 세제를 써서 벅벅 벅벅…….

솔직히 말해서 귀찮기 그지없다고.

그런데 세탁소가 있으면 전부 맡길 수 있다.

분명 다림질까지 해서 말끔하게 마무리해주겠지.

세탁소를 선택하면 청결한 생활을 보낼 수 있을 텐데…….

그리고 선어(鮮魚) 사토는 설명이 필요 없다.

역시 일본인은 생선이란 말이지.

신선한 회가 먹고 싶어.

이쪽에 있는 생선은 위험한 기생충이 붙어 있어서 날것으로 먹을 엄두도 안 나고, 익힌 것만 먹을 수 있으니까.

아니 뭐, 인터넷 슈퍼의 신선 코너에서도 회는 팔지.

하지만 말이야, 이왕 먹을 거면 전문점에서 파는 신선하고 호화스러운 게 먹고 싶잖아.

전문점이라면 슈퍼에 없는 생선도 팔 것 같고.

하지만 말이지……

여기서 내 마음대로 클리닝 야마다나 선어 사토를 선택하는 날에는……

부르르——.

으으, 갑자기 한기가.

그와 동시에 키샤르 님의 목소리가 머리에 울렸다.

『당연히 마음 착한 너라면 드러그스토어를 선택해 주겠지? 너만 믿을게(드러그스토어로 골라. 그 이외의 것을 고르면 어떻게 될지 알겠지?).』

말투는 부드러웠지만 반론은 절대로 허락하지 않겠다는 분위기였다.

머리 위에서도 엄청난 압박감이 느껴지는데요.

"다, 당연히 드러그스토어를 골라야죠. 네."

나는 키샤르 님의 압박감에 밀려 마츠무라 키요미라 적힌 부분에 손을 댔다.

【외부 브랜드 마츠무라 키요미와 계약하시겠습니까?】

【YES / NO】

당연히 YES를 고를 수밖에 없었다.

【마츠무라 키요미와 계약했습니다】
【다음 외부 브랜드가 해방되는 것은 레벨 160입니다】
【또 이용해주시기를 기다리고 있겠습니다】

『우후후후후후후. 드디어, 드디어 기다리고 기다렸던 드러그스토어가 떴어! 이것도 저것도 다 손에 넣어 보이겠어어! 우후후후후후후후.』

　…………키샤르 님이 망가졌어.

『실례잖아. 망가지긴 누가 망가져. 그냥 아주 조금 흥분한 것뿐이잖아. 어찌 되었건 이로써 여러 가지 미용제품을 손에 넣을 수 있게 됐어. 나도 여러모로 공부했다고. 너의 모국인 일본을 들여다보면서. 아~ 그거, 그리고 그것도 갖고 싶어. 정말, 기대되네에~. 우후후후후후후. 사실은 지금 당장 달라고 하고 싶지만, 오늘은 넘어가 줄게. 하지만 내일은 끝까지 어울려줘야 해.』

　"…………네."

　이 잔뜩 신이 난 상태의 키샤르 님에게 싫다고 할 용기는 나한테 없다고, 하핫.

『뭐냐, 키샤르만 치사한 것이니라! 이봐라, 이 몸들의 주문에도 귀를 기울이거라.』

　이 목소리는 닌릴 님이시네.

　닌릴 님의 목소리를 듣고 안심하는 날이 올 줄은 꿈에도 몰랐어.

『뭐냐, 이 몸의 아름다운 목소리를 듣고 반한 것이냐? 후흐응, 얼마든지 들려주겠느니라.』

"그런 거 아니거든요. 그보다 주문이라고요? 말씀해보세요."

어차피 신들에게 공물을 바치기는 해야 하니까.

『이 몸은 물론 단것이니라! 도라야키는 빼놓지 말거라. 그리고 케이크도니라! 한정 케이크가 있으면 그게 좋겠구나.』

닌릴 님은 도라야키와 한정 케이크.

주문을 듣고 가볍게 메모를 해나갔다.

『키샤르는 저 모양 저 꼴이 됐으니 다음은 내 차례야.』

네, 키샤르 님과는 내일 질리도록 어울리게 될 것 같으니까요, 다음은 아그니 님 차례로 하죠.

『뭐, 평소와 마찬가지로 맥주야.』

아그니 님은 마음에 들었던 파란색 프리미엄 캔 맥주와 금색 캔에 든 Y비스 맥주를 상자째로, 나머지는 지역 맥주 세트를 주문했다.

마음에 드는 것을 즐기면서도 여러 가지 맛을 시험해볼 수 있는 지역 맥주 세트의 조합이 좋다고 역설을 했다.

이번에는 안주 없이 전부 맥주로 채우시겠단다.

안주는 종자에게 부탁하면 얼마든지 만들 수 있지만 맛있는 맥주는 나한테서만 얻을 수 있기 때문이라며 호쾌하게 웃었다.

아그니 님도 기대가 큰 것 같으니 몇 가지 지역 맥주 세트를 골라두려고 한다.

물론 예산 범위 내에서.

『다음은 나. 나는 여러 가지 아이스크림. 그리고 케이크. 나도 한정품이 좋아.』

루카 님의 주문도 평소와 마찬가지로 아이스크림과 케이크였다.

다만 아이스크림은 지난번과 마찬가지로 후미야와 인터넷 슈퍼에서 여러 종류를 골라달라고 했다.

같은 바닐라 아이스크림이라도 후미야와 인터넷 슈퍼에서 파는 회사의 것은 각각 미묘하게 맛이 달라서, 그걸 비교하며 먹는 게 즐겁다는 모양이다.

케이크는 닌릴 님과 마찬가지로 한정 케이크로.

후미야에서는 이번에 무슨 이벤트를 개최 중일까.

한정 케이크가 많으면 좋겠는데.

『다음은 우리 차례로군. 당연히 위스키를 부탁하네!』

『당연한 일이지.』

술을 좋아하는 헤파이스토스 님과 바하근 님 콤비는 당연히 위스키.

늘 주문하는 세계 제일의 위스키를 각각 한 병씩, 그리고 적당히 지금까지 마신 적이 없는 술을 주문하셨다.

들자 하니 이 애주가 콤비는 다 마신 병을 모아서 이 술의 맛은 어땠느니 하는 이야기로 이야기꽃을 피우며 위스키를 즐기는 게 하루의 즐거움이 되었다는 모양이다.

각자의 주문을 끝까지 들은 후 "그럼 내일 부르겠습니다"라고 말하자 약 한 명(한 분?)이 신이 난 목소리로 대꾸했다.

『우후후, 기대하고 있을게~.』

…………하아, 벌써부터 걱정이네.

◇ ◇ ◇ ◇ ◇

결국 이날이 오고야 말았나…….

어제 던전에서 막 돌아오기도 해서 오늘은 신들에게 바칠 공물을 준비하는 것 말고는 비교적 느긋하게 지냈는데, 마지막 난관이 기다리고 있었다.

페르 일행에게 이른 저녁 식사를 해준 후, 대충 식후 휴식을 취하고서 모두에게 양해를 구하고 나 혼자 비어있는 방으로 이동했다.

키샤르 님은 아마…… 아니 분명 시간이 걸릴 테고.

어제의 상태로 미루어 볼 때, 차분하게 정신 차리고 상대하지 않으면 뒤탈이 생길 것 같아 무섭기도 하니까.

그런고로 곧장 신들에게 말을 걸었다.

"어흠, 여러분, 계십니까~."

그렇게 말을 걸자마자 늘 그랬듯이 우당탕탕 소란스러운 발소리가 들려왔다.

『기다리고 있었느니라~ 앗, 이 녀서억!』

『기다리고 있었어, 목이 빠져라 기다리고 있었어~!』

『키샤르, 너, 이 몸을 떠밀었겠다~?!』

『떠밀기는. 닌릴이 혼자서 넘어진 것뿐이잖아. 자, 그런 것보다 빨리빨리, 빠·알·리~!』

『크으으으으윽, 키샤르 이 녀석~.』

키, 키샤르 님, 너무 흥분하셨는데요.

『어이어이, 키샤르는 나중에 하라고~.』

『잠깐, 아그니, 그게 무슨 소리야?!』

『그도 그럴 게~ 넌 오래 걸리잖아.』

『맞아. 그럴 거면 우리가 끝나고 난 다음에 천천히 주문해.』

『하긴. 루카 말도 일리는 있네. 그러는 편이 시간을 들여서 차분하게 고를 수 있을 것 같기도 하고.』

『그런고로 키샤르는 물러나거라! 나 참 이 몸을 떠밀다니. 그럴 거였으면 처음부터 얌전하게 있지 그랬느냐.』

『자자, 진정하라고. 그보다 첫 번째 차례는 닌릴이잖아. 받지 않아도 되겠어?』

『오오~ 그러했느니라. 도라야키니라! 케이크니라! 이 몸의 단 것을 내놓거라~!』

네에, 네에, 알겠다고요.

나는 닌릴 님 몫의 종이상자를 아이템 박스에서 꺼내 늘어놓았다.

"그럼 이게 닌릴 님의 공물입니다. 받아주십시오."

『음!』

종이상자가 사라지자 닌릴 님의 환희로 가득한 목소리가 들려왔다.

도라야키는 단팥과 통팥, 그리고 밤이 든 것에 크림과 팥앙금이 세트로 된 게 있기에 그걸 종류별로 골고루 넣었고, 케이크는 한정 프리미엄 초콜릿 케이크에 딸기 레어 치즈 케이크, 고급 딸기를 듬뿍 사용한 딸기 쇼트케이크 등 한정 케이크를 비롯해서 조각 케이크도 몇 개 넣었다.

　불평을 하려야 할 수가 없을걸.

　『좋아, 다음은 나야. 맥주, 맥주~.』

　네에네, 아그니 님의 맥주도 잘 준비해뒀죠.

　프리미엄 맥주와 Y비스 맥주를 상자째로 준비했고, 일본 전국 맥주 맛 비교 세트와 그 밖에도 한정 선물 세트로 나온 특별한 맥아와 천연수로 만든 맥주가 있어서 준비해 봤다. 여기에 독일 맥주와 벨기에 맥주 맛 비교 세트, 그리고 각종 메이커에서 나온 흑맥주를 모은 흑맥주 맛 비교 세트 같은 것도 있기에 이것도 골라 봤다.

　그 외에는 6개들이 팩을 여러 종류 넣었다.

　『우효~ 일일이 골라준 것 같구만! 마시는 게 벌써 기대되는데!』

　아그니 님의 기쁜 듯한 목소리가 들려왔다.

　만족하신 것 같아 다행이다.

　『다음은 나.』

　루카 님 것도 빈틈없이 준비해 놨습니다.

　바닐라 아이스크림이 좋으시다기에 후미야의 컵 아이스크림과 인터넷 슈퍼에서 구입할 수 있는 각종 메이커의 바닐라 아이스크림, 살짝 비싼 프리미엄 아이스크림의 바닐라 맛을 준비했다.

　그 밖에도 딸기, 초코, 말차, 럼 레이즌 등 여러 가지 맛의 아이스크림도 넣었다.

그리고 케이크는 닌릴 님과 마찬가지로 한정 케이크를 중심으로 골랐다.

종이상자가 사라지더니 『후훗』 하고 작은 웃음소리가 들려온 걸 보면 루카 님도 만족하신 모양이다.

『좋아, 우리 차례네!』

『카아~ 이번에는 어떤 위스키를 만날 수 있을는지~.』

물론 골고루 골라뒀습니다.

당연히 매번 찾으시는 세계 제일의 위스키를 각각 한 병씩, 그리고 리큐어 숍 다나카의 랭킹 기능을 사용해서 눈에 띄는 것으로 골랐습니다.

상쾌한 스모키 풍미로, 앞으로 스모키한 위스키를 즐기고 싶은 사람들에게 권한다는 싱글 몰트 위스키라고 한다.

강렬한 것도 좋아하는 애주가 콤비에게는 조금 부족하게 느껴질지도 모르지만, 이건 분명 처음 보는 위스키라 골라보았다.

그다음은 아일리시 위스키의 이단아라 불리는 위스키다.

이 이단아라는 단어만 보고 골라버렸다고.

그리고 '위스키 마니아' 중에 열렬한 지지자가 많다는, 맛에 대한 집착이 느껴진다고 하는 아일리시 위스키.

그 밖에도 랭킹에서 처음 보는 것들을 이것저것 골랐으니 충분히 즐기실 수 있지 않을까 싶은데.

예상대로 『호호오~ 처음 보는 위스키들뿐이로군!』『그러게 말이야! 지금 당장 마셔보자고!』라는 굵은 목소리가 들려왔다.

이로써 일단락되기는 했지만 마지막으로 최대의 난관이……

『우후후, 드디어 내 차례네~. 창조신님께서는 너한테 폐를 끼쳐서는 안 된다고 하셨지만……. 애타게 기다렸던 드러그스토어가 들어왔는걸, 오늘만큼은 끝까지 어울려달라고 해도 되겠지~?』

나는 말없이 머릿속에 울리는 목소리에 몇 번이나 고개를 끄덕였다.

거절은 허락지 않겠다는 분위기의 키샤르 님한테 내가 반론할 수 있을 리가 없잖아.

『그럼 드러그스토어를 띄워서 보여줘.』

"네……."

시키는 대로 순순히 드러그스토어의 메뉴를 띄웠다.

아무리 생각해도 이렇게 하는 수밖에 없잖아.

나, 이제 어떻게 되는 걸까?

불안하다.

키샤르 님이 일단 골고루 보여 달라고 하시기에 국산 화장품 메이커 중 유명한 곳부터 메뉴를 띄워서 보여드렸다.

『여러모로 공부를 하긴 했는데, 아직 모르는 게 많았네. 눈이 호강하고 있어어.』

시간을 들여서 주욱 훑어본 키샤르 님은 황홀한 목소리로 중얼거렸다.

키샤르 님의 말에 따르면 신은 신력(神力)이라는 것을 사용해 이

세계를 볼 수가 있다고 한다.

그걸로 일본 드러그스토어의 미용제품 매장을 들여다보거나 그곳에서 여성들이 나누는 대화를 훔쳐 들으며 미용제품에 관해 이래저래 공부했다는 듯했다.

그 여성들의 이야기를 통해 미용 잡지가 있다는 사실도 알게 됐는데, 그걸 구입하러 간 여성을 콕 집어서 따라가 여성이 미용 잡지를 볼 때, 거기에 편승해서 여러 가지 미용 잡지를 마구 체크하고 있었다는 모양이다.

미용 잡지 덕에 많은 걸 배웠는지 『신제품도 체크할 수 있고, 특집으로 어떤 게 보습에 좋다든지, 안티 에이징에는 이게 좋다는 식으로 소개해줘서 엄청 참고가 됐어』라고 역설을 하기도 했다.

『보고 있으니 너무너무 갖고 싶어져서 위시 리스트가 계속 늘어나고 있다는 게 문제지만』 같은 소리도 했지.

그리고 대충 훑어보고 만족했는지 키샤르 님이 드디어 구입품 선정에 나섰다.

『미용 잡지에서 소개하고 있던 신제품 토너인데, 엄청 평판이 좋다는 모양이야. 피부가 잘 먹는 오일이 배합되어 있어서 피부가 탱탱해지고 잔주름이 눈에 띄지 않게 해준대. 멋지지 않아~?』

잔뜩 들뜬 목소리로 키샤르 님이 지정한 것은 핑크색 병에 든 신제품이라 적힌 토너였다.

『가격이 적당하다는 것도 매력적이고.』

저런 소릴 하는 걸 보면 미용 제품 가격 조사도 빈틈없이 해둔 모양이다.

내 인터넷 슈퍼의 가격에는 일본에서의 가격이 반영된다는 것도 키샤르 님은 이미 다 알고 있으리라.

『하지만 이 크림도 포기하기 힘들단 말이야.』

역시나 미용 잡지에 소개되어 있었다는 크림이다.

제약회사가 판매하고 있는 스킨케어 시리즈로 드러그스토어에서도 구입할 수 있는 우량품이다.

농후한 크림으로 처진 피부에 효과가 있으며 피부의 탄력을 좋게 해주는 효과가 있다는 모양이다.

『둘 다 구입하면 되지 않나요.』

토너가 은화 여섯 닢에 동화 다섯 닢이고 크림이 은화 한 닢.

비싸긴 해도 금화 네 닢이라는 예산 안에서 살 수 있는 물건들이다.

『그렇긴 하지만, 다른 것도 궁금한 게 많거든. 이래 봬도 리스트를 많이 줄인 거야. 드러그스토어에서 구할 수 있는 것도 한정적이라서.』

그렇게 말하며 사실은 이거랑 그것도 엄청 궁금하고 사용해 보고 싶다며 해외 메이커의 이름을 거론했다.

저것도 미용 잡지에서 알아낸 정보겠지.

"하지만 그건 흔히 말하는 '명품 화장품'이잖아요. 그런 건 아무래도 전문 매장에 직접 가야 살 수 있을걸요."

왜 내가 그런 걸 알고 있는가 하면, 미용 마니아인 누나한테 선물이라는 명목으로 이것저것 사다 바쳤기 때문이다.

1년에 한 번이라는 핑계로 비싼 크림 같은 걸 억지로 샀던 일이 이제는 좋은 추억(?)이 되었다.

『엄청 궁금하지만, 네 말대로 드러그스토어에서는 취급하지 않는단 말이지.』

정말로 아쉽다는 투로 키샤르 님이 말했다.

뭐, 명품 화장품과 동급인 물건도 드러그스토어에서 어느 정도 취급하고 있는 것 같지만.

특히 이거.

키샤르 님이 알아채지 못하도록 마츠무라 키요미의 화면 메뉴를 흘끔 쳐다보았다.

설마 마츠무라 키요미에서 이걸 취급하고 있을 줄은 몰랐는데.

솔직히 말해서 이걸 발견했을 때는 움찔했다.

나도 누나 때문에 산 적이 있는, 스킨 한 병에 몇만 엔은 하는 브랜드다.

드러그스토어에서는 할인가에 판매되고 있는 것 같지만 그럼에도 비쌌다.

사실대로 말하자면, 이 페이지는 키샤르 님에게는 보여드리지 않았다.

그도 그럴 게, 모든 종류를 갖추려면 금화 네 닢으로는 어림도 없는 물건이니까.

그렇지만 키샤르 님은 감이 좋다.

언제까지 얼버무릴 수 있을까.

으으, 키샤르 님이 알아채지 못하기를 기도할 따름이다.

그 후에는 키샤르 님이 신경 쓰인다는 물건들을 보여드렸다.

"이거 말입니까?"

『그래, 그거. 설명서를 읽어줘.』

"거칠어지기 쉬운 피부 표면을 매끄럽게 해준다고 적혀있네요."

『흐음흠. 가끔씩 거칠어질 때가 있으니까, 이런 스킨도 마련해두고 싶단 말이지. 하지만 예산은 한정되어 있으니, 신중하게 생각해야지. 다음, 다음으로 넘어가자.』

그런 식으로 키샤르 님이 신경 쓰인다는 물건의 설명서를 차례차례 읽어나갔다.

그러던 도중, 나는 신경 쓰였던 것을 키샤르 님에게 물어보았다.

"그러고 보니 키샤르 님은 파운데이션이나 립스틱 같은 건 안 쓰시나요?"

미용 잡지를 보았다면 그런 것도 분명 실려 있었을 거다.

누나가 달마다 미용 잡지를 몇 권이나 샀던지라 나는 안다.

누나는, 스킨케어는 물론이고 그런 화장품에도 상당히 돈을 썼다.

키샤르 님은 『관심이 없지는 않지만, 역시 피부가 좋은 게 제일이라는 생각이 들었거든. 게다가 그쪽에 손을 대면 예산이 아무리 많아도 모자랄 것 같은걸. 뭐, 립스틱이랑 매니큐어는 갖고 싶으니 이따가 그쪽도 볼 거지만』이라고 했다.

특히 매니큐어에는 관심이 많아서 최종적으로는 여러 가지 디자인의 셀프 네일 아트를 즐기고 싶다고 신이 나서 말씀하셨다.

요컨대 손톱을 꾸미고 싶다는 거잖아.

반짝반짝한 걸 붙이거나 꽃 같은 걸 그리는 거. 분명 예쁘기는 하지만 요리 같은 걸 할 때 걸리적거릴 테고 귀찮아 보이기도 하는 데다, 애초에 손톱을 그렇게 꾸미는 게 무슨 의미가 있나 싶기는 하지만.

그리고 드디어 키샤르 님이 궁금했다는 물건들을 전부 다 훑어보았다.

"그래서, 어떤 걸로 하시겠어요?"

『우후후후후후후, 아직 궁금했던 게 하나 더 남아 있어. 너는 내가 못 알아챘을 거라 생각하는 것 같지만, 똑똑히 봤다고.』

"어, 무슨 말씀이신지?"

『ST-Ⅲ야, ST-Ⅲ.』

움찔.

『그보다 잊은 거야? 네가 무슨 생각을 하는지는 다 알 수 있으니 애초부터 비밀로 하는 건 무리라고.』

그랬지…….

신들은 내 생각을 읽을 수 있었어…….

하지만 그때마다 신들이 내 생각을 읽지 못하도록 요령껏 완전히 다른 생각을 하는 게 그렇게 쉬운 일도 아니고.

"그, 그것에 손을 대시겠다고요……? 하아, 알겠습니다. ST-Ⅲ 말씀이시죠? 분녕히 말씀드리겠는데 임청나게 비싸다고요."

그렇게 말하며 마의 영역인 고급 스킨케어의 대명사 ST-Ⅲ 페이지를 띄웠다.

『잡지로 봐서 비싸다는 건 알았지만, 실제로 보니 확실히 망설여지네…….』

키샤르 님이 중얼거렸다.

그 심정은 아주 잘 압니다.

억지로 샀던 적도 있었으니까요, 실제로.

스킨 중 제일 큰 사이즈인 230밀리리터였던가, 그게 정가로 22,000엔 + 소비세.

스킨 한 병에 22,000엔이라고.

누나가 졸라서 사러 갔을 때는 병에 든 스킨이라 떨어지면 깨질 것 같아서 봉투를 든 손에 자꾸 힘이 들어갔었지.

마츠무라 키요미에서는 약간 할인된 가격에 팔고 있기는 하지만, 확인해 보니 금화 두 닢에 은화 한 닢이었다.

상당한 가격인 것은 사실이라, 이거 한 병을 사려면 예산의 절반을 써야 한다.

키샤르 님은 어떻게 할까.

으음~ 으음~ 신음하며 망설이고 있는 것 같은데.

『좋아, 결정했어! 이걸로 할게.』

"저, 정말 괜찮으시겠어요?"

『응.』

키샤르 님의 대답을 듣고 ST-Ⅲ 스킨을 카트에 넣었다.

"나머지는 어떻게 할까요?"

『같은 ST-Ⅲ의 로션으로 할게.』

"진심이세요?"

늘 그렇듯 누나 때문에 억지로 산 적이 있어서 아는 거지만, 이것도 비싸다.

80그램에 정가 17,000엔 + 소비세였던가.

마츠무라 키요미에서는 금화 한 닢에 은화 여섯 닢이었다.

스킨과 로션 두 개만으로 금화 세 닢에 은화 일곱 닢, 금화 네 닢이라는 예산 중 태반을 쓰게 되는데……

『그래. 진심이야. 어느 미용 잡지를 봐도 ST-Ⅲ는 반드시 실려 있었으니까. 심지어 평가도 엄청 좋았고. 그만큼 효과가 있기 때문일 거야.』

확실히 누나도 비싸지만 효과는 좋다고 절찬했었지.

나로서는 전혀 이해가 안 되지만, 여성들에게는 그만큼의 가치가 있다는 뜻이리라.

키샤르 님의 말대로 나는 ST-Ⅲ 로션도 카트에 넣었다.

그리고 나머지는 매니큐어와 리무버를 구하고 싶다기에 핑크 계열과 적색 계열, 베이지 계열의 매니큐어를 하나씩 사고 리무버를 구입했다.

이렇게 예산을 모두 사용해 쇼핑이 종료되었다.

정산해서 이쪽에 나타난 종이상자를 그대로 공물로 바치자……

『꺄악~! 됐어! 계속, 쭈~욱 써보고 싶었던 ST-Ⅲ가 손에 들어왔어! 고마워, 정말 고마워! 다음에도 부탁할게~.』

키샤르 님은 어지간히도 기뻤는지 꺅꺅거리며 떠나갔다.

"하아, 겨우 끝났네. 다음은 데미우르고스 님이지."

데미우르고스 님의 경우는 다른 신들과 달리 특별 취급 중이라고 해야 할까.

완전히 나한테 맡기시고, 공물을 바치는 데 시간도 얼마 안 걸리니까.

이번에도 내 쪽에서 적당히 준비해두었다.

던전에서 상당한 양의 보물을 손에 넣기도 해서 미리 말씀드렸듯이 상당히 신경을 썼다.

리큐어 숍 다나카의 일본주 추천 코너에 있던 유명 양조장의 순미 대음양 맛 비교 여섯 병 세트라는 것과 일본주 콘테스트 금상 수상주 맛 비교 다섯 병 세트.

그리고 매실주도 추천 코너에 있던 세트를 골라 봤다.

매실주 마니아들에게 추천하는 세트로, 완숙 매실을 사용한 매실주와 흑당 소주로 담근 매실주, 그리고 100% 국산 완숙 매실의 과육을 블렌드한 매실 탁주 세 병 세트.

그리고 위스키 베이스의 매실주 세 병을 묶은 맛 비교 세트다.

거기에 기간트 미노타우로스로 만든 스키야키도 준비했다.

스키야키와 함께 일본주를 즐겨주셨으면 해서다.

준비를 마치고 데미우르고스 님을 불렀다.

"데미우르고스 님, 부디 이 물건들을 받아주십시오."

『허허허, 미안하군그래. 오오, 이거 많이도 준비했구먼.』

"말씀하셨던 20계층에서 보물을 잔뜩 얻었거든요."

『고맙네. 그나저나 오늘의 키샤르는 영 글러먹었군. 그 녀석이 폐를 끼쳐 미안하게 됐네. 자네에게는 폐를 끼치지 말라고 엄히 타일러두었거늘……. 이거 한 번 더 혼쭐을 내줄 필요가 있으려나.』

"아뇨아뇨아뇨, 이번 건 어쩔 수 없는 면도 있으니까요."

좌우간 이번에는 키샤르 님이 열망했던 드러그스토어가 외부 브랜드로 들어온 탓도 있으니 어쩔 수 없지.

나라도 계속 갖고 싶었던 게 손에 들어온다고 하면 어른스럽지 못하게 들뜰 게 뻔하니까.

정도의 차이는 있어도 누구든 그렇게 되지 않을까.

하지만…….

"다음에도 오랫동안 붙들려 있게 된다면 조금 난감하긴 하겠네요. 그렇게 되면 그때 혼쭐을 내주십시오."

『허어허어허어, 그런가. 자네가 그렇다면 그렇게 하도록 할까. 그때는 아주 눈물이 쏙~ 빠지도록 혼쭐을 내주도록 함세. 허어 허어허어허어.』

"후후, 잘 부탁드립니다."

『허어, 나만 믿으시게. 그럼 또 보세~.』

자아, 끝났군.

키샤르 님도 머리로는 알고 있는 듯하고, 만일의 사태가 벌어지더라도 데미우르고스 님에게 부탁하면 앞으로 공물을 바칠 때도 괜찮을 거다.

"시간이 꽤 지났으니 다들 벌써 자고 있겠지? 나도 그만 자야지."

걱정거리였던 신들에게 공물을 바치는 일(외부 브랜드 문제라고도 할 수 있겠지만)도 끝났으니 오늘은 던전 드롭 아이템을 정리하는 데 쓰고자 한다.

트리스탄 씨도 분명 안달이 나 있을 테니까.

솔직히 말하자면 드롭 아이템이 너무 많아서 귀찮지만 그것도 다른 모험가들의 눈에는 사치스러운 고민으로 보이겠지.

"그럼, 해볼까."

무릎을 탁 치고 기합을 넣었다.

『주인, 뭘 하려고~?』

"던전에서 나온 드롭 아이템을 정리하려고. 뭐가 얼마나 있었는지를 확인하려는 거야."

『재밌겠다~. 스이도 도울래~!』

"스이, 고맙다~. 그렇게 말해주는 건 스이뿐이야. 그에 비해서……."

아침 식사를 하고 나면 나는 모르는 일이라는 듯이 곧장 드러누워 자는 녀석들도 있으니.

"아주 푹 잠들었네."

페르와 드라 짱이 쿨쿨, 기분 좋게 자고 있었다.

"뭐, 어쨌든 정리에는 도움이 안 될 것 같으니 상관없지만."

『주인, 빨리 하자~.』

"그래. 그럼 스이는 몇 개인지 세어줄래?"

『알았어~.』

아이템 박스는 편리하지만 넣은 순서대로 들어있는 물건이 리스트로 표시되기만 하고 숫자까지는 알 수가 없단 말이지.

어느 정도는 직접 파악해둘 필요가 있다.

"어디 보자, 우선 처음 탐색을 개시했던 20계층에서 회수한 것

들부터 시작할까."

가고일의 드롭 아이템이었던 종류도 제각각인 극소 크기의 보석들.

아쿠아마린에 가넷에 아메지스트, 터쿼이즈, 문 스톤 등등.

일단 보석을 종류별로 꺼내기 시작했다.

『이 파란 건, 하나~ 둘~ 세엣~ 네엣~ 다섯~ 여섯~ 일곱~ 여덟~ 아홉, 열~, 그리고 또 다음이~. ……주인, 열 다음이 뭐야?』

스이의 순진한 질문에 맥이 탁 풀렸다.

그러고 보니 전투력은 페르와 드라 짱에 뒤지지 않을 정도지만 아직 어린애였지, 스이는.

욕조에 들어가서도 10 위로는 세지 못하는 일이 많고.

숫자를 세는 게 무리라면, 스이가 할 일이 없어지는데.

그렇게 말하면 울어버릴 것 같고…….

아, 그래.

나는 아이템 박스에서 어떤 물건을 꺼냈다.

"숫자는 내가 셀 테니까 스이는 내가 다 센 물건을 이 마대에 넣어줄래?"

『응, 알았어~.』

"아 참, 마대에 넣을 때……."

인터넷 슈퍼에서 유성 매직펜을 구입했다.

"보석의 이름과 갯수를 적은 마대에 넣어두면 알아보기 쉽겠지."

우선 아쿠아마린이 1, 2, 3, 4, 5…………..

………………..

…………．

……．

"후우, 겨우 끝났네."

『흥, 우리까지 돕게 만들다니.』

『그러게 말이야. 점심 먹고 나서도 낮잠을 잘 예정이었는데~.』

"그래그래, 툴툴거리지 마. 게다가 또 자려고 했다니, 너무 자는 거 아니야, 너희?"

점심때라며 일어난 페르와 드라 짱의 재촉으로 간단하게 시판 제품인 생강구이 소스를 사용해 오크 고기로 생강구이 덮밥을 만들어 점심 식사를 하고서, 좀처럼 끝날 기미가 없는 드롭 아이템 정리에 페르와 드라 짱까지 동원했던 것이다.

『있잖아, 있잖아, 스이는 돕는 거 재밌었어~!』

"아무개들이랑 다르게 스이는 착한 애구나~"

『에헤헤~ 착한 애라고 칭찬받았어~.』

스이가 기쁜 듯이 통통 튀어 올랐다.

페르, 드라 짱, 스이의 도움을 받아서 정리한 드롭 아이템은 대략 이렇다.

참고로 고기와 바이올렛 베리, 그리고 내가 장비하고 있는 보물 상자에서 나온 해주의 펜던트는 제외했다.

아쿠아마린(극소) × 22, 가넷(극소) × 11, 아메시스트(극소) × 13, 터쿼이즈(극소) × 16, 문 스톤(극소) × 21, 시트린(극소) × 15, 라피스라줄리(극소) × 14, 로즈 쿼츠(극소) × 10, 캣츠 아이(극소) × 9, 아쿠아마린(소) × 2 , 아메지스트(소) × 1, 시트린(소) × 3, 루비(소) × 1, 사파이어(소) × 1, 에메랄드(소) × 1, 오닉스(소) × 72, 비취(소) × 81, 오닉스(중) × 9, 비취(중) × 13, 게이저의 마석(극소) × 29, 토파즈(중) ×16, 에메랄드(중) × 10, 어벤추린(중) × 18, 페리도트(중) × 15, 선 스톤(중) × 21, 사파이어(중) × 9, 마노(중) × 23, 아메시스트(중) × 18, 루비(중) × 8, 다이아몬드(대) × 4, 루비(대) × 2, 오펄(대) × 2, 마라카이트(대) × 3, 모거나이트(대) × 2, 에메랄드(대) × 2, 스톤 골렘의 마석(극소) × 22, 아이언 골렘의 조각 × 44, 아이언 골렘의 마석(소) ×44, 오거의 가죽 × 122, 오거의 뿔 × 93, 오거의 마석(극소) × 31, 레드 오거의 가죽 × 14, 레드 오거의 뿔 × 6, 레드 오거의 마석(중) × 20, 블루 오거의 가죽 × 11, 블루 오거의 뿔 × 3, 블루 오거의 마석(대) × 14, 그린 오거의 가죽 × 18, 그린 오거의 뿔 ×6, 그린 오거의 마석(소) × 24, 블랙 도그의 가죽 × 58, 블랙 도그의 마석(소) × 24, 기간트 미노타우로스의 가죽 × 196, 기간트 미노타우로스의 뿔 × 180, 기간트 미노타우로스의 마석(대) × 470, 뱀파이어 모스키토의 구기(口器) × 265, 뱀파이어 모스키토의 날개 × 284, 뱀파이어 모스키토의 마비독 × 169, 그린 롱 혼 비틀의 갑각 × 4, 레드 롱 혼 비틀의 갑각 × 3, 자이언트 블랙 롱 혼 비틀의 갑각 × 1, 자이언트 블랙 롱 혼 비틀의 마석(소) × 1, 포이즌 이어 위그의 마비독 × 3, 자이언트 호스 플라이의 날개 × 4, 포이즌 스네일의 부식독 × 6, 포레스트 아미 앤트의 턱 × 528, 퀸 포레스트 아미 앤트의 턱 ×

1, 퀸 포레스트 아미 앤트의 마석(극소) × 1, 자이언트 킬러 맨티스의 낫 × 14, 자이언트 킬러 맨티스의 마석(소) × 3, 패럴라이즈 버터플라이의 마비독 인분 × 6, 베놈 타란툴라의 거미줄 × 27, 베놈 타란툴라의 독주머니 × 16, 자이언트 센티피드의 갑각 × 1, 자이언트 센티피드의 마석(소) × 3, 기간트 헤라클리우스 비틀의 갑각 x 1, 기간트 헤라클리우스 비틀의 마석(대) × 1, 카이저 스태그 비틀의 갑각 × 1, 카이저 스태그 비틀의 마석(대) × 1, 4암즈 베어의 모피 × 1, 4암즈 베어의 간 × 1, 4암즈 베어의 발톱 × 1, 4암즈 베어의 마석(특대) × 2, 레드 보어의 가죽 × 18, 레드 보어의 이빨 × 6, 코카트리스의 날개 × 23, 록 버드의 부리 × 16, 록 버드의 날개 × 24, 자이언트 도도의 부리 × 8, 자이언트 도도의 날개 × 13, 자이언트 도도의 마석(극소) × 2, 자이언트 디어의 가죽 × 9, 자이언트 디어의 뿔 × 8, 자이언트 디어의 마석(극소) × 1, 자이언트 혼 래빗의 모피 × 3, 자이언트 혼 래빗의 뿔 × 4, 자이언트 혼 래빗의 마석 (극소) × 1, 와일드 에이프의 모피 × 28, 그레이트 울프의 모피 × 8, 그레이트 울프의 마석(소) × 8, 레드 타이거의 모피 × 4, 레드 타이거의 마석(소) × 4, 포레스트 팬서의 모피 × 3, 포레스트 팬서의 마석(중) × 3, 머더 그리즐리의 모피 × 6, 머더 그리즐리의 간 × 2, 머더 그리즐리의 발톱 × 4, 머더 그리즐리의 마석(대) × 6, 타일런트 고릴라의 모피 × 1, 타일런트 고릴라의 심장 × 1, 타일런트 고릴라의 마석(대) × 1, 즐라토로그의 뿔 × 4, 즐라토로그의 발굽 × 4, 즐라토로그의 모피 × 2, 즐라토로그의 마석(특대) × 2

보물 상자에서 나온 보석류

    금괴 × 16(20층 보물 상자)

    다이아몬드 펜던트 헤드 × 1

    다이아몬드 귀걸이 × 1

    루비 반지 × 1

    여러 보석이 박힌 팔찌 × 1 (위의 세 개와 함께 34층 보석상자)

이야아, 많기도 하네.

아직 답파하지도 않았는데 정리해 보니 이만큼이나 나왔다.

어느 정도 선택적으로 회수한 건데 말이지.

회수하지 않고 내버려 둔 드롭 아이템도 꽤 많았고.

다만 구석구석 탐색하지 않은 층도 많았던 탓에 보물 상자는 적은 편이었다.

그 대신 이 던전의 특산품이라 할 수 있는 드롭 아이템인 보석이, 눈앞이 어질어질해질 만큼 많았다.

가고일과 게이저가 작은 것들을 뚝뚝 떨어뜨렸었으니까.

스톤 골렘은 그럭저럭 보기 좋은 중간 크기를 떨어뜨렸고.

게다가 가고일도 게이저도 스톤 골렘도 가끔씩 운이 좋으면 살짝 큰 것을 내놓기도 했고 말이야.

종류도 숫자도 꽤 많으니 트리스탄 씨도 기뻐할 거다.

개인적으로 보석에는 관심이 없으니 전부 매입해주면 좋겠는데.

뭐, 그건 둘째 치고…….

"대충 끝났으니 저녁을 먹어볼까."

『음. 일을 도왔으니 호화로운 걸로 부탁하마.』

『오, 그거 괜찮네.』

『호화로운 밥~! 스이, 많~이 먹을래~!』

"하하하, 호화로운 거라. 좋아, 마침 생각난 것도 있으니 드롭 아이템을 써서 한번 만들어 볼까."

부엌으로 이동해 저녁을 만들기 시작했다.

본가에서 너무 많이 만들었다며 막무가내로 보내왔을 때, 어떻게 먹어야 하나 싶어서 인터넷으로 레시피를 보고 시험 삼아 한번 만들어 본 적이 있으니 괜찮기는 하겠지만⋯⋯.

그때의 일을 떠올리며 인터넷 슈퍼에서 재료를 담아 나갔다.

오늘 만들려 하는 것은 블루베리 소스를 곁들인 3종 고기 요리다.

사용할 재료는 던전산 바이올렛 베리니 정확히 말하자면 바이올렛 베리 소스가 되겠지만.

베리 소스는 의외로 어떤 고기에나 어울리고, 살짝 세련된 요리인 데다 세 종류의 고기를 사용하면 겉보기에도 화려할 테니 오늘의 주문에 딱 맞는 요리가 아닐까.

"바이올렛 베리를 사용할 거면, 디저트도 만들어서 바이올렛 베리 파티를 하는 것도 재미있을 것 같네. 마도 냉장고도 있으니까 간단한 거라면 나라도 만들 수 있을 거야."

그런고로 디저트도 만들기로 했다.

바이올렛 베리 소스를 끼얹은 요구르트 젤리를 만들 거다.

식혀서 굳히는 데 시간이 걸리는 요구르트 젤리부터 만들고 싶은데, 그러려면 우선 마도 냉장고부터 기동시켜 봐야겠지.

망가져서 안 켜지기라도 하면 만들지도 못하고 재료만 낭비하게 될 테니까.

일단 마도 냉장고가 기동하는지 체크하고자 나는 아이템 박스에서 마도 냉장고를 꺼냈다.

"분명 페르한테 들은 바로는……."

마도 냉장고 윗부분 앞쪽에 그려진 마법진의 중앙 부분 홈에 마석을 세팅하면 기동할 텐데.

수중에 있는 것 중 홈의 크기에 맞을 듯한 마석(소)를 세팅해 봤다.

순간적으로 마법진이 은은하게 빛나더니 부우우우웅, 하는 탁한 소리와 함께 마도 냉장고가 기동했다.

마도 냉장고의 문을 열고 온도를 확인해 보자…….

"오오, 차가워."

안은 차가워서 원래 있던 세계에서 사용했던 냉장고와 비교해도 손색이 없을 정도였다.

"좋아, 마도 냉장고에 문제가 없으니 요구르트 젤리부터 만들자."

젤라틴 가루를 물에 불려두고서 냄비에 우유와 설탕을 넣고 가열하고, 그 불려둔 젤라틴을 넣고 녹여준다.

열이 식은 냄비에 뒤섞어서 부드럽게 만든 플레인 요구르트를 넣고 잘 섞는다.

그다음은 용기에 넣고 식혀서 굳히기만 하면 된다.

참고로 페르와 드라 짱과 스이가 먹을 것에는 인터넷 슈퍼에서 산 특대 유리 볼그릇을 썼다.

다들 많이 먹으니 이 정도는 돼야지.

다음은 요구르트 젤리에 끼얹을 바이올렛 베리 소스다.

이것도 잘 식혀둘 필요가 있으니 먼저 만들어두는 게 좋을 것 같다.

우선 바이올렛 베리를 반으로 자른다.

이렇게 해두면 수분이 잘 빠지기도 하고, 바이올렛 베리가 큰 편이라 이 정도 크기로 잘라두는 게 좋을 듯했기 때문이다.

그런 다음에는 냄비에 반으로 자른 바이올렛 베리와 그래뉴당과 레몬즙을 넣고 약불로 가열.

수분이 나와 그래뉴당이 녹아서 약간 걸쭉해질 때까지 끓이면 완성이다.

이제 식혀두면 OK.

디저트는 준비됐으니 다음은 고기다.

딘진산 기간드 미노타우로스, 록 비드, 레드 보어, 세 종류를 사용한다.

기간트 미노타우로스 고기는 오븐을 사용해 로스트비프로 만들고, 록 버드와 레드 보어 고기는 프라이팬을 사용해 소테로 만든다.

바이올렛 베리 소스를 뿌릴 테니 모두 다 간은 소금 후추로만 한다.

고기를 구우며 바이올렛 베리 소스도 계속 만든다.

그나저나…….

"내 입으로 말하자니 좀 그렇지만, 요리 솜씨가 상당히 좋아진 것 같은데……. 어느샌가 직업란에 요리사라는 게 추가되어 있던데, 레벨 업할 때마다 그쪽 보정치도 올라간다는 뜻이려나? 난 요리사가 될 생각은 전혀 없는데."

분명히 말하자면 모험가도 메인 직업은 아니라고.

나 자신은 상인이 메인 직업이라고 생각하는데.

전혀 상인다운 일을 못 하고 있기는 하지만, 일단은 말이야.

그런 생각을 하면서도 손은 계속 움직여서 바이올렛 베리 소스를 만들어 나간다.

냄비에 반으로 자른 바이올렛 베리와 레드 와인, 간장, 발사믹 식초, 벌꿀, 소금, 후추를 넣고 약간 걸쭉해질 때까지 끓이면 소스가 완성된다.

다 구워진 로스트비프…… 아니, 로스트 기간트 미노타우로스 조각에 바이올렛 베리 소스를 살짝 묻혀서 맛을 본다.

"응응, 괜찮게 됐네."

평소와 다른 맛이 나는 소스가 신선하고, 무엇보다도 맛있다.

새콤달콤한 과일향 소스는 의외로 고기와 잘 맞는단 말이지.

내가 그런 생각을 하며 우물우물 먹고 있자 부엌 입구에서 뚱한 시선이 느껴졌는데…….

당연히 먹보 트리오인 페르, 드라 짱, 스이가 이쪽을 훔쳐보고 있었다.

『어이, 너만 먹다니 치사하지 않으냐.』

『맞아맞아. 우리도 빨리 먹게 해 줘~. 배고프다고~.』

『주인, 배고파~.』

"방금 건 맛을 본 것뿐이라고. 곧 다 되니까 금방 가져갈게. 조금만 더 기다려."

그러자 다들 『조금만 더 기다리마』라면서 마지못해 거실로 돌아갔다.

나 원 참…….

나는 기다리고 있는 먹보 트리오를 위해 요리를 담기 시작했다.

이왕이면 플레이팅도 예쁘게 하고 싶어서 구입해둔 특대 사이즈의 하얗고 평평한 접시에 우선 얇게 썬 로스트 기간트 미노타우로스를 꽃잎처럼 담고, 중앙에 민트 잎을 장식했다.

그러고서 바이올렛 베리 소스를 두르면 첫 번째 접시 완성이다.

두 번째 접시는 마찬가지로 특대 사이즈의 하얗고 평평한 접시에 록 버드 소테를 살짝 포개어지게끔 해서 보기 좋게 늘어놓고 접시 우측상단에 민트 잎을 장식한 다음 바이올렛 베리 소스를 뿌려 완성했다.

세 번째 접시도 특대 사이즈의 하얗고 평평한 접시에 레드 보어 소테를 부채꼴로 늘어놓고 중심 부분에 민트 잎을 장식한 다음 바이올렛 베리 소스를 뿌려 완성했다.

바이올렛 베리 소스를 곁들인 3종 고기 요리.

호화스러운 데다 바이올렛 베리 소스의 보라색이 실로 아름답다.

아차, 완성도에 감탄하고 있을 때가 아니지.

배를 곯으며 기다리고 있을 먹보 트리오한테 가져다줘야겠다.

『맛있구나! 이 새콤달콤한 소스가 이상하게도 고기와 잘 맞는군.』

『그러게!』

『맛있어~!』

…………

우걱우걱 먹는 애들을 보니 맥이 풀렸다.

맛있게 먹어주는 건 기쁘지만, 모두의 앞에 각각 세 접시씩 내놓았더니 느닷없이 우걱우걱 먹기 시작하잖아.

아름다운 플레이팅 같은 것도 좀 즐겨달라고.

식탐이 우선인 먹보 트리오에게 그런 걸 바라는 건 잘못일지도 모르겠지만 말이야.

"페르가 먹고 있는 게 기간트 미노타우로스고 드라 짱이 먹고 있는 게 레드 보어, 스이가 먹고 있는 게 록 버드야. 바이올렛 베리 소스를 곁들인 3종 고기 요리, 살짝 호화스럽지?"

『음. 세 종류의 고기를 맛볼 수 있어 좋구나.』

『이 소스, 레드 보어 고기에 끝내주게 잘 어울려!』

드라 짱의 그 말을 듣고 페르가 『그러냐?』라면서 곧장 레드 보어 접시에 입을 댔다.

『흐음, 이거 드라의 말이 맞군. 제법 맛있구나!』

페르가 신음할 정도의 맛이 어떤 것인지 궁금한지 스이도 레드 보어 고기를 먹었다.

『정말이네에. 이거, 맛있어~.』

모두가 입을 모아 맛있다고 하니 나도 먹어봐야겠지.

내 몫으로 한 접시에 모아둔 3종 고기 요리 중 레드 보어 고기를 덥썩 입에 넣었다.

우물우물——.

"오오, 이거 괜찮은데?"

아주 약간 야성미가 느껴지는 사슴고기 같은 풍미가 남아 있는 레드 보어 고기에 상큼하고도 새콤달콤한 바이올렛 베리 소스가 절묘하게 어우러지고 있다.

이번에는 레드 보어 고기 옆에 있는 록 버드 고기를 덥썩 입에 넣었다.

"으음~ 록 버드 고기도 괜찮다. 담백한 새 계열 고기에도 이 새콤달콤한 소스가 잘 어울리네."

『꿀꺽……. 음, 그러게 말이다.』

페르가 록 버드 고기를 꿀꺽 삼키며 내 말에 동의해주었다.

『이 기간트 미노타우로스 고기도 이 소스를 뿌리니 상큼하게 먹을 수 있어서 좋아.』

확실히 드라 짱이 말한 대로다.

마블링이 많은 기간트 미노타우로스 고기도 이 새콤달콤한 소스를 곁들이자 무겁거나 느끼하게 느껴지지 않아서 좋았다.

『아~ 부족해, 부족하다! 한 그릇 더다, 한 그릇 더 다오!』

3종 고기 요리를 냉큼 먹어치운 페르가 말했다.

『나도! 레드 보어랑 기간트 미노타우로스 고기로 더 줘.』

『스이는 전부 한 그릇 더~!』

드라 짱과 스이도 페르에 이어서 한 그릇 더 달라는 소릴 하기 시작했다.

"알겠어. 지금 가져올 테니 좀 기다려. 아, 마지막에 디저트도 있으니까 그만큼은 배를 비워둬~."

『와아~ 디저트~!』

디저트라는 말을 듣고 스이가 유달리 기뻐했다.

그 후에도 몇 번인가 추가 요리를 요구해서 페르와 드라 짱과 스이는 3종 고기 요리를 배부르게 만끽했다.

겨우 배를 채운 것 같으니 마무리인 디저트 차례다.

유리로 된 특대 볼 그릇에 든 탱탱한 요구르트 젤리를 애들 앞에 내놓았다.

물론 젤리 위에는 화려한 보라색을 띤 바이올렛 베리 소스를 뿌려뒀다.

"먹어 봐. 오늘은 바이올렛 베리 파티라 디저트도 바이올렛 베리 소스를 끼얹은 요구르트 젤리야. 마도 냉장고를 사용해서 식혀뒀으니까 차가울 거야."

『오오, 그걸 사용한 거냐?』

"어엉, 마침 잘됐다 싶어서 사용해 봤어. 알맞게 차가워지니 여러 가지 요리, 특히 이런 디저트에 써먹을 수 있을 것 같아."

『호오, 기대하고 있으마.』

『이거 탱글탱글하고 맛있어~.』

『고기를 먹은 뒤에 먹으니 입 안이 개운해지고 좋은 걸?』

상쾌한 산미가 있는 요구르트 젤리도 호평이라 모두의 앞에 있는 특대 사이즈 볼그릇도 금방 비어버렸다.

『주인, 탱글탱글한 거 한 그릇 더~.』

특히 스이는 젤리가 마음에 들었는지 더 달라고 졸랐다.

"어, 한 그릇 더?"

『응, 이 탱글탱글한 거 더 먹고 싶어~.』

"저기, 그게, 미안해. 요구르트 젤리는 더 만들어둔 게 없어."

특대 사이즈 볼그릇이라 충분할 줄 알고 요구르트 젤리는 추가 분량을 준비하지 않았거든……(땀).

『에에~?』

스이가 슬픈 듯이 쪼그라들었다.

"다, 다음에는 꼭 추가 분량을 준비해둘게. 오늘은 봐주라."

『꼭이야, 주인.』

고기를 그만큼 잔뜩 먹은 뒤에 특대 사이즈 볼그릇에 든 요구르트 젤리도 낼름 먹어치우고, 그것도 모자라 추가로 요구하다니……. 새삼스럽지만 스이, 무서운 아이구나.

제 9 장

사치스러운 고민

"이야아, 어느 것 할 것 없이 멋진 물건들이었습니다. 이렇게 흥분한 게 얼마 만인지 모르겠군요."

페르와 드라 짱과 스이는 집에 남겨두고 나는 혼자서 모험가 길드에 와 있었다.

다들 행선지가 모험가 길드인 데다 드롭 아이템 매매라는 사실을 알자마자 흥미를 잃고 집에서 낮잠이나 자는 게 낫겠다고 했지.

모험가 길드에 도착하자마자 안내를 받아 트리스탄 씨가 있는 길드 마스터의 방으로 와서, 우리가 취득한 던전의 드롭 아이템들을 선보였다.

그것을 본 길드 마스터, 트리스탄 씨는 흥분을 감추지 못하고 있는 상태다.

하지만 안목은 상당한지 이미 매입할 드롭 아이템의 선별은 마쳤다고 한다.

일일이 흥분하기는 했지만 선별은 냉정하게 하다니, 과연 길드 마스터까지 출세한 사람답다는 생각이 들어서 살짝 감탄했다.

아무튼 이곳 브릭스트 던전의 특산품이기도 한 보석류는 모두 매입해주기로 했다.

품질 좋은 던전산 보석은 서로 가져가려고 안달이라 늘 품귀 현상을 겪고 있는 탓인지, 대량으로 팔아준 덕에 큰 도움이 되겠다며 트리스탄 씨가 감사 인사까지 할 정도였다.

그런 분위기이기에 이 모험가 길드라면 괜찮지 않을까 싶어서 트리스탄 씨에게 "이런 것도 가지고 있는데요……" 하고 드랭과 에이블링 던전에서 팔고 남은 보석류와 도적왕의 보물도 내놓아 보자 트리스탄 씨는 희색이 만면해졌다.

그럼에도 보석 장식품이 많았던 도적왕의 보물 쪽은 전부 다 팔수 없었지만, 드랭과 에이블링 던전에서 얻은 것은 모두 매입해 주었다.

도적왕의 보물 쪽은 매입하지 못해 정말로 아쉬운 눈치였다.

거래하지 못한 것들을 내가 아이템 박스에 넣을 때는 분한 듯이 "크으~" 하고 신음까지 했었지.

뭐, 그래도 잘 팔리는 보석과 보석 장식품이 대량으로 입고되었다며 트리스탄 씨는 만족스러운 얼굴을 하고 있었지만.

그 밖에도 게이저의 마석(극소)와 스톤 골렘의 마석(극소), 아이언 골렘의 마석(소), 오거의 마석(극소)를 전부, 그리고 4암즈 베어의 모피와 간, 그레이트 울프의 모피, 레드 타이거의 모피, 포레스트 팬서의 모피, 머더 그리즐리의 모피, 타일런트 고릴라의 모피도 모두 매입해주었다.

말할 필요도 없겠지만 4암즈 베어의 간도.

39계층에 4암즈 베어가 있었다고 했더니 간은 강력한 정력제 재료라면서 잔뜩 흥분했으니까.

모피도 귀족분들의 방한복과 깔개로 인기 있는 물건이라 좋은 상태의 고랭크 마물 모피가 손에 들어왔다며 역시나 만면의 미소를 지어 보였다.

트리스탄 씨는 가능하면 즐라토로그의 모피도 매입하고 싶어하는 눈치였지만 눈물을 삼키며 포기하겠다고 했다.

이걸 매입하려면 예산상 매입할 예정인 보석류를 대폭 축소해야 한다면서.

하긴, 금색 즐라토로그의 모피는 임금님한테 헌상될 만큼 귀한 물건이라는 모양이니까.

즐라토로그의 모피를 집어넣을 때도 트리스탄 씨는 아쉬운 듯이 "아아~"라고 신음했었지. 물론 빼먹지 않고 회수했다.

뭐 우여곡절 끝에 매입 물품 선정이 끝나. 모험가 길드 직원분이 가져다준 차를 트리스탄 씨와 마시며 숨을 돌렸다.

"최대한 서둘러 산정해서 내일 중에는 이 물건들의 매입 대금을 지불하도록 하겠습니다."

트리스탄 씨가 방긋방긋 웃는 얼굴로 말했다.

나로서는 당연히 빨리 거래 대금을 받을수록 좋으니 내일 다시 이곳을 찾기로 했다.

"그래서, 또 던전에 들어가실 예정이시지요?"

"네에, 뭐. 우리 사역마들이 매우 의욕적이라서요, 하하하."

나로서는 이제 충분하다 싶지만 페르 일행은 답파를 해야 납득해줄 테니까.

데미우르고스 님이 했던 말도 있어서(최종 계층에 관해서) 사실은 이대로 끝내고 싶지만 말이야.

"40계층까지 가는 동안에도 이렇게나 근사한 드롭 아이템들이 나왔는데. 그 이후라면……. 기대감에 가슴이 뛰는군요. 크흐흐흐."

크흐흐흐라니, 너무 천박한 웃음소리 아닌가요, 트리스탄 씨……

나한테서 매입한 드롭 아이템은 모험가 길드에서 다른 곳에 팔때는 훨씬 고가일 테니, 막대한 이익을 생각하면 웃음이 멈추지 않을 만도 하지만.

잔뜩 흥분한 트리스탄 씨를 보고 살짝 식겁한 나는 어서 이곳을 뜨기로 했다.

만면에 미소를 띤 채 "내일 뵙겠습니다"라고 말하는 트리스탄 씨의 배웅을 받으며 나는 모험가 길드를 뒤로했다.

그리고 페르 일행도 없겠다, 이 도시의 상점가를 산책하며 돌아가기로 했다.

딱히 눈에 띄는 물건은 없었지만 여러모로 편리한 마대는 대중소, 여러 가지 크기로 다소 넉넉하게 보충하고서 페르 일행이 기다리는 집으로 돌아갔다.

다음 날 오전 중에는 느긋하게 있다가 모두에게 점심밥을 먹인 후에 다시 모험가 길드로 향했다.

어제와 같은 이유로 또 혼자서.

모험가 길드에 들어가자 곧장 트리스탄 씨가 달려 나왔다.

"이제 슬슬 오실 때가 됐다 싶어서 기다리고 있었습니다. 자자, 2층에 있는 제 방으로 가시죠."

트리스탄 씨를 따라 길드 마스터의 방으로 향했다.

방에 들어가 테이블을 사이에 끼고 마주 앉자 금방 차가 나왔다. 그걸 한 입 마신 후, 곧장 이곳에 온 목적에 관해 언급했다.

"저기, 산정 쪽은 무사히 끝나셨습니까?"

"네에. 최우선적으로 진행했거든요. 잠시만 기다려주십시오."

트리스탄 씨가 자리에서 일어나 방 안에 있는 금고로 향했다.

"그럼, 이쪽이 매입 대금입니다. 총합해서 금화 사만 닢입니다."

"…………네? …………우왓차차."

너무 놀란 나머지 차를 마시려고 들어 올렸던 찻잔을 떨어뜨릴 뻔했다.

한 차례 심호흡을 하고서 신중하게 찻잔을 내려놓은 후, 트리스탄 씨에게 다시 물었다.

"그, 그, 금화, 사, 사만 닢이라고 하셨나요?"

"네! 감사하게도 보석류를 잔뜩 매각해 주시지 않으셨습니까. 게다가 수요가 많은 마석과 근사한 모피도요! 제가 모험가 길드의 길드 마스터가 된 이후로 가장 큰 거래였습니다!"

트리스탄 씨는 잔뜩 신이 나서 방긋방긋 웃는 얼굴로 그렇게 말했다.

"내역을 설명드리자면 말이죠, 아쿠아마린(극소)가 개당 금화 열여섯 닢 × 22로 금화 352닢, 가넷(극소)가 개당 금화 열다섯 닢 × 11로 금화 165닢, 아메지스트(극소)가 개당 금화 열다섯 닢 × 13으로 금화 195닢, 터쿼이즈(극소)가 개당 금화 열네 닢 × 16으로 금화 224닢………."

트리스탄 씨가 상세 내역을 알려주었지만 금화 사만 닢이라는 단어의 임팩트가 너무 강렬해서 전혀 귀로 들어오지 않았다.

반올림해서 금화 사만 닢으로 해주었다는 이야기만 간신히 기억났다.

"그런고로 매입 대금을 받아주십시오. 아무래도 금화로 사만 닢을 지불하면 무게가 상당해질 것 같아서 백금화로 준비했습니다."

그렇게 말하며 내 눈앞에 마대 두 개를 턱 하니 내려놓았다.

"백금화로 정확히 사백 닢 들어있습니다만, 일단 확인을 위해 세어주십시오."

안을 들여다보니 눈에 익은 백금화가 빵빵하게 들어 있었다.

"아, 네……."

마른침을 꿀꺽 삼킨 후, 백금화를 손으로 집어 열 닢에 한 세트씩 세어 나갔다.

"3 + 3 + 4로 열 닢. 3 + 3 + 4로 스무 닢. 3 + 3 + 4로 서른 닢. 3 + 3 + 4로…………."

백금화가 내 손을 거쳐 테이블을 가득 채우기 시작했다.

"3 + 3 + 4로 사백 닢. 네, 정확히 백금화 사백 닢이네요."

떨리는 손으로 백금화를 마대에 다시 집어넣고 그걸 아이템 박스에 넣었다.

"무코다 씨, 다음에 오실 때도 크게 기대하고 있겠습니다."

만면에 미소를 띤 채 저런 소릴 하는데, 괜찮은 걸까?

내가 걱정할 일은 아니지만 나에게 거래 대금으로 금화 사만 닢이나 지불했는데, 또 드롭 아이템을 매입할 여유가 있겠냐고.

에둘러서 '또 거래해주실 겁니까?'라고 물어봤더니 트리스탄 씨는 "물론이지요!"라고 즉답했다.

감이 좋은 트리스탄 씨는 내 말에 담긴 의미를 알아챘는지 미소를 머금은 채 "저희 쪽 자금이 걱정되십니까?"라고 물었다.

"사실대로 말씀드리자면, 귀가 밝은 분들께서 이미 문의를 해 오고 있을 정도랍니다."

어, 진짜로?

"펜리르를 대동한 S랭크 모험가인 무코다 씨에 관한 소문은, 알 만한 분들은 다 아시니까요."

트리스탄 씨가 말하기를, 던전에 들어갔다가 나온 내가 상당한 양의 보물을 가지고 왔을 것이라고 예상하는 것은 견식이 있는 사람들에게 어려운 일이 아니라고 한다.

게다가 던전에서 돌아온 후에 모험가 길드에 들락거렸으니, 내가 드롭 아이템을 거래하려 하고 있다는 걸 짐작할 만도 하다는 것이다.

"아직 아무 정보도 공개하지 않았는데도 이런 상황입니다. 이번 드롭 아이템을 거래에 내놓으면 분명 곧장 완판될 겁니다. 므흐흐흐흐흐, 웃음이 멈추질 않는군요."

아니 트리스탄 씨, 뭔가요 그 악덕 관리 같은 웃음소리는…….

뭐, 상황이 그러하니 자금을 걱정할 필요는 없다는 모양이다.

나로서는 매입만 해준다면 딱히 불만은 없지만 말이야.

"그나저나 백금화 사백 닢을 다 어디에 쓰지……."

어느 정도 돈이 있는 편이 좋겠다고는 생각했지만, 인터넷 슈퍼로 물건을 사서 먹는 데 부족하지 않을 정도면 충분한데.

"또 페르 일행과 상의해서 기부하자."

말은 이렇게 했지만 요즘 돈이 쌓이고 쌓여서 웬만큼 기부해서는 줄어들지가 않는단 말이지…….

졸지에 돈이 많아서 고민이라는 사치스러운 고민을 떠안게 되었다.

"다녀왔어~."

『오오, 드디어 돌아왔나. 배가 고프다.』

『나도나도.』

『스이도 배고파~.』

돌아오자마자 배고프다고 노래를 해대는 바람에 나는 맥이 탁 풀렸다.

"뭐야, 돌아오자마자 그 소리야~?"

『흠, 배가 고프니 어쩔 수 없지 않느냐. 밥은 무엇보다도 중요한 사항이다.』

페르, 그렇게 진지한 얼굴로 역설할 일은 아니지 않아?

『맞아. 맛있는 밥은 우리 힘의 원천이라고.』

『주인의 맛있는 밥을 먹고 있어서, 스이는 기운이 넘치는 거야~.』

역설하는 페르에게 동의하듯 드라 짱과 스이도 그런 소리를 했다.

하지만 뭐, 저런 말을 들으면…….

기분이 나쁘지는 않은 데다, 빨리 만들어주자는 생각이 들 수밖에 없다.

"아～ 아～ 그래그래, 지금부터 금방 만들어줄게."

내가 그렇게 말하자 드라 짱이 『오늘도 기간트 미노타우로스 고기가 좋겠어. 역시 맛있으니까』라고 주문을 했다.

페르도 드라 짱의 말에 『음』하고 크게 고개를 끄덕였다.

스이도 『그 고기가 좋아～』라고 했다.

다들 기간트 미노타우로스 고기가 어지간히도 좋나 보네.

맛있으니 이해는 하지만.

"그럼 기간트 미노타우로스 고기로 저녁을 만들어 올게."

나는 거실에 사역마들을 남겨두고 부엌으로 이동했다.

그리고 널찍한 조리대 앞에서 혼자 중얼거렸다.

"사실은 상의하고 싶은 게 있었는데 말이지……. 뭐, 저녁 먹고 나서 해도 되려나. 그럼, 저녁밥을 해볼까."

하지만 뭘 만들지도 안 정했단 말이지.

으～음 뭐, 인터넷 슈퍼를 보고서 정하도록 할까.

그렇게 생각하며 인터넷 슈퍼를 띄웠다.

"오, 버섯이 할인 중이네."

버섯과 기간트 미노타우로스 고기를 조합하려면…… 아, 그게 좋을지도.

"분명 그것도 팔고 있었지……?"

냄비와 프라이팬 등이 있는 페이지로 이동했다.

"찾았다. 냄비에 세팅할 수 있는 찜기."

일반 냄비에 세팅할 수 있는 널찍한 판형 찜기다.

가지고 있는 대형 냄비에 맞는 크기의 찜기를 같은 개수만큼 카트에 넣었다.

"좋아. 이제 소고기 호일 찜을 할 수 있겠어. 아니, 기간트 미노타우로스 고기 호일 찜인가?"

할인 중인 버섯을 보니 소고기 호일 찜이 생각났다.

고기 요리를 하다 보면 굽는 경우가 많고, 간도 진해지기 일쑤니까.

가끔은 산뜻한 찜 요리도 나쁘지 않겠지.

"여기에 할인 중인 버섯류랑 양파랑 피망이랑 파프리카를 사고……."

재료를 차례로 카트에 넣어 계산했다.

"좋아, 재료는 다 모였네. 요리를 시작해 볼까."

우선 버섯부터 손질해야지.

준비한 것은 잎새버섯과 만가닥버섯과 팽이버섯이다.

버섯의 밑동을 잘라 먹기 좋은 크기로 찢는다.

그리고 양파를 얇게 썰고 피망과 파프리카는 채썰기를 하고, 기간트 미노타우로스 고기는 얇게 썰어준다.

그런 다음에는 큼지막하게 자른 알루미늄 호일 가운데에 양파와 피망과 파프리카를 얹고서 각종 버섯을 얹은 후, 그 위에 기간트 미노타우로스 고기를 얹는다.

그렇게 한 겹을 더 포갠 후, 맛간장과 술과 맛술을 섞은 조미액

을 뿌리고서 알루미늄 호일의 양쪽 끄트머리를 가운데로 모아 봉
하고, 좌우측 끄트머리도 접어서 봉한다.

이제 준비한 찜기로 찌면 완성이다.

부엌에 있던 마도 버너와 내 마도 버너까지 동원해 쪄서 팍팍
만들어 나가자.

『어이…….』

기간트 미노타우로스 고기 호일 찜을 앞에 두고 페르가 불만스
러운 얼굴을 한 채 입을 열었다.

"아~ 고기 이외의 것이 많다고 하려는 거지? 뭐, 불만이 있으
면 먹어보고서 하라고."

『끄응.』

『꿀꺽. 페르, 이거 꽤 괜찮다고!』

먼저 입을 댔던 드라 짱이 그렇게 말했다.

『있잖아, 좌악, 하고 배어 나온 국물도 맛있어~.』

응응, 스이 말이 맞아.

채소에서 배어난 국물이 또 감칠맛이 있거든.

이거랑 고기와 채소를 같이 먹으면 엄청나게 맛있다고.

『그렇다면야 먹어보기는 하겠다만…….』

처음에는 맛을 보며 조금씩 먹다가 점점 와구와구 많이씩 먹기
시작하고, 끝에 가서는 우걱우걱 게걸스럽게 먹기에 살짝 웃고

말았잖아.

네 개 내놓았던 호일 찜을 싹 먹어치운 데다 국물까지 말끔하게 해치워버렸고 말이야.

결국 다들 기간트 미노타우로스 고기 호일 찜을 전부 먹어치우고 금방 더 달라고 하기에 더 내놓았다.

"아 참, 이 영귤이라는 걸 짜서 뿌리면 감귤 계열의 풍미가 더해져서 맛이 산뜻해져."

내 것은 절반을 그대로 두고 나머지 절반에 영귤즙을 뿌려 먹으려고 했던지라 페르 일행에게도 알려주었다.

『흠, 그걸 뿌리면 산뜻한 풍미가 되는 건가. 좋아, 뿌려라.』

『내 것에도!』

『스이도~!』

그렇게 외치기에 모두의 추가 요리에 영귤즙을 뿌려주었다.

『산뜻한 풍미가 더해져서 이건 이것대로 괜찮군.』

『나는 이걸 뿌리는 게 더 좋은 것 같아.』

『산뜻해~.』

영귤즙을 뿌린 호일 찜을 와구와구 먹는 애들을 보며 나도 먹기 시작했다.

기간트 미노타우로스 고기 호일 찜을 메인으로 인스턴트 된장국과 소금으로만 맛을 낸 염장다시마와 오이절임을 반찬으로 곁들여서.

그리고 제일 중요한 갓 지은 쌀밥도.

호일 찜을 먹은 후에 쌀밥을 덥썩 입에 넣었다.

"맛있어⋯⋯."

역시 쌀밥에 어울리는 반찬은 정의라니까.

그런 식으로 우리는 기간트 미노타우로스 고기 호일 찜을 마음껏 만끽했다.

그리고 저녁 식사 후 휴식 시간.

페르와 드라 짱과 스이는 늘 그렇듯 후미야의 케이크며 푸딩 등을 먹고, 나는 오늘은 홍차가 당겨서 그걸 마시며 한숨을 돌리고 있었다.

"저기 말이야, 다 같이 상의하고 싶은 게 있는데."

나는 고민거리로 떠오른 막대한 드롭 아이템의 매각 대금에 관해 상의하고자 말을 꺼냈다.

『뭐냐, 뜬금없이.』

"아니 그게, 오늘 던전에서 나온 드롭 아이템의 매각 대금을 받으러 갔었잖아."

『음.』

"그게 또 깜짝 놀랄 만큼의 금액이었거든. 지금까지도 너무 많아서 요전에 상의하고 기부 같은 것까지 했었는데 말이야. 이번 걸로 줄어든 것보다 훨씬 막대하게 늘어버렸거든⋯⋯. 어쩌면 좋을까?"

『흐음, 어쩌면 좋겠냐고 한들⋯⋯.』

『그러게. 우리는 맛있는 밥만 먹을 수 있으면 다른 건 딱히 필요 없으니 말이야.』

『스이도 맛있는 걸 먹을 수 있으면 됐어~.』

그렇지?

나도 딱히 갖고 싶은 게 있는 것도 아니고, 현재로서는 부족한 것도 전혀 없단 말이지.

『요전에 고아원이라는 데 기부했었잖아. 이번에도 그러면 되지 않아?』

드라 짱이 그렇게 말하자 페르가 고개를 끄덕였다.

『음. 그리고 여신님들의 교회에도 기부해라. 이건 잊어서는 안 된다. 닌릴 님께서도 기뻐하실 테니 말이다.』

드라 짱에 이어 페르가 그렇게 말했다.

"당장 생각나는 건 역시 그 정도지?"

현재로서는 나도 그것밖에 생각이 안 나.

페르 일행과 의논한 결과, 방문하는 도시의 고아원과 여신님들의 교회에 기부하고 다니기로 했다.

뭐, 물론 요전과 마찬가지로 정보를 수집하고 실제로 보고서 이상한 곳일 경우에는 기부를 보류하게 되겠지만.

그렇게 사회봉사를 해서 조금씩 소지금을 줄여 나가는 수밖에 없겠지만, 조만간 또 던전에 들어가면 또 소지금이 늘어날 게 뻔해서 골치가 아프네.

사실 우리끼리 먹을 고기 이외의 드롭 아이템은 회수해 오지 않는 게 가장 간단한 대처법이기는 하지만, 그건 그것대로 좀……

모처럼 애들이 싸워서 얻은 드롭 아이템을 방치하는 것도 아깝고, 뭔가 불쌍하잖아.

무엇보다도 길드 마스터인 트리스탄 씨가 눈을 번쩍번쩍 빛내며 기대하고 있기도 하고.

역시 일단 회수할 수 있는 건 회수해 오는 수밖에 없겠지?

그러고서 다른 방법이 없을지 생각하면서 기부 등의 사회봉사로 줄여나가는 수밖에.

그렇게 결론을 내리고서 며칠이 지나.

드디어 던전으로 돌아갈 날이 돌아왔다.

페르 일행에게는 5일이라고 했지만 던전에서 먹을 음식을 미리 만들어둬야 한다며 버티고 또 버텨서 하루 연장해 6일 지상에 머물렀다.

"좀 더 지상에 있고 싶었는데……."

『어~이, 그만 포기하라고.』

『그래 맞다. 아무리 우리가 있다 해도 최하층이 목표니 너도 정신을 바짝 차려둬라.』

『던전, 던전, 던전♪』

"네에네, 알겠다고요."

길드 마스터인 트리스탄 씨가 우리 일행을 기대로 가득한 눈으로 바라보고 있었다.

"여러분이 돌아오시는 날을 손꼽아 기다리고 있겠습니다."

트리스탄 씨, 그렇게 기대로 가득한 환한 미소를 지은 채로 손을 비비지 말아주시겠어요?

『그럼, 가자!』

페르의 호령과 동시에 우리는 다시 난관이라 불리는 브릭스트 던전에 들어갔다.

『그럼 목욕도 했겠다, 자자고.』

"나는 아직 할 일이 좀 있으니까 드라 짱이랑 스이는 먼저 자고 있어."

『그럼 먼저 잔다~.』

『코 잘래~.』

"잘 자~."

드라 짱과 스이는 이미 페르가 자고 있는 2층 침실로, 나는 거실로 향했다.

람베르트 씨의 가게에서 먹고 마음에 들었던 장미꽃 같은 향이 나는 차를 마시며 인터넷 슈퍼에서 장을 보기 위해서다.

"식초랑 흑후추, 식초랑 흑후추~."

오늘 저녁밥을 준비할 때 식초랑 흑후추가 거의 다 떨어져 간다는 사실을 알아채서 잊기 전에 보충해두기로 한 것이다.

둘 다 늘 사용하는 메이커의 것으로 한꺼번에 샀다.

차를 다 마실 때까지만 보자는 생각에 겸사겸사 다른 조미료 신상품 등을 체크하던 중에……

『여어~ 이세계인!』

『이세계인 군, 부탁할 게 좀 있는데~.』

『이 몸들의 부탁에 귀를 기울이거라.』

『부탁이 있어.』

아그니 님, 키샤르 님, 닌릴 님, 루카 님의 목소리다.

"다들 모여 계신가요? 공물이라면 사흘 전에 드렸잖아요."

『그건 그런데 말이야~. 너한테 부탁하고 싶은 게 좀 있다고 해야 할지.』

『맞아맞아. 왜, 네가 있던 세계에서 '여자 모임'이라는 게 유행했잖아?』

그러고 보니 내가 일하던 회사에서도 여자 사원들끼리 했다는 이야기를 종종 들었지.

『우리도 그거 할래.』

언제나 진지한 루리 님도 의욕적이시네.

『그러는 김에 왜, 네가 요전에 마시고 있던 달콤한 술, 그걸 보내줬으면 해서 말이다. 그거라면 이 몸과 루카도 맛있게 마실 수 있을 것 같으니라.』

"달콤한 술이요?"

『상쾌하고 깔끔해서 마시기 쉽다고 했던 거 있잖아. 나도 그런 거라면 마셔보고 싶다고 생각했던 탓에 기억하고 있다고.』

술을 좋아하는 아그니 님이 그렇게 말했다.

달콤한 술, 그리고 상쾌하고 깔끔하며 마시기 쉽다.

"……아! 그건가?! 요전에 오랜만에 반주로 마셨던 캔 추하이!"

아이템 박스에서 캔 추하이를 몇 개 꺼내서 "이런 컬러풀한 캔에 든 술 말씀이시죠?"라고 물어보았다.

요전에 반주용 술을 인터넷 슈퍼에서 고르다가 캔 추하이가 눈에 띄어서 내친 김에 신상품 같은 마셔본 적이 없는 걸 잔뜩 샀었는데 그때 마시고 남은 것들이다.

『그래그래! 그런 식으로 생겼더랬다!』

"그리고 여러분의 '여자 모임'을 위해서 캔 추하이를 제공하라고요?"

정말 자기중심적인 부탁이네. 아니 그보다, 이런 일로 다 같이 신탁을 내린다고~?

나 참, 이 세계의 신들은 너무 자유분방한 말이지.

『에이, 뭐 어때서~. '여자 모임'이란 걸 해보고 싶다고~.』

"에엑~ 여러분이 저를 훔쳐볼 때도 다들 모여 계시니 여자 모임 같은 거잖아요."

『그거랑 이건 다르다고~. 오늘은 아그니네 집에서 여자 모임을 하려고 하거든. 게다가 그런 건 술을 마시며 즐거운 시간을 보내서 더 좋은 거잖아.』

『그래 맞아!』

애주가인 아그니 님이야 당연히 술을 즐기며 다 같이 대화하는 게 즐거울 테니 가장 적극적인 거겠지. 이야기를 들어보니 키샤르 님과 닌릴 님, 루카 님도 하고 싶은 눈치이기는 하고.

『있지, 부·탁·이·야.』

『야, 이 정돈 괜찮잖아~. 부탁 좀 하자~.』

『부탁하느니라~.』

『부탁할게.』

무르다는 소릴 들을지도 모르겠지만 여신님들이 이렇게까지 말하는데 내주지 않는 것도 남자답지 못할 것 같다.

"하아, 알겠습니다."

그렇게 말하자『됐다~!』라면서 환희하는 여신님들의 목소리가 들려왔다.

결정을 내렸으니 요전에 너무 많이 샀던 캔 추하이를 테이블 위에 꺼내기 시작했다. 내 취향대로 고르다 보니 레몬 사워나 그레이프프루트 사워 같은 감귤 계열의 산뜻한 맛이 많아서, 닌릴 님과 루카 님의 주문에 따라 복숭아와 딸기 같은 달콤한 캔 추하이를 인터넷 슈퍼에서 추가 구입해서 넣었다.

이러저러하다 보니 테이블 위에는 여러 가지 캔 추하이 수십 캔이 늘어서 있었다.

"이 정도면 될까요?"

『충분해! 고마워!』

『고맙다!』

『고마우니라~.』

『고마워.』

여신님들의 그러한 말과 함께 테이블 위에 죽 늘어놓았던 캔 추하이가 옅은 빛을 내뿜으며 사라졌다.

"아! 캔 추하이는 엄청 마시기 쉬워서 술술 들어가지만, 어디까지나 술입니다! 은근히 도수가 높으니까 과음하지 않도록 주의하세요~!"

캔 추하이는 방심하면 과음해서 고주망태가 되어버린단 말이지.

여신님들이 마지막에 한 말을 들었으려나?

◇ ◇ ◇ ◇ ◇ ◇

신계에 있는 아그니의 궁——.

이 세계의 상급신들 중 네 명인 바람의 여신 닌릴, 대지의 여신 키샤르, 불의 여신 아그니, 물의 여신 루사루카가 모여 있었다.

이 네 명 사이에서 최근 유행인 이세계 관찰을 하다 보니 그녀들은 '여자 모임'에 관심을 가지게 되었다.

그리고 그걸 이 넷이서 해보자고 결정하고 이세계의 물건을 손에 넣을 수 있는 스킬을 지닌 이세계인 무코다에게 술을 헌상하게 만든 것이었다.

『이야~ 이 술은 정말 산뜻해서 술술 들어가네~.』

그렇게 말하며 아그니 님이 세 번째 캔 추하이의 캔뚜껑을 열었다.

『그러게. 개운해서 내가 평소 마시고 있는 과실주보다 좋은 것 같아.』

『그치~? 이세계의 술은 이곳 술에 비해 월등하게 맛있다니까.』

『뭐, 그렇다고 해서 아그니처럼 부탁하진 않겠지만. 나는 미용품이 우선이니까.』

『카아~ 그렇게 부지런히 단장해 봐야 우리는 별 차이도 안 날 것 같은데 말이야~.』

『아그니, 그 방심이야말로 크나큰 적이라고! 신이라 해도! 이 신계에서는 시간이 느리게 흐른다 해도. 조금씩조금씩 피부는 열화된단 말이야!』

『어, 어엉.』

키샤르 님의 기세에 아그니 님이 압도되었다.

『자자. 진정하거라, 키샤르여. 이 술도 달콤하고 제법 괜찮구나. 마셔보거라.』

닌릴 님이 그렇게 말해서 키샤르 님을 달래며 복숭아 캔 추하이를 건넸다.

평소에는 글러먹었지만 할 때는 하는 여신이다. 일단은. 괜히 제일 연상이 아닌 것이다.

『나 참. 어머, 정말이네. 달고 맛있어, 이거.』

닌릴 님에게 건네받은 복숭아 캔 추하이를 마시고 키샤르 님은 다시 기분이 좋아졌다.

『이건 달고 맛있어. 나도 마실 수 있어.』

평소에는 술을 마시지 않는 루카 님도 꼴깍꼴깍 마시고 있다.

『아, 참참 그 얘기 들었어? 새로 창조신님의 종자가 된 여신 얘기?』

『밤색머리에 소박하게 생긴 하급신 말야?』

『응응. 어쩐지 마을 처녀처럼 생긴 그 애.』

『그러고 보니 있었지이. 그래서, 그 여신이 뭐 어쨌는데?』

『정말, 아그니도 참, 그렇게 관심 없다는 투로 말하지 마. 너와도 상관있는 이야기라고.』

『뭐? 나랑?』

『그래. 아그니네 있는 종자 하급신. 근육이 덕지덕지 붙은 아그니네 종자들치고는 비교적 선이 가늘고 금발에 녹색 눈을 가진

애가 있잖아?』

『아아~ 그 녀석? 그 녀석이 뭐 어쨌는데?』

『그 창조신님네 있는 마을 처녀 같은 여신이랑 잘 돼가고 있대.』

『뭐어~?! 그 녀석, 나한테 일격도 가하지 못하는 반쪽짜리 신 주제에 건방지게 그런 짓을 하고 있었어?!』

『요전에, 동쪽 정원에서 꽁냥거리고 있었어.』

『루카 너도 알았다고?! 이 자식 숨길 생각이 없구만. 좋아, 내일 아침 단련 때는 내가 상대해주지.』

『어머어머.』

『그런 이야기라도 괜찮다면, 전쟁의 신네 종자랑 대장장이신네 종자가 말이다.』

『꺄악~ 남신끼리?! 어쩜 좋아~.』

················.

············.

······.

『이야아~ 여자 모임이란 것도 재미있네!』

『아니, 아그니는 계속 술만 마셨잖아.』

『후하하하하하, 맛있으니 어쩔 수 없잖아~. 어라? 루카랑 닌릴은?』

『루카는 그 캔 추하이라는 술 한 캔을 다 마시기도 전에 잠들었어. 닌릴도 두 캔을 마시더니『졸려~』라면서 잠들었고. 그보다넌 그렇게 마셔도 괜찮은 거야?』

키샤르 님의 물음에『뭐가?』라고 되묻는 아그니 님의 앞에는 텅

빈 추하이 캔이 주욱 늘어서 있었다.

『이세계인 군이 마지막에 그러던데. 그 술은 마시기 쉬워서 술 술 넘어가지만 의외로 도수가 높다고.』

『괜찮아괜찮아. 가만, 어라? 뭔가 어질어질한드에~.』

아그니 님은 그대로 뒤로 벌렁 쓰러져 코를 골며 잠들어 버렸다.

『그러게 뭐랬어. 나 참, 못 말리는 애라니까~. 다들 잠들었으니 나는 돌아가야지. 하지만, 즐거웠어. 또 하고 싶은걸?』

키샤르 님은 즐거운 듯 말하며 자신의 궁으로 돌아갔다.

후기

에구치 렌입니다. 〈터무니없는 스킬로 이세계 방랑 밥 11권 : 스키야키 × 싸움의 섭리〉를 구입해주셔서 정말로 감사합니다!

벌써 11권입니다. 이 시리즈를 이렇게 장기간 낼 수 있게 해주셔서 정말로 기쁩니다.

여기까지 올 수 있었던 것도 전적으로 여러분 덕분이라 생각하며 진심으로 감사하고 있습니다.

11권은 드디어 신 던전인 브릭스트 던전 돌입편입니다.

페르, 드라 짱, 스이에게는 너무도 즐거운 던전. 살짝 나사가 풀린 무코다에게는 그다지 가고 싶지 않은 장소죠.

그런 던전에서 마구 활약하는 페르, 드라 짱, 스이와 그들에게 약간 휘둘리고 있는 무코다의 모습을 즐겨주셨으면 합니다.

그리고 이번에는 지금까지 나오지 않았던 살짝 거만하고 고압적인 모험가도 등장하는데(태평한 무코다는 그 사실을 못 알아채지만) 그런 장면도 눈여겨 볼만한 대목이라 생각합니다.

뭐가 어찌 되었건, 여러분께서 재미있게 봐주셨으면 좋겠습니다.

그리고 이번에도 이 서적 11권과 동시에 본편 코믹스 8권, 스이가 주인공인 외전 〈스이의 대모험〉 6권이 발매됩니다!

양쪽 모두 아주 재미있으니 부디 이쪽도 잘 부탁드립니다.

일러스트를 그려주시고 있는 마사 선생님, 본편 코믹스를 담당하고 계신 아카기시 K선생님, 그리고 외전 코믹스를 담당하고 계신 후타바 모모 선생님, 담당 편집자인 I님, 오버랩사 여러분, 언제나 정말 감사합니다.

끝으로 여러분, 앞으로도 느긋하고 훈훈한 이세계 모험담 〈터무니없는 스킬로 이세계 방랑 밥〉의 연재판, 서적판, 코믹스판을 두루두루 잘 부탁드립니다.

12권에서 또 뵙게 되기를 기대하고 있겠습니다.

Tondemo Skill de Isekai Hourou Meshi 11

ⓒ2021 Ren Eguchi
First published in Japan in 2021 by OVERLAP, Inc.
Korean translation rights reserved by Somy Media, Inc.
Under the license from OVERLAP, Inc., Tokyo JAPAN

터무니없는 스킬로 이세계 방랑 밥 11

스키야키×싸움의 섭리

2023년 6월 15일 1판 1쇄 발행

저　　　자	에구치 렌
일 러 스 트	마사
옮 긴 이	정대식
발 행 인	유재옥
본 부 장	조병권
담당편집	박치우
편집 1팀	김준균 김혜연
편집 2팀	정영길 조찬희 박치우 정지원
편집 3팀	오준영 이해빈
편집 4팀	전태영 박소연
디 자 인	김보라 박민솔
라이츠담당	김정미 맹미영 이윤서
디 지 털	박상섭 김지연
발 행 처	㈜소미미디어
등　　　록	제2015-000008호
주　　　소	서울시 마포구 토정로 222, 403호 (신수동, 한국출판콘텐츠센터)
판　　　매	㈜소미미디어
영　　　업	박종욱
마 케 팅	한민지 최원석 박수진 최정연
물　　　류	허석용 백철기
전　　　화	(02)567-3388, Fax (02)322-7665

ISBN 979-11-384-7856-4
ISBN 979-11-6190-011-7 (세트)

TONDEMO
SKILL DE
ISEKAI
HORO
MESHI

에구치 렌 지음
author • Ren Eguchi
마사 일러스트
illustration • Masa
정대식 옮김

터무니없는 스킬로 이세계 방랑 밥

11 스키야키 × 싸움의 섭리

[터무니없는 스킬로 이세계 방랑 밥] 11권 출간 기념
초판 한정 소책자

스키야키 VS 샤브샤브

"여기 와이번 고기가 있습니다."

나는 집의 테이블 위에 와이번 고깃덩이를 턱 하니 내놓고 페르, 드라 짱, 스이에게 선언했다.

『왜 그런 당연한 소릴 하는 거냐.』

『요전에 잡은 떠돌이 와이번의 고기잖아?』

『맛있어 보이는 고기~.』

"조용히! 이 와이번 고기를 어떻게 먹을지에 관한 회의라고."

『흠, 그런 거냐?』

『몰라~. 갑자기 모이라고 해서 온 것뿐인데.』

『빨리 먹고 싶어~.』

"나 참~ 지금부터 그걸 설명하려고 했는데 너희가 내 얘길 안 들었잖아…… . 있잖아, 아까도 말했지만 이 와이번 고기를 어떻게 먹으면 좋을까. 개인적으로는 스키야키나 샤브샤브 중 하나가 좋을 것 같은데, 다들 어떻게 생각해?"

와이번 고기는 엄청 좋은 고기니 스테이크나 스튜로 만들어도 맛있다.

하지만 내가 와이번 고기를 보고 떠오른 것은 스키야키나 샤브샤브란 말이지.

요즘 들어 카레리나도 쌀쌀한 날이 계속되고 있어서 전골 같은 게 먹고 싶다는 이유도 있지만, 마블링이 많은 고급 와규 같은 와이번 고기로 만든 스키야키와 샤브샤브는 좌우간 맛이 있어서, 그야말로 잊을 수가 없는 맛이었다고~.

이전에 손에 넣었던 와이번 고기가 다 떨어진지 오래라, 이렇게 와이번 고기가 손에 들어온 게 운명처럼 느껴졌다.

그렇다면 최대한 맛있게 먹고 싶다고 생각하는 게 인지상정이잖아.

『스키야키와…….』

『샤브샤브라…….』

『스키야키~? 샤브샤브~?』

"어라, 스이는 기억 안 나니? 살짝 달콤짭짤한 소스를 넣고 끓인 고기에 날계란을 묻혀서 먹는 거랑, 맛국물에 고기를 재빨리 데쳐서 참깨 소스나 폰즈를 찍어 먹는 건데."

『으~음……. 아, 기억났어~! 둘 다 맛있었던 거~.』

스이도 기억이 난 모양이다.

기억하는 눈치였던 페르와 드라 짱도 사실은 기억이 안 났었는지 내 설명을 듣고서 『흠, 그것이었나!』『아~ 그거구나아』하고 그제야 기억이 난 듯이 말을 했다.

"그래서 어느 쪽이 좋을 것 같아?"

『흐음……. 나는 둘 다 좋지만, 굳이 말하자면 어쩐지 샤브샤브가 먹고 싶다.』

『나도 샤브샤브가 같아. 소스에 따라 맛이 바뀌는 게 좋아.』

페르와 드라 짱은 샤브샤브파인가.

샤브샤브도 맛있긴 하지.

"스이는 어때?"

『스이는 있지~ 스키야키가 좋아~. 계란에 고기 찍어서 먹는 거 엄청 맛있었어~.』

"그렇구나~. 사실 나도 스키야키가 좋겠다고 생각했거든."

『주인이랑 같아~.』

후후후, 나랑 스이는 스키야키파다.

내 머릿속에서는 스키야키가 아주 약간 앞서고 있다.

전에 스키야키를 만들었을 때는 고기를 배불리 먹기도 해서 마무리 요리를 못했지만, 스키야키를 다 먹고 마무리로 먹는 우동이 또 맛있지, 라는 생각을 했더니 엄청나게 먹고 싶어졌다.

『나와 드라가 샤브샤브고, 스이와 네가 스키야키를 지지하는 건가. 흐~음, 좋아, 이번에는 연장자인 내 의견을 우선시해서 샤브샤브로 하는 게 좋겠군.』

의기양양한 얼굴로 페르가 그렇게 말했다.

『찬성~.』

드라 짱도 신이 나서 찬성했다.

"아니아니아니, 좀 기다려 봐. 왜 페르의 의견을 우선시해야 하는데."

『글쎄 말하지 않았느냐. 연장자의 의견을 우선시하라고.』

"이럴 때만 연장자라고 하지. 아저씨라고 부르면 못마땅해하면서."

『크윽, 그건 너도 마찬가지가 아니냐.』

"그건 부정 안 하겠지만 그거랑 지금의 샤브샤브냐 스키야키냐

하는 문제랑은 상관없잖아. 그런 식으로 연장자가 어쩌니저쩌니 하면, 어차피 만드는 건 나니까 그냥 내 의견대로 해버린다?"

『그럴 거면 처음부터 우리 의견은 안 물어도 되지 않았느냐.』

『맞아맞아.』

"으윽."

『그치만, 스키야키가 먹고 싶어어~.』

"그치, 스이?"

『저쪽에서 반대하니 괜히 더 샤브샤브가 먹고 싶어지지 않아, 페르?』

『그렇군.』

"『스키야키』."

『『샤브샤브.』』

"『스키야키』!"

『『샤브샤브다(야!)!』』

스키야키파인 나와 스이 VS 샤브샤브파인 페르와 드라 짱의 눈싸움이 이어졌다.

그러던 그때…….

『있지있지 주인, 둘 다 하면 안 돼~?』

"둘 다라니, 스키야키랑 샤브샤브를 말이야?"

『응.』

『오오, 그거 좋은 생각이군. 둘 다 맛볼 수 있다면 나도 불만은 없다.』

페르가 씨익 웃으며 그렇게 말했다.

『나도 이의 없어. 둘 다 먹을 수 있다면 대환영이야.』

드라 짱도 그렇게 말하며 씨익 웃었다.

"둘 다……."

스키야키와 샤브샤브, 둘 다 먹자니 너무 사치스럽잖아~.

그런 짓을 해도 되는 걸까?

나는 '둘 다 만들면 되잖아'라는 소리를 하기 시작한 먹보 트리오를 어이가 없다는 눈으로 쳐다보았다.

……아니, 잠깐.

거꾸로 만들면 안 된다는 법도 없잖아.

나 혼자였다면…… 아니, 평범한 사람이라면 사치스럽게 스키야키와 샤브샤브를 둘 다 만들어 봐야 아깝게도 다 남기고 말거다.

하지만…….

먹보 트리오인 페르, 드라 짱, 스이를 바라보았다.

우리 집에는 둘째가라면 서러워 할 먹보들이 모여 있다.

먹보 트리오가 있는데 식재료가 남을 일은 아마도…… 아니, 절대로 없을 거다.

그렇다면…….

"둘 다, 해버릴까."

내가 그렇게 말하자 먹보 트리오인 페르, 드라 짱, 스이가 환호성을 질렀다.

『카아~ 둘 다 맛있어! 둘 다 만들길 잘했네.』

스키야키와 샤브샤브를 아구아구 입에 넣고 만끽하며 드라 짱이 그렇게 말했다.

『음. 샤브샤브도 당연히 맛있지만 스키야키 또한 맛있군.』

퍼준 고기를 가장 빨리 먹어치우며 페르가 드라 짱의 말에 동의했다.

『둘 다 맛있어~.』

스이는 신이 나서 푸들푸들 좌우로 몸을 흔들며 스키야키와 샤브샤브를 번갈아 몸 안으로 흡수했다.

"엄청 사치스럽네. 정말 이렇게 사치를 부려도 괜찮은 걸까."

소시민의 대표 같은 나는 스키야키와 샤브샤브를 동시에 맛본다는 사치스러운 짓에 안절부절못하고 있었다.

"근데 맛있단 말이지~. 둘 다. 입 안에서 고기가 살살 녹아. 역시 와이번 고기는 맛있네. 생긴 건 그 모양인데."

와이번 고기를 사용한 스키야키와 샤브샤브를 마음껏 즐기며 그렇게 중얼거리자, 귀가 밝은 페르가 그 말을 들은 듯했다.

『음. 와이번 고기는 맛있다. 다음은 이 고기로 스테이크다! 평소처럼 그걸 뿌려서 말이다.』

평소처럼이라 하면······.

"아~ 마늘 풍미, 갈은 무 풍미, 양파 풍미 스테이크 소스 말이구나. 그 스테이크 소스를 뿌린 와이번 스테이크도 맛있지~."

이전에 먹었던 와이번 스테이크의 맛이 떠올랐다.

입 안에서 녹아 없어지는 와이번 고기와 스테이크 소스가 혼연일체가 되어 엄청 맛있었지.

하지만 말이야아……

"아니, 와이번 고기는 이제 없어. 방금 먹은 게 다야."

『뭐, 뭐라고?!』

『장난하는 거지?!』

『이 고기 없어~?』

"아니, 없을 만도 하잖아. 왜, 꼭 좀 팔아달라고 해서, 길드에서 절반을 팔았으니까. 너희한테도 허락받았잖아."

와이번 고기를 꼭 좀 팔아달라고 애원을 하기에(듣자 하니 높으신 분께서 주문을 하셨단다) 절반이라면 팔아도 좋다는 허락을 받았었다.

이곳의 길드 마스터한테는 여러모로 신세를 지고 있으니까.

『끄응, 그랬었지.』

『젠장~ 근데 절반이나 있었는데 벌써 다 떨어졌다고?』

『고기~…….』

"아니 왜, 오늘 다들 평소보다 더 많이 먹었잖아."

스키야키와 샤브샤브를, 맛있다는 말을 연발하며 마구 먹어댔잖아, 너희들.

내 말을 듣고서야 그 사실을 깨달았는지 먹보 트리오가 뻣뻣하게 굳어버렸다.

『에잇, 없다면 또 잡아 오면 그만이다! 내일은 와이번 사냥이다!』

『오오, 그거 괜찮네!』

『고기 잡으러 갈래~!』

뭐? 와이번 사냥이라니······.

"아니아니아니, 와이번 사냥이라니, 마음만 먹으면 찾을 수 있는 거야?"

『무슨 수를 써서든 찾아낸다.』

"무슨 수를 써서든이라니, 어디까지 찾으러 가려고 그래?"

『어디까지든.』

"어디까지든이라니, 잠깐 좀 진정해 봐~!"

··················

············

······.

스키야키의 마무리 요리는 우동, 샤브샤브의 마무리 요리는 죽으로 해서 끝까지 즐긴 건 좋았지만, 다음 날에는 먹보 트리오인 페르, 드라 짱, 스이가 아침 일찍부터 나를 깨워서 기어이 와이번 사냥에 강제로 끌려가고 말았다.

간이 레시피 #2 ~초코칩 머핀~

"어디 보자. 오늘 간식은 뭘로 할까~?"

페르도 드라 짱도 스이도 3시가 다가오면 당연하다는 듯이 '오늘 간식은 뭐야?'라고 묻는단 말이지.

특히 스이는 단걸 좋아하다 보니 푸들푸들 떨기까지 해서 기대하고 있다는 걸 한눈에 알 수 있을 정도다.

그 모습을 보면 '오늘은 간식 안 먹어도 되지 않아?'라는 말이 쏙 들어간다는 말이지.

그런고로 간식을 만들어야 하는데. 정말 뭘로 한담.

이럴 때는 그거지.

"핫케이크 가루를 활용하는 거야."

인터넷 슈퍼를 띄워서 핫케이크 가루를 둘러본다.

"이거랑 이거, 그리고 이거랑 이거에도 실려 있네~."

여러 회사에서 출시된 핫케이크 가루 중에는 그걸 사용한 레시피가 상자 뒤에 기재되어 있는 상품도 많았다.

"어디~ 요전에는 이 회사 걸 샀었으니까 이번에는 이걸 사보자. 어떤 레시피가 실려 있을까……."

핫케이크 가루를 골라서 카트에 넣고 계산을 하고 도착하기를 기다렸다.

평소처럼 옅은 빛과 함께 나타난 종이상자를 열어 핫케이크 가루 상자를 집어 들었다.

"이번 레시피는…… 초코칩 머핀인가. 헤에~ 괜찮네."

그런고로 초코칩 머핀을 만들기 전에…….

"핫케이크 가루 이외의 재료를 사야지."

어디 보자…….

필요한 재료는 계란, 우유, 설탕, 무염 버터, 그리고 핵심인 초코칩. 그리고 머핀 컵이군.

그런 재료들을 차례로 인터넷 슈퍼에서 구입해 나간다.

재료가 다 갖춰졌으니 조리를 시작해 볼까.

우선 볼그릇에 계란을 넣어 풀어준 후, 우유와 설탕을 넣고 거품기로 잘 섞는다.

그런 다음 핫케이크 가루를 넣고 중탕으로 녹인 무염 버터도 넣어 가루의 질감이 없어질 때까지 고무 주걱으로 잘 섞어준다.

가루의 질감이 없어지면 준비해둔 초코칩을 3분의 2 정도 넣고, 알갱이가 골고루 퍼지도록 휘휘 뒤섞는다.

그렇게 완성된 반죽을 머핀 컵에 60퍼센트 가량 채워 넣은 뒤 위에 초코칩을 흩뿌리듯 올려준다.

그런 다음에는 예열해둔 오븐으로 굽는다.

꼬챙이를 꽂아봐서 반죽이 묻어나지 않으면 완성이다.

완성된 초코칩 머핀이 식었을 즈음 맛을 보았다.

"오오~ 괜찮다. 무난하게 맛있어."

이거 커피에도 홍차에도 잘 맞을 것 같다.

맛을 보는 김에 잠깐 쉬려고 요전에 인터넷 슈퍼에서 발견한, 향이 고급스럽고 산미와 쓴맛과 목 넘김이 절묘한 균형을 이루고 있는 블랜딩 커피를 내렸다. 요새는 여기에 빠져 있다.

드립백 타입이라 뜨거운 물만 부으면 좋은 향이 감돈다.

커피향을 즐긴 후, 달콤한 초코칩 머핀을 한 입.

그리고 블랙커피를 홀짝거린다.

"맛있어~."

부엌에서 초코칩 머핀과 블랙커피를 맛보고 있자…….

〖〖삐안——.〗〗

뚱한 눈을 한 페르, 드라 짱, 스이의 시선이 내게 꽂혔다.

『아직 멀었나 싶어서 상황을 살피러 왔더니만 저 녀석, 우리에게 간식을 내오지 않고 혼자서 먹고 있군.』

『팔자도 좋네에~.』

『주인, 치사해~.』

"콜록, 콜록……. 아, 아니, 이건 그런 게 아니고. 그, 그래, 맛, 맛을 보고 있었던 거야!"

당황한 나를 먹보 트리오가 뚱한 눈으로 쳐다본다.

『맛보기를 하는 것치고는 네가 좋아하는 흙탕물 같은 음료까지 마시며 꽤나 편히 쉬고 있었던 것 같다만~.』

크윽, 페르 녀석, 저렇게 얄밉게 말하다니.

아니 그보다…….

"흙탕물 아니거든?!"

나 참, 이건 커피라는 음료라고 몇 번이나 설명했는데.

『그러게 말이야아. 아까 그건 도저히 맛보기로는 안 보이던데~.』

크으윽, 드라 짱까지 얄미운 말투로 저런 소리를 하다니.

"그, 그건, 요리를 하느라 지쳐서 잠깐 쉬려는 의미도 있었던 거라고."

『치사해~. 주인, 치사해~.』

큭, 스이까지…….

"아~ 진짜, 알겠습니다! 오늘 간식 다 됐으니까 먹어! 자, 여기!"

그릇 가득 담은 초코칩 머핀을 먹보 트리오 앞에 각각 내놓았다.

『진작 그럴 것이지.』

『그러게.』

『와아~.』

먹보 트리오는 투덜대면서도 오늘의 간식인 초코칩 머핀을 먹었다.

『흠……. 맛은 나쁘지 않지만 퍼석퍼석한 게 입에 남는군.』

『맞아. 이것만 아니면 맛있을 것 같은데.』

『어~? 그런가아? 스이는 맛있는 것 같은데에~.』

퍼석퍼석?

……아!

모두의 앞에 있는 초코칩 머핀을 보고서야 알아챘다.

"자자자, 잠깐 기다려! 머핀 컵 떼어주는 걸 깜박했어! 그건 못 먹는 거야! 전부 떼어 줄게에~!"

그 후의 펜타그램

"자. 다 됐어."

최근 구입한 마도 버너에 얹은 냄비를 휘저으며 그렇게 말한 것은, 쇼트커트 머리에 피부는 햇볕에 보기 좋게 탄 미녀. 키가 크고 근육질이라 마치 운동선수를 연상케 하는 파티마였다.

파티마가 완성된 수프를 그릇에 떠서 모두에게 나눠주었다.

"하아~ 맛있구만~."

"피곤함이 싹 풀리는 것 같아."

따끈한 수프를 마시며 두 사람이 조용히 그런 소리를 했다.

한 명은 2미터는 더 될 듯한 키에 푸석푸석한 머리와 덥수룩한 수염을 길렀으며 대형 도끼를 든, 야만족이라는 표현이 딱 맞을 듯한 모습의 알렉산드로프, 통칭 알렉.

또 한 명은 개의 귀와 북슬북슬한 꼬리를 지녔으며 눈꼬리가 치켜 올라가 있는 미남, 액셀이다.

"맛있어. 마음이 놓여."

파란 눈을 지닌 프랑스 인형인가 싶을 만큼 귀여운 아델미라가 그런 말과 함께 후우, 하고 한숨을 내쉬어 긴장을 풀었다.

"한바탕 날뛴 후에 먹기 딱 좋은 맛이로구만."

수염이 덥수룩한 드워프, 사무엘이 그렇게 말하며 수프를 맛있게 마셨다.

최근 2년 남짓 동안 이 브릭스트 던전을 주전장으로 하고 있는 '펜타그램'이라는 5인조 A랭크 파티다.

"그만그만, 이런 변변찮은 수프를 그렇게 칭찬하면 오히려 부끄럽거든?"

"무슨 소릴 하는 거야. 네가 만든 건 뭐든 다 맛있다고."

"여보⋯⋯."

파티마와 알렉이 서로를 바라보았다.

이 둘은 그야말로 미녀와 야수 같은 부부다.

"이봐들, 이런 데서 꽁냥거리지 말라고."

"누, 누가 꽁냥거렸다는 거야!"

"그, 그래! 액셀, 이상한 소리 하면 앞으론 국물도 없어!"

"네에네."

그런 그들의 대화를 아델미라와 사무엘은 쿡, 하고 웃으며 듣고 있었다.

펜타그램은 얼마 전 이곳, 32층에서 하마터면 목숨을 잃을 뻔했지만 지금은 여유가 생겨서 농담을 주고받을 정도가 되어 있었다.

"그나저나 밥 하나로 이렇게까지 바뀔 줄이야."

알렉이 나직하게 그런 소리를 했다.

"나는 이 나이가 되도록 질보다는 양이라 생각했는데 말이다. 배만 채울 수 있으면 뭐든 상관없다고 생각했지."

"나도야."

"던전에서 소지할 수 있는 짐에는 한계가 있지. 그러다 보니 던전에서는 육포와 오래 가는 딱딱한 빵으로 끼니를 때우는 게

상식이었고."

"쓸데없는 짐은 가져가지 않는 게 던전에 들어가는 모험가의 상식이었으니까. 하지만 조금만 생각해보면 알 수 있는 거였어. 짜고 딱딱한 육포랑 딱딱한 빵뿐인 식사와 거기에 따뜻한 수프가 더해진 식사 중 어느 쪽이 힘이 날까 하는 건 말이야."

펜타그램의 면면들은 그 간단한 사실을 깨닫게 해준 모험가를 떠올렸다.

한 달 정도 전, 펜타그램은 마철을 얻기 위해 처음으로 32계층에 도전했다.

결과는 처참해서, 간신히 목숨만 건져 세이프 에리어로 뛰어들었는데 그곳에는 먼저 온 손님이 있었다.

게다가 그 모험가는 던전 안인데도 마도 버너를 꺼내 요리를 하고 있었다.

그것이 S랭크 모험가 무코다 씨와의 만남이었다.

강력한 사역마를 거느린 테이머. 심지어 S랭크 모험가쯤 되면 거만한 녀석이겠지 싶었는데, 사람 좋은 녀석이라 만들고 있던 밥을 대접해주었다.

그 밥은 구수한 빵 안에 고기가 듬뿍 들어있는, 처음 먹어보는 요리였다.

터무니없이 맛있었다.

맛있는 밥을 얻어먹고 한숨 쉬고, 지상으로 돌아가기 위해 왔던 길로 돌아가던 중에 알아챘다.

그토록 애를 먹었던 아이언 골렘과 마주쳐도 비등한 정도가 아니라 여유롭게 싸울 수 있게 되었다는 사실을.

32계층을 뒤로 할 즈음에는 포기했던 마철이 필요한 양 이상으로 모여 있었다.

이 사실에 모두가 놀랐다.

그리고 지상으로 돌아온 후에 '어째서 일이 이렇게 잘 풀린 걸까?'에 관해서 이야기를 나누었다. 갈 때와 올 때, 어째서 그렇게까지 차이가 났던 걸까.

아무리 의논을 해도 평소와 달랐던 것은 무코다 씨가 해준 맛있는 밥을 먹었다는 것 정도였다.

그러던 도중, 파티마가 납득했다는 얼굴로 "아아, 그렇구나"라고 중얼거렸다.

"간단한 거였어. 사람은 먹어야 살 수 있어. 하지만 식사를 해도 딱딱하고 맛없는 밥과 따뜻하고 맛있는 밥, 둘 중 어느 쪽이 좋냐는 건 물어보고 말 것도 없잖아. 하물며 여긴 던전이야. 따뜻한 음식만 있어도 진수성찬이지. 그런 와중에, 그렇게 맛있는 밥을 먹었으니 힘이 날 수밖에 없었던 거야."

파티마의 말에 '고작 밥 때문이라고?'라는 생각이 들었지만 저마다 짚이는 구석이 있기는 했다.

그래서 펜타그램은 시험 삼아 던전에서 먹을 식사에 수프를 추가하기로 했다.

펜타그램 멤버들 사이에서 그 생각이 만장일치로 통과된 것은 예상보다 많은 마철을 확보해서 자금적으로 여유가 있기도 했거니와 작기는 해도 매직 백을 소지하고 있었기 때문이었다.

지금까지 던전에 들고 가던 짐을 정리하고 중고 마도 버너, 큼직한 냄비, 양파와 당근 같은 오래 가는 채소를 짐에 넣은 후, 펜타그램은 다시 던전에 도전했다.

그것이 큰 성공을 거둬 지금은 이전의 2배가 조금 안 되는 금액을 벌어들이고 있다.

"무코다 씨한테 고맙다고 해야겠군."

알렉이 그렇게 말하자 다른 면면들도 고개를 끄덕였다.

"맞아. 이 마도 버너, 슬슬 새 걸로 바꿀까? 좀 더 화력이 셌으면 하거든."

"게다가 중고잖아. 지금보다 맛있는 밥을 먹을 수 있게 된다면 난 찬성이야."

"알렉이 그렇다면 나도 찬성. 화력이 강하면 수프를 끓이는 시간도 짧아질 것 같으니까."

"나도 찬성이다. 아닌 게 아니라 이만큼 일이 잘 풀리고 있으니 당연히 좋은 물건으로 바꿔야지."

"그럼 지상으로 돌아가면 그렇게 할까. 하지만 그 전에 한 고비 더 넘겨야지. 말 나온 김에 그 마도 버너값을 더 벌어갈 각오로 버텨보자고!"

"그거 괜찮네."

"좋아, 해보실까!"

"응!"

"음! 지금의 우리라면 어렵지 않을 거다."

그렇게 펜타그램의 면면들은 의기양양하게 다시 32계층을 탐사하기 위해 움직였다.

수제 판체타

"후후후. 드디어 이날이 왔나. 마도 냉장고를 손에 넣었을 때부터 언젠가 만들려고 했었는데."

부엌에 둔 마도 냉장고 앞에서 나는 씨익 웃었다.

우리는 이런저런 일들로 외출을 하거나 아예 외박을 하는 일이 많았다.

그런 탓에 내가 만들고 싶은 것은 그럭저럭 시간이 걸려서 지금까지 좀처럼 손을 대지 못하고 있었다.

하지만……

"길드 마스터가 의뢰했던 원정도 끝났겠다, 열흘은 푹 쉴 거라고 선언해뒀으니까 괜찮겠지."

의뢰 자체는 페르 일행에게 맡기자 아주 속전속결로 끝났지만, 그 후 돌아오는 길이 문제였지…….

아는 게 많은 페르가 『이곳에서 가까운 저 부근에는……』이라느니 『조금 더 가면 나오는 그 부근에는……』 등의 말을 꺼내면, 다들 '그럼 사냥이나 하고 갈까?' 하고 사냥 모드에 돌입해 버린단 말이지.

그렇게 계속 샛길로 새서 결국 카레리나로 돌아오는 데 20일이나 걸리고 말았다.

애들의 말을 들어주다가 원정 기간이 늘어났으니 '이번에는 내 말도 들어줘'라고 부탁해서 열흘 동안의 휴가를 쟁취해낸 거다.

안 그래도 제대로 된 휴가를 지금까지 가진 적이 없었으니, 가끔은 괜찮잖아.

그 휴가를 이용해서 수제 판체타* 제작에 도전하려는 거다.

"아니 뭐, 집에서는 몇 번인가 만들어본 적이 있지만."

하지만 이곳에 온 뒤로는 당연히 처음이다.

일단은 초심으로 돌아가서 기본에 충실하게 만들어 봐야겠다.

판체타를 만들 때 중요한 것은 좌우간 청결하게 보관하는 거다.

손과 조리 기구가 더러우면 잡균이 번식하기 쉬우니 주의가 필요하다.

"그런고로 우선은 인터넷 슈퍼에서 이것저것 조달부터 해야지. 뭐, 식재료가 아니라 대부분 주방용품이지만."

부엌용 알코올 살균 스프레이, 일회용 장갑, 키친타월, 그리고 기름망이 있는 스테인리스 쿠킹 트레이(대).

기름망이 있는 쿠킹 트레이는 몇 개 있지만 이번에는 한층 큰 걸 여러 개 조달했다.

좌우간 커다란 고깃덩이를 얹어야 하니까.

"주방용품은 이 정도면 되려나. 이제 아이템 박스에 있는 재료를……."

우선 얼마 전 암염이 특산품인 메르카단테라는 도시에서 입수한 최고급 암염.

그리고 이 도시에서 손에 넣은 내가 좋아하는 믹스 허브. 이게 또 향이 풍부해서 어떤 고기에도 잘 어울리는 의외의 물건이다.

*삼겹살 부위를 염지해서 만드는 이탈리아식 햄. 베이컨과 달리 훈연을 하지 않는다.

그리고 거칠게 빻은 흑후추.

"음. 이제 도마랑 포크 같은 조리 기구를 꼼꼼히 살균하고……."

치익치익, 살균 스프레이를 뿌려서 꼼꼼히 살균한다.

그다음에는 일회용 장갑을 착용.

아이템 박스에서 던전 돼지의 삼겹살 덩어리를 꺼내서 살균한 도마 위에 턱, 하고 올려놓는다.

"그런 다음에는 살균한 포크로…… 찌른다!"

푹푹푹, 고기의 표면 전체를 골고루 마구 찔러준다.

그게 끝나면 메르카단테의 최고급 암염과 내가 좋아하는 믹스 허브, 거칠게 빻은 흑후추를 섞은 걸 고기 전체에 스며들도록 바른다.

이때 소금의 양은 다소 많아야 한다. 너무 많다 싶어도 염분을 제거해서 조절할 수 있으니 괜찮다.

오히려 소금이 적으면 상할 수도 있으니 조심해야지.

그리고 혼합 소금을 바르는 작업은 되도록 빨리 끝내야 한다. 너무 오래 하면 체온이 전해져서 고기가 상하는 원인이 될 수 있다.

이렇게 혼합 소금을 바르는 작업이 끝나면 고깃덩이를 기름망이 있는 쿠킹 트레이에 얹어 랩을 씌우고…….

"이 상태로 마도 냉장고 안에서 사흘 동안 재워둔다. 맛있게 돼라~."

사흘 후──.

마도 냉장고에서 쿠킹 트레이를 꺼낸다.

"응. 수분이 많이 나왔네."

던전 돼지를 쿠킹 트레이에서 꺼내고 나면 표면에 묻은 암염을 물로 헹궈낸다.

그런 다음에는 끄트머리를 잘라 구워서 맛을 보고, 너무 짭짤하다 싶으면 염분을 제거한다.

살짝 짠맛이 강해서 염분 제거 작업을 하기로 했다.

고깃덩이를 볼그릇……에는 안 들어갈 것 같으니 곰솥에 넣고 물에 담가 염분을 제거한다.

10분 정도 염분을 빼고 맛을 보니 간이 딱 적당했다.

이제 고깃덩이를 키친타월로 감싸 깨끗이 씻은 기름망 달린 쿠킹 트레이 위에 얹어 다시 마도 냉장고에 넣는다.

슬쩍슬쩍 상태를 살펴가며 키친타월이 젖으면 새 걸로 교체. 첫 번째 날에는 금방 젖으니 부지런히 교체해야 한다.

이제 일주일 동안 재워두면.

드디어 수제 판체타가 완성된다.

겨우 영접한 숙성된 던전 돼지의 고기는 핑크색에서 짙은 붉은색으로 변해 있었다.

"오오~ 바로 맛을 봐야지."

부푼 가슴을 안고 숙성된 고깃덩이를 썰어 나간다.

참고로 수제 판체타는 가열 조리해서 먹는 게 철칙이다.

그런고로 사치를 부리듯 살짝 두껍게 썰어서 약불로 차분하게 구웠다.

그리고 다 구워진 것을 덥썩.

"맛있어!"

이거 못 참겠다.

그런고로 아이템 박스에서 차가운 맥주를 꺼내서…….

푸쉬익──.

"캬아~ 맛있다. 이거 술안주로 최고네! 아닌 게 아니라, 전에 만들었을 때보다 훨씬 맛있는데? 역시 고기가 좋아서 그런가? 던전 돼지, 대단한걸."

그리고 다시 판체타를 덥썩.

"하~ 진짜 맛있네에. 와인은 잘 못 마시지만 이걸 먹었더니 와인이 마시고 싶어지네. ……와인, 마셔볼까?"

그런 혼잣말을 하면서도 이미 마실 생각으로 인터넷 슈퍼를 띄우고 있었다.

그리고 잔뜩 들뜬 마음으로 인터넷 슈퍼의 외부 브랜드 '리큐어 숍 다나카'의 와인 메뉴를 보고 있자…….

『어이, 혼자서 뭘 먹는 거냐?』

『맛있는 냄새가 나는 것 같다 싶었더니, 혼자서 먹고 있을 줄이야.』

『치이~. 주인, 치사해~.』

먹보 트리오인 페르, 드라 짱, 스이가 부엌으로 성큼성큼 들어왔다.

큭, 냄새가 새어 나갔나.

"아니, 이건, 그게 말이야……."

『우리도 먹게 해줄 테지?』

페르가 얼굴을 불쑥 들이대었다.

"저, 저기 말이야, 이건, 술안주라고 해야 할지……."

『술안주? 말은 그렇게 해도 고기잖아. 술안주 말고도 먹는 방법이 있을 것 아냐.』

움찔.

드라 짱, 예리하네.

『주인, 스이도 먹고 싶어~.』

푸들푸들 떨며 스이가 내 다리를 촉수로 휘감았다.

『어이, 우리도 먹게 해줄 거냐, 안 줄 거냐, 어서 말해라.』

그렇게 말하며 페르가 더욱 얼굴을 바짝 들이대고 압박했다.

그와 동시에 드라 짱과 스이도 나한테 바짝 붙어 압박을 해왔다.

"아~ 진짜~ 알겠어. 알겠다고요. 너희한테도 주면 되잖아!"

그렇게 말하자 『옳지』라느니 『좋았어』라는 소리가 들려왔다.

젠장~ 열흘이나 들여서 만든 수제 판체타가~.

순식간에 애들의 뱃속으로 들어가는 미래밖에 안 보이잖아.

시간을 잔뜩 들여서 만들었는데…….

어흐흑.

간단한 안주

모두가 잠든 조용한 밤.

이 세계 사람들은 기본적으로 일찍 자고 일찍 일어난다.

나도 기본적으로는 페르 일행과 같은 시간에 자고 일어나는 경우가 많다.

그러다 보니 수면 부족과는 거리가 멀어지고 몸 상태도 좋아져 완전히 건강 체질이 됐다.

하지만.

얼마 전까지 밤마다 늦게까지 깨어 있는 생활을 했던 탓에 가끔은 밤늦게까지 깨어 있고 싶을 때도 있다.

그런고로…….

"어디 보자, 오늘은 느긋하게 밤샘을 해볼까. 그리고 이런 날의 파트너로는……."

미리 인터넷 슈퍼에서 구입해두었던 물건을 아이템 박스에서 꺼냈다.

"술은 빼놓을 수 없지~. 뭔가 신상품이 이것저것 나왔기에 잔뜩 사버렸네."

테이블 위에 여러 가지 캔 추하이가 늘어섰다.

이렇게 느긋하게 시간을 보낼 때는 역시 추하이지.

내 경우에는 대개 그렇다고.

같이 사둔 치즈맛과 후추맛 안주 계열 과자도 꺼내놓았다.

"안주는 이걸로도 상관없지만, 하나 정도 더 있었으면 좋겠네."

그런 생각을 하며 기본이라 할 수 있는 레몬 사워 캔 추하이의 뚜껑을 열어 꿀꺽 들이켰다.

내가 가장 좋아하는 건 시칠리아섬에서 수확한 레몬을 사용해 만든 산뜻한 맛의 레몬 사워라는, 정석 중에서도 정석이라 할 수 있는 녀석이다.

완전 정석적이기는 하지만 이게 또 맛있단 말이지.

그 깔끔하고 상쾌한 맛의 레몬 사워를 맛보며 인터넷 슈퍼를 띄워 물색한다.

치즈맛 안주 계열 과자에도 손을 대며 이것저것 둘러보다 보니 눈에 띄는 물건이 있었다.

"런천미트라. 좋아, 저걸로 하자."

오키나와 출신 동료에게 '런천미트에 소금후추를 뿌려 굽기만 해도 간단하고 맛있는 안주가 된다'는 이야기를 듣고 나름대로 변형해 만들어 봤더니 무진장 맛있어서 집에서 한잔할 때 은근히 자주 만들어 먹었던 간단한 안주다.

런천미트를 인터넷 슈퍼에서 구입하고 부엌으로 이동했다.

자 그럼, 잽싸게 만들어 볼까.

우선 런천미트를 캔에서 꺼내 1.5센티미터 정도의 크기로 깍둑썰기를 한다.

그런 다음 달군 프라이팬에 기름을 두르고 깍둑썰기한 런천미트를 대충 볶으면서 간장, 맛술, 술, 설탕을 섞은 배합 조미료를 프라이팬에 한꺼번에 투입.

배합 조미료를 묻혀가며 런천미트가 노릇노릇해지도록 굽는다.

노릇노릇하게 잘 익으면 그릇에 담고, 그 위에 반숙계란이나 노른자를 얹으면 완성이다.

이번에 나는 반숙계란을 토핑했다.

완성된 간단한 안주를 들고 부랴부랴 거실로 돌아와 두 번째 캔 추하이를 땄다.

신제품인 국산 유자를 사용한 캔 추하이다.

꿀꺽──.

"오, 내가 좋아하는 달지 않은 맛이네. 게다가 탄산이 강해서 목 넘김이 개운하고 상쾌해. 이거 괜찮다."

그리고 당연히 다음은……

"반숙계란을 뭉개 런천미트에 묻혀서~."

덥석.

"흐아, 여전히 맛있네. 이렇게나 간단한데."

짭조름한 맛의 런천미트에 반숙계란을 묻히자 맛이 한층 부드러워졌다.

간이 진하게 됐지만 술안주로는 딱이다.

뭐, 이건 반찬으로도 괜찮아서 밥도 술술 넘어가지만.

덮밥으로 만들면 무진장 맛있다고.

쌀밥 위에 채 썬 양배추를 깔고 그 위에 짭조름한 런천미트를 듬뿍 올린 다음 한가운데에 반숙계란 or 노른자를 올리는 거야.

아차, 그만하자.

이런 시간에 상상했더니 먹고 싶어졌지만 오늘은 안주로만 먹을 거라고.

허둥지둥 유자향 캔 추하이를 들이켰다.

"하아, 맛있어."

술과 안주를 즐기며 느긋하게 인터넷 슈퍼를 살펴본다.

"오, 이 드레싱 신제품도 맛있겠다."

처음 보는 신제품도 있어서 즐겁다.

"지금까지는 대충 훑어보기만 했지만, 저온냉장 반찬류가 꽤 많아졌네. 뭐든 다 있어. 아니, 내가 먹을 걸로 몇 개만 사둘까. 아닌 게 아니라 이 돼지고기 조림은 안주로 딱이잖아."

평소에는 대충 훑어보던 부분도 차분하게 살펴보면 새로운 걸 발견하게 되기도 한다.

이렇게 술을 즐기며 느긋하게 앉아 차분하게 인터넷 슈퍼를 구경하는 건 꽤나 즐거운 일이다.

그런 식으로 느긋하게 밤샘을 하다 보니, 어느샌가 추하이를 다섯 캔이나 마시고 그대로 거실에서 잠들고 말았다.

다음 날 아침, 페르가 『너, 혼자서 고기를 먹었군』이라는 말로 시작해서 『당연히 우리에게도 주겠지?』라고 하며 압박해오리라는 것은 꿈에도 모르고 새근새근.

무코다 씨의 요리 교실 ~모두가 좋아하는 달걀 편 제3탄~

아이야와 테레자의 부탁으로 또다시 계란 요리를 가르치게 되었다.

듣자 하니 지난번에 가르쳐준 토마토와 계란의 마요네즈 볶음이 호평을 받아서 지금은 자기들끼리 변형해보는 수준에 이르렀다고 한다.

토마토를 양배추, 피망 등의 다른 채소로 바꿔 보거나 레드 보어 고기나 오크 고기, 코카트리스 고기와 소시지를 추가해 볶아 보거나 하고 있다는 모양이다.

간단하고 은근히 어떤 재료로 만들어도 괜찮아서 지금은 메뉴가 고민될 때는 마요네즈 볶음을 하는 게 기본이 되었을 정도라는데.

게다가 계란이 들어있기만 해도 호화스러운 느낌이 들어서 가족들이 모두 좋아하는 반찬이라는 모양이다.

다들 그렇게 계란을 좋아한다면 계란을 메인으로 한 요리를 가르쳐주는 게 좋으려나.

으음~ 계란이 메인인 메뉴라······.

이런저런 이야기를 들어보니 마요네즈도 좋아하는 것 같단 말이지.

샐러드에는 드레싱이 아니라 무조건 마요네즈를 쓴다고도 했고.

(참고로 마요네즈와 드레싱도 내가 인터넷 슈퍼에서 구입해서

지급했다.)

확실히 앨번표 신선 채소로 만든 샐러드에는 드레싱도 좋지만 마요네즈를 뿌려도 맛있단 말이지.

토마토는 진짜 최고고.

그런데 나밖에 안 먹는단 말야.

나 참, 우리 애들은 고기를 너무 좋아한다니까.

뭐, 그건 둘째 치고 계란에 마요네즈라.

그러면 그것밖에 없잖아.

바로 계란 샌드위치!

최근에는 내가 지급한 새하얀 밀가루로 테레자가 부드러운 빵을 구워주고 있으니 딱 좋을지도.

전립분으로 만든 시골빵도 구수하고 깊은 맛이 나지만, 새하얀 밀가루로 만든 시골빵도 겉은 바삭하고 속은 부드러워서 맛있지.

그 빵으로 만드는 계란 샌드위치는 무조건 맛있을 거야.

나도 정말 기대된다.

그렇게 맞이한 요리 교실 당일.

오늘은 평소 멤버인 아이야와 테레자는 물론이고 세리야도 참가한다.

"그럼 요리 교실을 시작하겠어."

""""네!""""

세 사람의 기대감이 담긴 시선이 어쩐지 낯간지럽게 느껴진다.

가르쳐줄 메뉴는 엄청 간단한 계란 샌드위치인데 말이야.

"오늘 만들 건 계란 샌드위치야. 테레자, 부탁했던 빵은 만들 어왔어?"

"물론이죠."

그렇게 말하며 아이야가 바구니에 담긴 시골빵을 작업대 위에 꺼내놓았다.

"오, 냄새 좋네."

"오늘 아침에 갓 구운 거거든요."

"맛있는 계란 샌드위치를 만들 수 있겠어. 좋아, 그럼 조리를 시작하자. 우선 삶은 계란을 만들어야 하는데……."

그렇게 말하고서 준비해둔 계란을 집어 들었다.

"잘 보면 이쪽 부분이 둥글둥글하지?"

그렇게 묻자 아이야와 테레자, 세리야가 고개를 끄덕였다.

"그 둥그런 부분에 구멍을 뚫는 거야. 이 뾰족한 건 압정이라고 하는데, 이걸 이렇게 대고 빙글빙글 돌리면 간단히 뚫을 수 있어. 물론 껍질이 깨지지 않도록 힘 조절을 잘 해야 해."

사전에 인터넷 슈퍼에서 사둔 압정을 세 사람에게 나눠주고 계란에 구멍을 뚫게 했다.

처음에는 세 사람 모두 껍질이 깨져 계란을 못 쓰게 되지 않을까 싶어서 쭈뼛거렸지만, 어찌어찌 구멍을 뚫는 데 성공한 모양이었다.

"응, 괜찮은 것 같네. 이렇게 해두면 다 삶아졌을 때 껍질을 벗기기가 쉬워. 기억해두도록 해."

그다음은 계란을 냄비에 넣고 계란이 잠길 정도로 물을 넣는다.

이번에는 계란 샌드위치에 쓸 거니 완숙으로 익혀야지. 그런고로 살짝 화력을 높여서 중불로 12분 정도 삶아준다.

참고로 각 가정에 키친 타이머도 지급해뒀으니 자기들끼리 만들 때도 삶는 시간을 쉽게 조절할 수 있을 거다.

계란을 삶는 동안 노른자가 한가운데에 오도록 가끔씩 굴려주는 것도 잊으면 안 된다.

그러다 보니 삐비빅, 하고 키친 타이머가 울렸다.

"좋아, 다 삶아졌네. 그럼 개수대로 옮겨서……."

냄비에 있는 끓는 물을 버리고 삶아진 계란을 물로 식힌다.

그런 다음 흐르는 물에 대고 계란 껍질을 벗겨 나간다.

"봐, 껍질에 구멍을 뚫어놓은 덕에 홀렁 벗겨지지? 다들 해 봐."

"정말이네요. 한 번에 쭉 벗겨져요."

"그러게."

"나도 벗겼어."

"좋아, 껍질은 다 벗겼지? 그럼 이 삶은 계란을 볼그릇에 넣고 포크로 이렇게 잘게 부숴. 뭐, 그냥 잘게 으깨기만 하면 되니까 부엌칼로 썰어도 되고, 어떤 사람은 손으로 으깨기도 해."

그렇게 말하자 세 사람이 "아하" 하고 대꾸했다.

"그리고 삶은 계란을 잘게 으깬 다음에는 소금과 후추로 간을 하고 마요네즈를 넣어."

나는 마요네즈가 좀 많은 게 좋아서 살짝 많이 넣었다.

"그런 다음에는 대충 섞어서……. 아, 테레자, 빵을 잘라줄래?"

"네."

잘라준 테레자 특제 빵에 계란 샌드위치의 속을 얹고서 또 한 장의 빵으로 덮어주면…….

"자, 이러면 계란 샌드위치 완성이야."

내가 하는 걸 흉내 내서 마이야와 테레사, 세리야도 빵에 속재료를 넣고 덮었다.

그리고 다 같이 덥썩.

응, 맛있어.

계란 샌드위치는 언제 먹어도 맛있다니까.

"이번에는 그 상태 그대로 빵에 건더기를 넣었지만, 빵에 버터나 머스터드소스를 발라도 괜찮고, 빵을 가볍게 구워서 써도 맛있어. 뭐, 여러모로 시험해 봐."

그렇게 말하며 세 사람을 보자…….

윽…… 뭐, 뭔가 봐서는 안 될 것 같은 표정을 보고 만 것 같은데.

다들 뺨이 상기되어서 황홀한 표정을 짓고 있잖아.

"이건 신의 음식인가요……."

"너무 맛있네요……."

"맛있어어……."

어, 그 정도라고?

그냥 계란 샌드위치인데…….

당황한 나는 아랑곳 않고 아이야와 테레자, 세리야는 "역시 무코다 씨예요!"라는 말을 남기고서 의기양양하게 집으로 돌아갔다.

나중에 들은 이야기에 따르면 계란과 마요네즈의 조합은 종업원들의 입맛에 완벽하게 들어맞아서 계란 샌드위치는 경사에 빼놓을 수 없는 요리가 되었다고 한다.

　그리고 그 후…….

　"역시 계란 샌드위치는 최고야. 맛도 있고, 먹고 나면 어쩐지 몸 상태도 엄청 좋고 말이야~."

　"너도냐?! 나도나도."

　모험가 팀인 루크와 어빙의 이야기를 듣고 '으아, 계란 샌드위치는 전부 인터넷 슈퍼에서 산 재료로 되어 있잖아'라는 사실을 알아채고 허둥대게 되었다나 뭐라나.

빠르고 맛있는 갈릭버터 덮밥

"저기~ 점심으로 뭐 먹고 싶어?"

『고기다!』

『고기지.』

『고기~!』

그렇게 나오시겠지.

질문을 잘못했다.

"고기는 늘 먹잖아. 무슨 고기를 먹고 싶냐고 물어본 거야."

『그렇다면 기간트 미노타우로스가 좋겠군.』

『응응. 그건 맛있으니까.』

『소한테 나온 고기~.』

브릭스트 던전에서 맛을 들인 건지, 먹보 트리오는 요즘 기간트 미노타우로스에 푹 빠져 있었다.

"또 기간트 미노타우로스야~? 뭘로 하지?"

역시 잽싸게 만들 수 있는 덮밥이 좋으려나.

그렇다면……

좋아, 그걸로 하자.

"그럼 잽싸게 만들어올 테니 기다려."

그렇게 말하고서 나는 부엌으로 향했다.

"그럼, 만들어 볼까. 소고기……가 아니라 기간트 미노타우로스 갈릭버터 덮밥을."

우선 같이 볶을 채소를 골라야 하는데, 오늘은 감자를 쓰기로 했다.

집을 나서기 전에 앨번에게 잔뜩 받은 게 있으니까.

그런고로 감자 껍질을 벗겨서 채로 썬다. 그리고 채 썬 감자는 물에 담가둔다.

그런 다음은 달군 프라이팬에 기름을 두르고, 물에 담가두었던 감자의 수분을 제거하고 볶아준다.

감자가 투명해지기 시작하면 얇게 썬 기간트 미노타우로스 고기를 투입. 그리고 곧바로 술과 소금, 후추를 넣고 고기의 색이 변할 때까지 볶는다.

그러고서 간장, 맛술, 가염버터, 다진 마늘(튜브에 든 것)을 넣고 다시 볶는다.

양념이 배어들어 잘 볶아지면 먹보 트리오용인 깊고 큰 그릇에 쌀밥을 퍼 담고 그 위에 듬뿍 올린다.

다시 그 위에 다진 실파와 흰깨를 솔솔 뿌려주면 완성이다.

오늘은 실파와 흰깨를 뿌렸지만 흑후추나 반숙계란, 노른자를 얹어도 맛있지, 이건.

아무튼, 배를 곯고 있을 먹보 트리오에게 냉큼 가져다줄까.

"어때?"

『음. 제법 맛있군!』

『이거 기간트 미노타우로스 고기에 잘 맞는 양념이네!』

『맛있어~!』

먹보 트리오가 기간트 미노타우로스 갈릭버터 덮밥을 우걱우걱 게걸스럽게 먹었다.

"그래그래. 다행이네."

후딱 만들 수 있는데도 맛있단 말이지, 갈릭버터 덮밥은~.

버터 덕분에 감칠맛도 있고 쌀밥이랑도 잘 어울리고.

그런 생각을 하며 나도 갈릭버터 덮밥을 씹었다.

『어이, 한 그릇 더다.』

『나도 한 그릇 더!』

『스이도 한 그릇 더~.』

빨라.

늘 생각하는 거지만 너희들 왜 이렇게 빨리 먹냐.

좀 더 맛을 보면서 먹으라고.

『어서.』

『다음다음.』

『주인, 한 그릇 더 줘~.』

두 번째 갈릭버터 덮밥을 준비한다.

이번에는 흑후추를 뿌려서.

"여기 있어. 두 번째 그릇에는 흑후추를 뿌렸어. 짜릿한 맛이 자극이 되어서 맛있을 거야."

그렇게 말하면서 내놓자 더는 못 기다리겠다는 듯이 먹보 트리오가 달려들었다.

『확실히 짜릿짜릿하군. 음. 이거 맛있구나.』

『정말이네. 이것도 괜찮아.』

『짜릿하지만, 스이도 먹을 수 있어~. 엄청 맛있어~.』

이 정도 흑후추는 스이도 맛있게 먹을 수 있나 보다.

먹보 트리오는 흑후추를 뿌린 갈릭버터 덮밥을 눈 깜짝할 새 먹어치웠다.

당연히 한 그릇 더 달라기에 세 번째 그릇은 반숙계란을 얹어 봤다.

이것도 맛이 부드러워져서 맛있다고 호평을 하며 모두 다 금방 먹어치웠다.

그러고도 배 속에 여유가 있는지 먹보 트리오는 곧장 한 그릇 더를 외쳤다.

네 번째 그릇에는 노른자를 얹고 흰깨를 솔솔 뿌렸다.

이것도 맛있다는 소리를 연발하며 금방 먹어치웠다.

그다음은 또 처음에 먹었던 실파와 흰깨를 솔솔 뿌린 갈릭버터 덮밥으로 돌아와서…….

먹보 트리오 중에서도 소식가인 드라 짱도 세 번, 페르와 스이는 다섯 번인지 여섯 번을 더 먹고서야 겨우 식사를 마쳤다.

중간에 분명 잔뜩 만들어뒀던 갈릭버터 덮밥이 부족해져서 부엌으로 달려가 만들어야 할 정도였다고.

배불리 먹고 행복한 얼굴로 쿨쿨 낮잠을 자는 먹보 트리오를 쳐다보았다.

"가끔씩 얄미울 때도 있지만, 이런 모습은 귀엽단 말이지."

새삼 그런 생각을 하면서.

몰래 반주

"후~ 이 정도면 되려나."

예정대로 비축 음식 조리를 마치고서 후우, 하고 한숨을 돌렸다.

이렇게 만들어두면 여차할 때 편리하니까.

그 녀석들이 엄청 먹기도 하고, 나도 가끔은 피곤해서 요리하기 싫을 때가 있기도 하고.

그럼에도 그 일 년 내내 굶주려 있는 먹보들은 기다려주질 않는다.

그럴 때 만들어둔 음식이 빛을 발하는 거다.

뭐, 오늘은 잔뜩 있던 고기 재고로 이것저것 만들었으니 이 정도면 한동안 버티겠지.

그렇게 내가 한 작업에 만족하고 있던 중에…….

"근데 다진 코카트리스 고기가 남아버렸네."

뭐, 아이템 박스에 넣어두면 썩을 일은 없을 테니 나중에 쓰면 그만이기는 하지만, 어떤 메뉴가 머릿속에 떠올랐다.

선술집에 갔을 때 제법 자주 주문했던, 달콤짭짤한 양념에 버무린 그거.

"그러고 보니 츠쿠네*는 아직 만든 적이 없었던 것 같네…….
좋아, 비축 음식으로 만들어볼까."

*닭고기 등의 육고기와 어육 등을 으깨 경단 모양이나 막대 형태로 빚어서 조리한 식품.

갑작스럽지만 메뉴 하나 추가다.

재료 확인부터 했다. 오, 생강도 있으니 딱히 인터넷 슈퍼에서 추가로 살 재료는 없을 것 같네.

그럼 잽싸게 만들어 보실까.

파는 다지고, 생강은 갈고.

그리고 볼그릇에 다진 코카트리스 고기, 다진 파, 간 생강, 술, 소금후추, 전분 가루를 넣고 찰기가 생길 때까지 주물주물주물.

찰기가 생기면 적당한 크기의 원형으로 빚어 나간다.

그런 다음엔 달군 프라이팬에 기름을 두르고 그걸 양면이 노릇노릇해질 때까지 굽는다.

그러는 동안 양념의 재료인 간장, 맛술, 설탕, 물을 섞어둔다.

노릇노릇 잘 구워진 츠쿠네를 일단 프라이팬에서 꺼내고, 남은 기름을 키친타월로 닦은 후 양념을 넣고 가열한다.

양념이 조금 졸아들어 걸쭉해지기 시작하면 츠쿠네를 다시 넣고 양념에 버무리면서 구워 마무리한다.

"이대로 먹어도 맛있지만 계란 노른자를 찍어 먹어도 맛있지. 아~ 맥주가 마시고 싶어졌어."

그런 생각을 하며 완성된 츠쿠네를 아이템 박스에 담기 시작했다.

하지만…….

지금은 낮이라 좀 그렇지만, 요즘 전혀 안 마셨으니 조금은 마셔도 되겠지?

가끔은 애들이 잠든 후에 혼자서 즐겨볼까.

◇ ◇ ◇ ◇ ◇

페르 일행이 잠들어 고요해진 거실.

나는 '아직 할 일이 남았다'고 핑계를 대고 혼자 남아 있었다.

"후·후·후·후. 그 할 일이라는 게 오랜만에 한잔하는 거지만 말이야~."

그런 소리를 중얼거리며 사전에 마도 냉장고에 넣고 차갑게 식혀서 아이템 박스에 넣어둔 캔 맥주를 꺼냈다.

그리고…….

"낮에 만든 닭……이 아니라 코카트리스 츠쿠네~♪"

그걸 아이템 박스에서 꺼내들고 씨익 웃었다.

"맛있겠다~. 어이쿠, 이것도 있어야지. 계란 노른자."

우선은 푸쉭, 하고 캔 맥주의 뚜껑을 땄다.

츠쿠네는 대부분 선술집에서 먹었으니, 오늘은 선술집 분위기를 내볼까 한다.

그런고로 선술집에서 자주 마셨던 맥주, '은색의 그것'을 선택했다.

꿀꺽——.

"크~ 맛있어!"

부드러우면서도 목으로 넘어갈 땐 톡 쏘는 이 맛.

한 모금 넘긴 뒤에는 우선 츠쿠네를 그 상태 그대로 덥석.

"이거야, 이거. 츠쿠네는 이 달콤짭짤한 양념이 잔뜩 묻어 있어야 맛있단 말이지."

그리고 다시 맥주를 꿀꺽.

"후~. 그리고 다음은 당연히 계란 노른자를 듬뿍 찍어서…….."

덥썩.

"부드러워~."

달콤짭짤한 양념이 묻은 츠쿠네에 계란 노른자까지 묻혔더니 정말이지 끝내주게 맛있다.

당연히 다시 맥주를 꿀꺽.

"하~ 맛있는 걸 먹으니 행복하네."

그런 생각을 하며 자주 갔던 직장 근처의 선술집을 떠올렸다.

동료였던 그 녀석, 선배, 계장님과 같이 갔었지이.

다들 지금쯤 뭐 하고 있을까?

옛날 생각을 하니 살짝 울적해졌다.

"하지만 뭐, 지금도 그렇게 나쁘진 않으니까."

지금은 동화에나 나올 듯한 마법도 쓸 수 있게 됐고 말이야.

다만…….

"먹보 트리오인 페르, 드라 짱, 스이의 밥을 만드는 게 살짝 힘들긴 하지만."

매일 그 녀석들이 보이는 깜짝 놀랄 만한 식욕이 떠올라서 쿡, 하고 웃었다.

『뭐가 힘들다는 거냐? 혼자 몰래 맛있어 보이는 걸 먹으면서.』

『치사하게 말이야~. 혼자서 말이야~.』

『치사해~. 스이도 먹고 싶어~.』

원망이 담긴 목소리가 들려와서 움찔했다.

쭈뼛거리며 목소리가 들려온 쪽을 보니…….

거실 입구에서 페르와 드라 짱과 스이가 머리를 내밀고 뚱한 눈으로 이쪽을 쳐다보고 있었다.

"가, 가끔씩 혼자서 반주 정도는 할 수 있잖아."

『빠안~.』

"아아 진짜, 너희 먹을 것도 다 만들어놨다니깐."

환상의 과일을 찾아

사건의 발단은 길드 마스터에게 '모험가 길드로 와라'라는 호출을 받은 것이었다.

"자네들 요즘 의뢰도 안 받았으니 한가하지?"

전혀 한가하지 않다.

요전에도 사냥을 하러 갔었고 그 전에도, 그 전에도, 그리고 또 그 전에도 사냥을 하러 갔다.

아닌 게 아니라 요즘은 계~속 사냥만 했다.

기운이 넘쳐나는 우리 애들, 페르, 드라 짱, 스이 때문에.

이번 주는 사냥만 해대는 일상으로 인해 피폐해진 내가 녀석들에게 울고불고 애원해서 겨우 쟁취해낸 휴가 기간이다.

사실은 집에서 느긋하게 있고 싶었는데 길드 마스터가 갑자기 호출을 한 거다.

무시할 수도 없는 노릇이라 어쩔 수 없이 모험가 길드로 왔더니 '한가하지?'라니……

"전혀 한가하지 않은데요. 페르네가 사냥하러 가자고 시끄럽게 군 탓에요. 길드에도 요즘 매일같이 사냥감을 잔뜩 들고 찾아왔었잖아요."

그렇게 말하며 뚱한 눈으로 길드 마스터를 째려보았다.

그야 매번 길드 마스터와 마주치지는 않았지만, 보고는 받았을 것 아냐.

"그렇게 째려보지 말라고. 하지만 요즘 의뢰를 안 받은 건 사실이잖나?"

"뭐 그건⋯⋯."

페르랑 애들이 이거다 싶은 의뢰가 딱히 없는지 '응' 하고 허락해주지 않았거든요.

"자네들한테 딱 맞는 의뢰가 있는데 어때, 받아보겠나?"

"딱 맞는, 의뢰라고요?"

"그래. 바로 어느 과일을 채취하는 의뢰인데 말이지, 그 장소라는 게 테이란 숲이거든."

"테이란 숲, 이라고요?"

그게 어딘데?

나는 도통 감이 오지 않지만 페르가 『호오』라고 반응한 걸 보니 아는 모양이다.

『테이란 숲이라 하면, 이곳에서 북쪽에 있는 그곳인가.』

"그래."

길드 마스터의 대답을 들은 페르가 눈을 빛내며 씨익 웃었다.

뭔가 불길한 예감이 드는데⋯⋯.

『이것 봐, 페르, 그 테이란 숲이라는 데는 갈 만한 가치가 있는 곳이야?』

『음. 제법 재미있는 장소다, 드라여. 사냥에는 제격인 곳이지.』

드라 짱의 질문에 페르가 답했다.

사냥에 제격이라니, 역시 그런 곳이었어?

『페르 아저씨, 진짜로~? 갈래갈래! 스이, 가고 싶어~!』

『흐하하, 페르가 그렇게 말할 정도면 심심하지는 않겠네. 나도 갈래!』

페르의 이야기를 들은 스이와 드라 짱은 벌써 가고 싶어 안달이 났다.

"그 테이란 숲이란 곳은, 역시……."

"고랭크 마물이 득시글거려서 모험가들 사이에서는 '돌아오지 못하는 숲'이라는 별명으로 불리기도 하는 숲이지."

"돌아오지 못하는 숲……."

"A랭크, 혹은 S랭크 모험가가 아니면 무사히 돌아올 수가 없거든. 뭐, A랭크라도 깊이 들어가면 무사하지 못하겠지만."

길드 마스터가 별것 아니라는 투로 말했다.

그래, 대충 예상은 했어.

그런 의뢰라서 우릴 콕 집어 지목한 거겠지.

"자네한테 딱 맞는 의뢰잖나. 아니 그게~ 매해 이 시기가 되면 이웃 영지의 미식가로 유명한 귀족께서 이 과일을 구하려고 인근 영지의 모험가 길드에 일제히 의뢰를 하거든. 그런데 최근 5년 남짓 동안 아무도 이 의뢰에 지원하는 녀석이 없어서 말이지~. 압박을 해대서 난감하던 참이었거든."

그 과일은 환상의 과일이라 불리기도 하는 '아이리스 후르츠'.

의뢰를 한 미식가 귀족은 이전에 운 좋게 먹어볼 기회가 있었는데, 그 맛에 맹렬하게 감동했고 그 일을 계기로 아이리스 후르츠에 매료되어 버렸다는 모양이다.

그래서 매해 그 아이리스 후르츠가 열리는 시기가 되면 채취 의뢰를 하는데…….

장소가 장소이다 보니 최근 5년 남짓 동안 달성된 적이 없다고 한다.

5년 연속으로 의뢰가 달성되지 않자 그 귀족님이 압박을 가하기 시작했고, 의뢰를 접수한 이 일대 모험가 길드의 길드 마스터들이 논의한 끝에 '카레리나에 S랭크가 있잖아'라는 식의 결론이 나왔다나.

길드 마스터는 "기대를 한 몸에 받는 S랭크 테이머라면 어떻게든 해내겠지, 라면서 떠맡기지 뭔가"라고 말했다.

'어떻게든'이 아니라 페르 일행이라면 가볍게 해내겠지.

페르 일행이라면.

하지만 거기에 따라가야 하는 내 입장도 좀 생각해 보라고.

고랭크 마물이 득시글거리는 숲을 가고 싶겠냐고~.

그렇게 생각하기는 했지만 이미 그 테이란 숲이라는 곳에 가기로 작정을 한 페르, 드라 짱, 스이를 막을 수 있을 리가 없어서…….

결국 그 의뢰, '아이리스 후르츠' 채취 의뢰를 맡기로 한 우리 일행은 다음 날 바로 테이란 숲으로 출발했다.

"이 숲인가…….."

우리의 눈앞에는 울창한 숲이 펼쳐져 있었다.

"이 숲 어딘가라니, 무슨 설명이 그래애."

아니, 뭐가 '뭐어, 너희라면 괜찮겠지. 펜리르 님도 있으니깐' 라는 거냐고.

페르한테 너무 의지하는 거 아냐?

조금 더 상세한 정보를 내놓으라고.

『숲에 들어가면 얼마 안 가 냄새로 장소를 알 수 있을 거다. 문제없다. 그보다 말이다.』

그렇게 말하며 페르가 어째서인지 드라 짱과 스이에게 눈짓을 했다.

『알았다니깐. 그 의뢰 대상인 과일이라는 걸 따기 전에 해치우자는 거지?』

『사냥~!』

『그런 거다. 너는 꽉 붙들고 있기나 해라.』

나로 말하자면 지금 페르의 등에 올라타 있다.

"뭐? 잠깐, 무슨 소리야? 이대로 가려고?"

『간다!』

"아니, 어째서 나까지이이이이!"

나는 필사적으로 페르에게 달라붙었다.

"하아~……. 드디어, 겨우 도착했나……."

겨우 이번 의뢰 대상인 과일이 열리는 숲에 도착했다.

여기 오기까지 온갖 고생을 다 했지…….

나는 먼눈을 하고서 지금까지의 여정을 되짚어 보았다.

내 의지와 무관하게 사냥을 하는 페르, 드라 짱, 스이에게 끌려다니면서……

내 몸통만큼이나 굵직한 뱀이며 공룡이 아닐까 싶을 만큼 커다란, 녹색 바탕에 빨간 물방울무늬가 표독스럽게 새겨진 도마뱀에, 페르보다 더 큰 회색 호랑이에…… 그밖에도 많은 것들과 맞닥뜨렸다.

이쪽은 그런 걸 보기만 해도 겁이 나는데, 우리 애들은 그런 걸 신이 나서 사냥한단 말이지.

이제 그만 아이리스 후르츠가 나는 곳으로 가자고 해도 페르 녀석은 『아직이다』라면서 갈 생각을 안 하고.

드라 짱과 스이도 『조금만 더』라면서 사냥을 즐기느라 바쁘고.

그러다가 이제야 도착한 것이다.

"환상의 과일이라 불릴 만도 하네. 이렇게 깊은 숲속에 있다니."

그 마물들을 헤치고 이곳까지 올 수 있는 모험가가 얼마나 되겠냐고.

"이게 의뢰 대상인 '아이리스 후르츠'인가. 예쁘기도 하네."

둥글둥글한 멜론 크기 정도의 열매가 주렁주렁 열린 거목을 올려다보며 말했다.

그 열매는 위쪽이 빨갛고 아래쪽으로 갈수록 주황색, 노란색, 녹색, 청색, 남색, 보라색으로 색이 바뀌었다.

『주인~ 맛있을 것 같은 좋은 냄새가 나~.』

스이가 내 어깨로 올라와 아이리스 후르츠를 올려다보며 그렇게 말했다.

"그러게 말이야~."

완전히 익은 과일 특유의 뭐라 형용할 수 없는 달콤한 향이 주변에 감돌고 있었다.

"그럼 따볼까. 드라 짱, 부탁 좀 할게."

『알았어.』

그렇게 말하며 드라 짱이 아이리스 후르츠를 향해 날아갔다.

『스이도 딸래~.』

내 어깨에서 뛰어내린 스이가 드라 짱의 뒤를 따라 아이리스 후르츠가 열린 거목을 쭉쭉 올라갔다.

참고로 페르는 과일에는 관심이 없다는 듯이 우리 위쪽에서 팔자 좋게 누워 있다.

『여깄어.』

드라 짱이 아이리스 후르츠를 따서 내가 있는 곳으로 날아왔다.

"오, 고마워. 그나저나 향이 정말 좋네에."

아이리스 후르츠를 건네받자 달콤한 향이 더욱 진하게 느껴졌다.

『맛있어~!』

『아, 스이! 치사하게 몰래 먹기냐?!』

『에헤헤~ 살짝 맛만 봤어~.』

뭐, 향이 워낙 좋으니까.

많이 있기도 하니 어디…….

"좋아, 다 같이 맛을 볼까?"

『찬성!』

『스이도 먹을래~!』

『먹을 거라면 나도 먹으마.』

모두의 주목을 받으며 아이리스 후르츠의 껍질을 벗겼다.

색은 완전히 다르지만 껍질에 자잘한 털이 돋아나 있는 게 어째 복숭아 같네.

껍질 자체도 칼집을 내니 주륵 벗겨져서 더더욱 복숭아 같다.

껍질을 벗기자 하얀 과육이 나타났다. 이거 정말 백도(白桃) 같네. 내가 아는 복숭아보다 훨씬 크지만.

척 봐도 과즙이 넘쳐날 것 같은 그 과육을 적당히 잘라서…….

다 같이 덥썩 물었다.

입에 넣자마자 농후하고 달콤한 과즙이 입 안 가득 퍼졌다.

"맛있어! 이거 진짜 맛있어!"

중요한 거라 두 번 말했다.

진짜로 맛있잖아, 이거.

맛은 복숭아 그 자체. 복숭아 맛이기는 하지만, 지금까지 먹었던 복숭아와는 차원이 다르다.

나는 원래도 복숭아를 좋아하다 보니 살짝 무리를 해서 비싼 걸 사 먹은 적도 있지만, 이렇게 맛있는 복숭아는 처음이다.

뭐, 엄밀히 말하면 복숭아가 아니긴 하지만.

『맛있잖아~!』

『껍질을 까니까 더 맛있어~.』

『음. 나쁘지 않군.』

먹보 트리오인 페르와 드라 짱, 스이도 납득할 만한 맛인 듯했다.

"저기, 이거 납품해달라고 의뢰한 양은 다섯 개인데……."

『나머지는 전부 스이네 거~.』

『그게 좋겠지? 이렇게 맛있는 걸 그냥 둘 수는 없잖아.』

『다섯 개만 달라고 했다면 다섯 개만 주면 되지 않느냐.』

"그렇지?"

그런고로 우리는 열심히 아이리스 후르츠를 땄다.

"이거 내년에도 와야겠네."

『뭐, 나쁘지 않겠군.』

『그러게.』

『올래~.』

나는 올 때와 달리 입이 귀에 걸린 채 과일이 하나도 남지 않은 거목을 뒤로했다.

젓가락이 멈추질 않아

페르, 드라 짱, 스이의 재촉으로 살짝 일찍 점심 식사를 마친 오후.

배를 채운 먹보 트리오는 따뜻한 햇볕 덕분인지 곯아떨어진 지 오래다.

나로 말하자면 느긋하게 커피를 즐기며 인터넷 슈퍼를 둘러보고 있다.

이게 꽤 즐겁단 말이지.

신상품은 물론이고 '이런 것도 있었구나' 싶은 물건도 있어서 매번 새로운 발견을 하게 된다.

오늘도 그런 걸 기대하며 둘러보던 중에······.

"오, 유자가 할인 중이네."

화면 중앙에 두둥, 하고 유자가 산처럼 쌓여 있었다.

'무농약! 농가 직송 제철 유자를 즐겨보십시오!'라는 컬러풀한 문자가 화면을 장식하고 있었다.

"욕조에 넣어서 유자탕을 즐기는 건 기본이라 치고······."

유자탕은 드라 짱과 스이도 엄청 좋아하니까.

"물론 요리에도 쓸 수 있지. 무농약이라는 점도 호감이 가네. 안심하고 쓸 수 있잖아."

유자는 향을 낼 때 껍질을 쓰는 경우가 많으니까.

그때 반짝, 좋은 생각이 났다.

그러고 보니 수중에 무가 있었지?

그렇다면…….

"오랜만에 만들어볼까. 유자 무 절임."

산뜻한 맛이라 입가심을 하기엔 딱이고 의외로 술안주로도 괜찮다.

초(超)육식파인 페르 일행은 거들떠보지도 않을 테니 완전히 내 전용이 되겠지만.

그래도 많이 만들어두면 오랫동안 즐길 수 있으니 나쁘지 않다.

"좋아, 유자를 사자."

결정을 내리고 쿡, 눌러 카트에 넣는다.

그 후에도 신경 쓰이는 상품 등을 카트에 넣으며 나는 느긋하게 인터넷 슈퍼 구경을 했다.

인터넷 슈퍼 구경을 대충 마치고 남아 있던 식은 커피를 비웠다.

목을 주무르며 거실을 둘러보니 페르 일행은 아직도 쿨쿨 자고 있었다.

이런 광경을 보고 있으면 평화롭기도 하네~ 라는 생각이 절로 든다.

매일 이러면 좋을 텐데 말이야.

아직 따끈따끈한 햇볕이 쏟아지고 있어서 저녁 준비를 하기에는 이를 듯했다.

"시간도 있으니 곧바로 유자 무 절임을 만들어 볼까."

내 혼잣말에 낮잠을 자던 페르가 부스스 일어났다.

그 바람에 페르를 침대 삼아 누워 있던 드라 짱과 스이도 깼다.

『어이, 뭘 만들려는 거냐? 고기 요리냐?』

잠이 덜 깬 눈으로 페르가 물었다.

나 참, 페르는 원래도 귀가 좋지만 먹을 거 얘기가 나오면 더 더욱 귀가 밝아진단 말이지.

그런 생각을 하며 어이가 없다는 듯이 쓴웃음을 지었다.

『응? 밥이야?』

『밥~?』

"드라 짱, 스이, 아직 식사 시간 아니야. 졸리면 더 자."

『뭐야, 그랬어? 그럼 다시 잘래.』

『밥이 아니면 스이도 잘래~.』

그렇게 말하더니 드라 짱과 스이는 다시 새근새근 잠을 자기 시작했다.

『어이, 고기가 아닌 거냐?』

"고기는 안 씁니다~. 지금부터 이 유자를 써서 절임을 만들 거야."

종이상자에 담겨 도착한 유자를 꺼내 페르에게 보여주었다.

『뭐냐, 고기는 안 쓰는 거냐. 하여간 헷갈리게스리.』

그렇게 말하더니 페르는 다시 몸을 둥글게 말고 잠들었다.

"헷갈리게 하긴, 페르가 착각한 것뿐이잖아……. 이쪽도 고기 요리만 하는 건 아니라고. 그리고 사람이 말하면 끝까지 좀 들어라."

이미 꿈나라로 가버린 페르에게 그렇게 불평을 하며 부엌으로 이동했다.

◇ ◇ ◇ ◇ ◇

우선은 무부터.

아이템 박스에서 파릇파릇한 잎이 달린 굵고 탄탄하고 맨들맨들한, 척 봐도 엄청 신선한 무를 꺼냈다.

이건 밭을 맡고 있는 앨번에게 부탁해서 받은 거다.

무는 생으로 먹어도, 익혀서 먹어도 맛있지.

평소에는 인터넷 슈퍼로 샀지만 밭의 프로페셔널이 있으니 재배해달라고 하는 게 좋지 않을까 싶었거든.

"그나저나 정말 굵고 좋은 무네."

인터넷 슈퍼에서 구입한 씨앗이라는 이유도 있지만, 원래 농가였던 앨번의 재배 방식도 좋았던 거겠지.

번듯하게 자란 무를 보며 나는 앞으로도 필요한 게 있으면 앨번에게 팍팍 재배해달라고 하자는 생각을 했다.

우선 이 무를 깨끗하게 씻어 껍질을 벗긴다.

무의 껍질을 벗긴 다음에는 네모지고 길쭉하게 썬다.

무잎 부분은 뒀다가 나중에 쓴다.

이런 맛있는 걸 버리는 건 그야말로 천벌 받을 짓이라고.

무잎은 된장국 건더기로 넣어도 좋고, 볶아도 맛있다.

나는 멸치랑 같이 볶아서 후리카케처럼 먹는 걸 추천한다. 밥도둑이 따로 없다고.

멸치 대신 잔새우와 같이 볶아도 끝내준다.

무잎은 아이템 박스에 보관하다가 나중에 쓰기로 하고, 지금은 유자 무 절임에 집중하자.

네모지고 길쭉하게 썬 무를 비닐 봉투에 넣고 소금을 팍팍 쳐서 주물주물주물.

그걸 10분 정도 놔두면 수분이 빠진다.

다음은 유자를 준비할 차례다.

인터넷 슈퍼에서 구입한 유자를 종이 상자에서 꺼냈다.

"향 좋다."

상큼한 유자 향이 부엌에 퍼졌다.

그 유자를 우선 깨끗하게 씻는다.

무농약이라서 그런지, 노란 껍질에는 흠집이 나서 검어진 부분이 드문드문 있었다.

그 흠집을 부엌칼로 깎아내고 4등분한다.

그런 다음에는 과즙을 쭈욱 짜내고 씨는 걷어낸다.

과즙을 짜고 난 유자는 껍질만 남겨둔다.

껍질 안쪽에 있는 속껍질은 부엌칼로 최대한 제거한다. 이 속껍질이 쓴맛과 떫은맛의 원인이니 꼼꼼하게, 깔끔하게 처리한다.

속껍질을 제거한 껍질은 채로 썬다.

그런 다음에는 보존하기 좋은 지퍼백에 물기가 빠진 무와 재썬 유자 껍질, 그리고 유자즙, 설탕, 식초, 소금, 씨를 빼내고 둥그렇게 썬 홍고추를 넣고······.

"자~알 주무른다."

지퍼백 위에서 주물주물주물.

전체적으로 골고루 섞이면 공기를 빼면서 지퍼를 닫는다.

그런 다음에는 마도 냉장고에 IN.

한 시간 정도 재워두면 완성이다.

한 시간 후——.

"흥흥흥~♪"

콧노래를 부르며 부엌으로 향했다.

그리고 마도 냉장고를 열어…….

"오, 제법 잘 됐네."

재워뒀던 유자 무 절임.

빨리 접시에 덜어서 맛을 봐야지.

무를 씹자 오독오독아삭아삭 기분 좋은 소리가 울렸다.

"오~ 유자향이 코를 자극하고 있어."

산뜻한 유자의 풍미와 무의 식감이 기가 막힌다.

"괜찮게 절여졌네. 맛있어."

오독오독아삭아삭.

오독오독아삭아삭.

오독오독아삭아삭.

"아, 벌써 다 먹었잖아."

어쩔까 생각하다가 한 접시 더 먹기로 했다.

오독오독아삭아삭.

오독오독아삭아삭.

오독오독아삭아삭.

"하~ 맛있어~."

젓가락이 멈추지 않을 만큼 맛있다는 게 이런 걸 말하는가 보다.

"그나저나 이렇게 맛있는데, 페르네는 거들떠보지도 않겠지이."

맛있는데.

고기만 찾지 말고 이런 것도 좀 먹어보지.

그래, 전골을 먹자

『이봐이봐, 오늘 저녁에도 만두 먹자.』

"오늘도? 어제 먹었잖아."

드라 짱이 주문을 해서 어제는 만두를 먹었다.

처음으로 먹었던 내 요리가 만두였던 탓인지 가끔씩 이상하리 만치 먹고 싶어진다면서 드라 짱이 가끔씩 주문을 하고는 했다.

『뭐 어때서. 또 먹고 싶단 말이야~.』

그런 소릴 한들 어제 먹은 걸 또 먹기는 좀…….

으음~.

그래, 어제는 군만두였으니 튀김만두를 해보는 것도 괜찮을 것 같지만…….

튀김도 좀 그렇단 말이지이. 그저께도 페르가 주문을 해서 돈 가스를 먹었는데, 일주일에 몇 번이나 튀김을 먹는 건…….

위장에 부담이 가서 나로서는 피하고 싶다.

그렇다면…….

그래, 전골을 만드는 것도 괜찮을지도.

따뜻한 기후의 카레리나치고 오늘은 보기 드물게 기온이 떨어 져서 쌀쌀할 정도였으니까.

"그러면, 어제랑 같은 군만두를 먹기에는 질릴 것 같으니 전 골로 해도 될까?"

『전골? 만두로?』

"그래. 만두는 전골로 만들어도 맛있다고~."

『그 만두가 전골에…….』

"구운 것과는 다르게 쫄깃쫄깃해진 만두가 또 끝내주거든. 게다가 전골이라 다 먹고 마무리 요리도 즐길 수 있다고."

『쫄깃쫄깃한 만두에 전골 마무리 요리……. 좋아, 전골로 해 줘!』

"맡겨만 둬."

드라 짱이 『만두전골~♪』이라고 흥얼거리며 거실로 돌아갔다.

"메뉴는 만두전골로 정해졌지만, 무슨 맛으로 할까. 의외로 어떤 걸로 맛을 내도 괜찮다 보니 고민되네에."

된장도 괜찮고, 담백하게 간장 국물로 해서 폰즈*간장이나 매콤한 소스에 찍어 먹는 것도 괜찮지.

숙주나물이랑 부추를 듬뿍 넣어서 모츠나베**처럼 만들어도 맛있고, 얼큰한 김치 국물도 좋아.

그리고 부드러운 맛이 나는 두유로 만든 국물도 의외로 잘 어울린단 말이지.

으음~ 전부 다 포기하기 어려운데.

"……그래! 내가 한때 엄청 푹 빠졌었던 만두전골이 있었지. 참깨 탄탄 만두전골!"

시판품인 참깨 탄탄 전골 소스를 써서 냉동 만두와 냉장고에 남아있는 채소를 몽땅 투입해서 끓이기만 하면 된다. 완전 간단

---

*감귤류를 주재료로 한 소스. 일반적으로 간장을 섞은 폰즈간장도 '폰즈'라고 줄여 부른다.

**소나 돼지 등의 내장으로 만든 일본식 내장 전골.

하다.

하지만 그래서 더 좋은 거다.

추운 겨울, 피곤한 몸으로 집에 돌아와도 냉동 만두와 채소만 조금 남아 있으면 금방 만들 수 있는 1인 전골.

심지어 사용했던 참깨 탄탄 전골 소스의 맛이 내 취향이었더 래서, 마무리 요리까지 남김없이 즐길 수 있었단 말씀.

무진장 간단하게 만들 수 있어서 겨울에는 자주 찾게 되는 메 뉴였지.

살짝 매운 참깨 탄탄 전골의 국물이 몸을 덥혀주기도 하고, 은 근히 맥주에도 잘 어울린단 말이야.

마무리 요리를 할 때는 늘 라면 사리를 넣었는데, 이게 또 맛 있지.

아~ 생각했더니 먹고 싶어졌어.

좋아, 오늘 저녁 메뉴는 엄청 간단하지만 최고로 맛있는 참깨 탄탄 만두전골로 하자.

"어디 보자, 전골에 넣을 채소, 하면 역시 이거지."

앨번이 재배한 무진장 맛있는 배추다.

"그리고……."

파. 이것도 빼놓을 수 없다. 물론 이것도 앨번이 정성을 들여 키운 무진장 맛있는 파다.

"버섯도 넣고 싶으니 만가닥버섯, 그리고 숙주나물이랑 부추! 숙주나물이랑 부추는 참깨 탄탄 전골 국물이랑 엄청 잘 어울리니까."

만가닥버섯과 숙주나물, 부추는 인터넷 슈퍼에서 구입했다. 그리고 내가 애용했던 참깨 탄탄 전골 소스도 사야지. 그리고 빼먹으면 서운한, 마무리 요리에 쓸 중화면도.

"좋아, 재료는 다 갖췄어."

이제 재료를 썰어서 끓이는 아주 간단한 작업만 남았다.

배추를 큼직하게 썰고, 파는 어슷썰기, 만가닥 버섯은 밑동을 잘라 뜯어놓고, 부추는 4센티미터 길이 정도로 썰어둔다.

숙주나물은 봉투에서 꺼내면 바로 쓸 수 있으니 딱히 아무것도 안 해도 되고.

이제 요전에 만들었던 만두를 아이템 박스에서 꺼내면 준비 완료다.

"우선 질냄비에 참깨 탄탄 전골의 국물이 될 소스와 물을 넣고……."

나는 희석해서 사용하는 타입의 제품을 사용한다.

식구들이 다들 먹보니 부엌에 있는 버너를 총동원해서 동시 진행한다.

"끓어오르면 부추를 제외한 나머지 재료를 넣고 끓인다."

만두가 익으면 전골 한가운데에 부추를 투입. 부추의 녹색이 더해지면 단숨에 색채가 화사해진다.

"이제 뚜껑을 덮고, 부추가 숨이 죽을 때까지 끓이면 완성이지."

부글부글 전골이 끓는 소리와 참깨 탄탄 전골의 구수한 냄새가 부엌 전체로 퍼져 나갔다.

"이제 슬슬 됐으려나."

뚜껑을 열자 보기 좋게 완성되어 있었다.

마무리로 고추기름을 곁들이면 한층 더 매콤해져서 맛있지만, 매운 걸 싫어하는 스이가 있으니 그건 빼기로 했다. 퍼 담을 때 개별적으로 넣어야지.

"그럼, 배고파하고 있을 애들한테 가져다줄까. 냄새 맡고 군침을 흘리고 있을지도 몰라."

그런 모습을 상상하고 쿡, 하고 웃은 후 거실에서 목이 빠져라 기다리고 있을 먹보들에게로 갔다.

"저녁 밥 다 됐어~."

『드디어인가. 드라에게 오늘 저녁은 만두를 사용한 전골이라고 들었다.』

『크~ 냄새 끝내주네! 몇 번을 그쪽으로 돌격할까 했는지 알아?』

『좋은 냄새~. 주인~ 빨리 먹고 싶어~!』

페르, 드라 짱, 스이의 그릇에 각각 만두전골을 퍼주었다.

『나는 채소가 필요 없다.』

"그러지 말고 조금은 먹어."

억지로 퍼줬더니 페르가 짜증스러운 표정을 지었지만 무시해야지.

고추기름은 뿌려달라기에 고추기름을 쪼르륵 끼얹어 주었다.

『만두 잔뜩 넣어줘.』

"그래그래. 만두도 채소도 많이 줄게."

만두를 좋아하는 드라 짱에게는 만두와 채소를 듬뿍 퍼줬다. 드라 짱도 고추기름을 뿌려달라기에 이쪽도 쪼르륵 둘러주었다.

『스이도 많이 먹을래~.』

"스이도 만두랑 채소 다 많이 줄게."

뭐든 잘 먹는 스이에게도 만두와 채소를 듬뿍 퍼준다. 매운맛을 싫어하는 스이에게는 고추기름을 뿌려주지 않았다.

"뜨거우니까 조심하라고."

뜨거워도 괜찮은 드라 짱과 스이는 곧장 만두전골을 먹기 시작했다.

페르는 그걸 곁눈질하며 바람 마법으로 잘 식혀서 입을 댔다.

『마히허~! 군만두도 맛있지만 전골에 넣은 만두도 맛있네!』

"그치?"

『이거, 맛있어~.』

스이도 마음에 들었는지 흥분한 듯이 푸들푸들 빠른 속도로 진동했다.

『음. 이 만두는 맛있구나.』

페르도 합격 판정을 내렸다.

아니, 그건 좋은데…….

"채소도 맛있으니까 먹으라고."

초간단 전골이지만 평가가 좋으니 나도 기쁘다.

뭐, 참깨 탄탄 만두전골 자체가 무진장 맛있기는 하지만.

쫄깃쫄깃한 만두에 참깨 탄탄 전골의 국물이 밴 채소가 정말 최고다. 숙주나물이 특히 맛있다.

나도 오랜만에 그리운 맛을 만끽했다.

살짝 매운맛이 먹보 트리오의 식욕을 자극했는지, 더 달라고 아우성이다.

잔뜩 만들어놨던 만두도 다 떨어지고 말았다.

페르, 드라 짱, 스이는 실컷 먹어서 만족한 듯 보였지만 전골은 아직 안 끝났다고.

"그러면 마무리 요리를 해보실까."

휴대용 버너를 준비하고 국물이 남은 냄비를 세팅한다. 그리고 중화면을 투입.

끓어오르면 참깨를 솔솔솔 뿌린다.

"자, 마무리 라면."

『전골은 이 '마무리 요리'라는 게 있어서 좋군.』

『밥을 넣었을 때도 맛있었지만, 이렇게 면을 넣어 먹어도 맛있더라.』

『맛있어~.』

"마무리 요리는 여러 가지 재료의 맛이 녹아든 전골 국물로 만드니 맛있을 수밖에 없단 말이지~."

전골의 마무리 요리로 탄탄면을 먹으며 우리는 만족스러운 미소를 지었다.

유자 카라아게(닭튀김)

"자 그럼, 카라아게를 해볼까."

그렇게 말하며 요전에 인터넷 슈퍼 할인 기간에 손에 넣은 무농약 유자를 꺼냈다.

이 유자 중 대부분은 유자탕에 써서 드라 짱, 스이와 함께 목욕을 실컷 즐겼다.

페르에게도 권해봤지만 예상한 대로 잔뜩 찌푸린 얼굴로『거절한다』라고 했다.

기분 좋은데 말이야.

지금까지도 몇 번인가 드라 짱, 스이와 함께 유자탕을 즐기기는 했지만, 몇 번을 해도 좋단 말이지~.

역시 생유자라 그런지 입욕제와는 다른 신선한 향이 난다고 해야 할지, 어쨌든 엄청나게 향이 좋았다.

몸도 따끈따끈하게 덥혀져서 그날 밤은 아주 푹 잤지.

아차, 이야기가 샜네.

대부분의 무농약 유자는 유자탕에 썼지만 그 외 일부는 유자무 절임으로 만들어서 내가 개인적으로 즐기고 있다.

그랬는데도 아직 유자가 좀 남아 있단 말이지~.

그걸 어떻게 할까 생각하고 있는데, 마침 페르, 드라 짱, 스이가 카라아게를 주문해 왔다.

그래서 마침 잘됐다 하고 유자 카라아게를 만들기로 한 거다.

튀김이지만 유자 풍미 덕분에 상큼하게 먹을 수 있다는 말이지.

애들의 주문을 듣자마자 유자 카라아게를 할 준비는 해두었다.

코카트리스 고기를 한입 크기보다 크게 썰어서 비닐 봉투(물론 우리의 경우에는 특대 사이즈로. 그것도 여러 개를 준비해야 한다)에 넣고 유자의 껍질을 간 것과 유자 과즙, 간장, 술, 갈은 생강을 넣고 주물주물주물.

양념에 재우고서 세 시간 정도가 지났으니 맛도 적당히 뱄을 거다.

튀김 기름을 준비하고서 재워뒀던 코카트리스 고기를 튀겨 나간다.

이번에는 튀김옷으로 녹말가루만 묻혀서…….

촤르르르——.

자, 다음. 계속 튀겨나간다.

노릇노릇하게 튀겨지면 평평한 기름망에 놓고 기름을 뺀다.

맛보기라는 핑계로 하나를 덥썩.

"유자의 풍미가 상큼해~. 무진장 맛있네!"

베어 물자 유자향이 코를 자극한다.

최고로 잘 됐다.

이제 이걸 그릇에 담아서…….

완성되기를 이제나저제나 하고 기다리고 있는 먹보 트리오에게 렛츠 고~.

"오래 기다렸지~."

『드디어 왔나!』

『기다렸다고~.』

『카라아게~.』

"후·후·후, 오늘의 카라아게는 걸작이야."

그렇게 말하며 카라아게가 산더미처럼 수북하게 쌓인 그릇을 애들 앞에 내밀었다.

"평소랑 달라도 뭔가 다른 카라아게를 맛보시라."

『꽤나 자신만만하구나. 어디 보자.』

『달라도 뭔가 다르다고? 호오~ 그럼 얼른 먹어봐야지.』

『뭔가 달라~?』

뭐어, 먹어보라고.

어떤 반응을 보일지 궁금해서 나는 모두가 유자 카라아게를 먹는 모습을 지켜보았다.

『흠, 이건 풍미가 상쾌하군. 이거라면 얼마든지 먹을 수 있겠다.』

페르가 그렇게 말하며 와구와구 게걸스럽게 유자 카라아게를 먹는다.

『그러게, 이 카라아게는 산뜻한 맛이 나! 페르 말대로 얼마든지 먹을 수 있겠어.』

드라 짱도 그 작은 몸의 어디에 저렇게 들어가는 걸까 싶을 정도로 와구와구 유자 카라아게를 입에 욱여넣고 있다.

『이거 유자 냄새가 나~. 맛있어~.』

스이도 촉수를 써서 차례차례 몸 안으로 흡수하고 있다.

"맞아. 이건 유자를 사용해서 맛을 낸 유자 카라아게야. 유자의 풍미가 배어 있어서 산뜻하게 먹을 수 있고 좋지?"

『음. 이 카라아게는 좋군. 한 그릇 더다!』

『나도 한 그릇 더!』

『스이도 한 그릇 더~!』

"후후, 알겠어."

다시 카라아게를 산더미처럼 쌓아서 애들 앞에 내밀었다.

먹보 트리오는 유자 카라아게가 마음에 드는지 줄어드는 속도도 빨랐다.

"얼른 먹지 않으면 내가 먹을 것까지 없어지겠네."

나도 유자 카라아게를 덜어서 베어 물었다.

『제법 맛있었다.』

페르가 입 주변을 핥으며 만족스러운 투로 말했다.

『또 먹고 싶은걸.』

드라 짱은 빵빵하게 부푼 배를 문지르며 말했다.

『맛있었어~. 스이도 또 먹고 싶어~.』

스이는 기분이 좋은지 통통 튀어오르며 말했다.

다들 만족스러워 보여서 다행이야.

평소보다 많이 준비했던 카라아게가 싹 사라졌다.

이렇게 준비했는데도 만족해주지 않았다면 정말 눈앞이 깜깜해졌겠지.

"유자 카라아게, 맛있었어어. 또 만들게. ……아, 유자가 이제 없었지."

『뭣이? 없는 거냐?』

『어이어이어이.』

『없어~?』

"좀 기다려. 인터넷 슈퍼에서 사면 그만이니까."

그렇게 말하며 인터넷 슈퍼를 띄워 보았지만…….

"…………어라, 안 보이네."

여기저기 살펴보았지만 요전에 팔았던 무농약 유자는 보이지 않았다.

이건, 품절이라는 건가?

할인 상품도 교체되어 있고.

뭐, 제철이 정해져 있는 과일이니 이럴 수도 있나~.

"여러분, 유감스러운 소식입니다. 유자가 다 팔린 것 같아."

『『뭐어~?』』

"뭐, 유자 자체가 제철이 있는 과일이니까. 다시 팔면 만들어 줄게."

그때까지 기대하고 있으라고.

이세계에서는 코카트리스 = 닭고기라고요

"어디 보자, 뭘 만들어 볼까."

나는 아이템 박스에 코카트리스 고기를 대량으로 보관 중이라는 사실을 떠올리며 오늘 저녁 메뉴를 어떻게 할지 생각했다.

"페르랑 애들은 오늘도 카라아게를 기대하고 있는 것 같지만, 어제랑 그제랑 그끄제까지 3일이나 연속으로 카라아게를 먹었으니 오늘은 안 돼. 나 같은 평범한 위장을 지닌 사람한테 매일 카라아게를 먹는 건 고행이나 다름없다고."

생각했더니 속 쓰림이 도지는 것 같아서 살며시 배에 손을 얹었다.

"하아, 하여간 저 녀석들은 강철 위장이 따로 없다니까."

부엌에서 그런 혼잣말을 하며 아이템 박스에서 코카트리스 고기를 꺼냈다.

코카트리스 고기가 왜 이렇게 많은지를 설명하려면 5일 전으로 거슬러 올라가서 이야기해야 한다.

딱히 아무 예정도 없었던 그날, 평소처럼 페르와 드라 짱과 스이의 등쌀에 밀려 사냥을 하러 나섰다.

페르의 마음이 내키는 대로 나아가 도착한 사냥터, 숲에서는 코카트리스가 대량 번식한 듯했다. 사냥을 할 때 각자에게 들려 보냈던 매직 백을 보니 코카트리스가 그득그득 들어 있었다.

페르 일행도 코카트리스 고기가 자신들이 아주아주아주 좋아하는 카라아게가 될 것을 알고 있기에 신이 나서 매직 백이 가득 찰 때까지 마구 사냥을 하고 왔다는 모양이었다.

사냥에서 돌아온 모두가 잔뜩 들떠서 『내일은 무조건 카라아게다』라고 나한테 말했었지.

고기가 손에 들어온 건 고마운 일이지만 극단적이잖아.

너무 많은 나머지 모험가 길드에 해체를 부탁했더니 작업이 끝나기까지 사흘이나 걸렸다고.

코카트리스는 해체 자체가 그렇게 어렵지 않아서 해체 일을 시작한 신입들이 투입되어 작업했다고 하는데, 그 신입들이 하나같이 죽은 생선 같은 눈을 하고 있었지…….

의뢰인인 나까지 원망스럽다는 눈으로 쳐다보기에 속으로 '나도 어쩔 수 없는 일이라네'라고 생각하며 시선을 피한 채 잽싸게 몸을 피했다.

아니, 어쩔 수 없잖아~.

우리 집은 고기가 필요하니까.

어쨌든 해체를 부탁한 그 날에 받을 수 있는 만큼만 받고, 나머지는 해체가 끝나면 받으러 가기로 했는데…….

코카트리스 고기가 손에 들어오자마자 페르도 드라 짱도 스이도 '카라아게, 카라아게' 라면서 아주 노래를 해댔다.

모두가 주문한 대로 사냥 다음 날 저녁에는 카라아게를 실컷 먹었다.

그랬더니 그다음 날도, 또 그다음 날도 카라아게가 먹고 싶다고 해서…….

페르, 드라 짱, 스이는 그러고도 멀쩡한 정도가 아니라 얼마든지 먹을 수 있다며 벼르고 있지만, 30대가 코앞까지 다가온 나로서는 속이 쓰릴 수밖에 없다고.

아무튼 먹보 트리오는 오늘 저녁 메뉴로도 '카라아게'를 주문했는데, 더는 무리라고 해서 거부했다.

4일 연속 카라아게는 무리라니까.

요리할 생각만 해도 속에서 위산이 역류할 것 같다고.

그런고로 코카트리스 고기를 사용한 카라아게 이외의 요리를 만들어야만 한다.

"카라아게는 무리라고 하자마자 불평을 쏟아냈으니, 그 녀석들도 납득할 만큼 든든한 메뉴여야만 하는데……."

그리고 빨리 만들 수 있는 거면 더 좋겠다.

뭔가 '카라아게라면 조금은 기다려줄 수 있지만, 그게 아니니 빨리 저녁이나 내놔' 라고 말하는 듯한 보이지 않는 압박감을 먹보 트리오가 내뿜고 있는 것 같단 말이지~.

잽싸게 만들 수 있고 든든한 음식이면…… 아, 그게 좋을지도.

닭고기 생강구이!

다들 오크 고기로 만든 생강구이도 아주 좋아했으니 입에는 맞을 것 같고.

닭고기로 만들 경우에는 소스에 마늘을 약간 넣는 게 요령이지.

그렇게 맛을 내서 채 썬 양배추랑 같이 우걱우걱 먹는 거야.

채소를 싫어하는 페르는 싫어할지도 모르지만 카라아게를 며칠이나 먹었으니 아주 바람직한 조합이라고 할 수 있다.

역시 채소도 먹어야지.

◇ ◇ ◇ ◇ ◇

인터넷 슈퍼에서 재료를 조달한 후, 곧장 조리를 시작했다.

"우선은 양배추 채썰기부터."

앨번표 무진장 맛있는 양배추를 채로 썰어 물에 담가둔다.

다음은 코카트리스 고기를 준비한다.

"코카트리스 고기를 두께가 일정해지도록 부엌칼로 잘 펼쳐서……."

소금 후추를 뿌리고 녹말가루를 묻힌다.

그런 다음에는 고기를 굽기 전에 소스를 만들어둔다.

간장, 맛술, 설탕, 다진 생강과 다진 마늘(마늘은 생강의 절반 정도만 넣고)을 휘적휘적 섞는다.

이번에는 후딱 만들고 싶어서 다진 생강과 다진 마늘은 튜브에 든 것을 썼지만, 직접 다져서 쓰면 향이 더 좋으니 여유가 있다면 그쪽을 추천한다.

소스를 만들고 나면 달군 프라이팬에 가볍게 기름을 두르고 코카트리스 고기를 껍질 쪽부터 구워 나간다.

뒤집개로 누르면서 껍질이 노릇노릇하게 익을 때까지 굽고 나면 뒤집어서 반대쪽을 굽는다.

고기가 익으면 만들어둔 소스를 끼얹어 볶아준다.

소스가 고기에 잘 배어들면 불을 끄고 고기를 꺼내 1센티미터

두께 정도로 썬다.

그릇에 채 썬 양배추를 수북하게 담고 그 옆에 소스가 배어든 코카트리스 고기를 ON.

고기 위에 프라이팬에 남아 있는 소스를 끼얹으면…….

"좋아, 완성!"

닭고기……가 아니라 코카트리스 생강구이~.

냄새부터 끝내주네. 맛있을 것 같은 정도가 아니라 무조건 맛있을 거야.

완성도에 만족하던 참에…….

『어, 어이! 다 됐으면 얼른 가져와라!』

『그래 맞아! 이렇게 맛있을 것 같은 냄새를 풍기면 참을 수가 없잖아!』

『주인~ 빨리 밥 먹고 싶어~!』

먹보 트리오가 냄새에 낚여 부엌 입구까지 와 있었다.

"그래그래, 금방 가져갈 테니까 거기서 기다리라고."

당장에라도 부엌으로 난입할 기세인 먹보 트리오를 제지하고 완성된 코카트리스 생강구이를 아이템 박스에 넣어 거실로 향했다.

그리고…….

"코카트리스 생강구이야. 먹어 봐."

그러자 예상한 대로 페르가 그릇에 산더미처럼 쌓은 양배추를 보고 언짢은 표정을 지었다.

『채소는 필요 없다고 했건만.』

"그런 소리 말라고. 이 양배추는 말이야~ 이렇게 코카트리스 생강구이랑 같이 먹으면 무진장 맛있다고."

그렇게 말하며 나는 코카트리스 생강구이로 채 썬 양배추를 빙글 감싸서 먹는 시범을 보였다.

"응, 맛있어!"

『호오~ 나도 같이 먹어봐야지.』

『스이도~.』

그렇게 말하며 드라 짱과 스이가 내가 했던 것처럼 코카트리스 생강구이와 채 썬 양배추를 같이 먹었다.

『오, 확실히 맛있는걸! 채소랑 같이 먹으니까 산뜻하게 느껴져. 이거 얼마든지 먹을 수 있겠어.』

『이 고기랑 같이 먹으니까 채소도 맛있어~.』

"암, 그렇고말고."

응응, 고개를 끄덕이며 맛있게 먹는 드라 짱과 스이를 지켜보았다.

"자, 드라 짱이랑 스이도 맛있다잖아. 페르도 그런 표정 짓지 말고 일단 먹어보라니까."

우거지상을 한 페르에게 일단 먹어보라고 권했다.

"어찌 됐든 한 그릇 안에 소스 묻은 고기랑 채 썬 양배추가 딱 붙어 있잖아. 일단 한번 먹어보라니까, 어서."

내가 그렇게 말하자 페르는 마지못해, 투덜거리며 코카트리스 생강구이와 채 썬 양배추를 먹기 시작했다.

그럼에도 채 썬 양배추를 조금만 입에 넣은 게 페르다웠다.

"어때?"

『뭐, 뭐어, 나쁘지는 않군.』

말은 그렇게 해도 페르의 꼬리가 신나게 좌우로 흔들리고 있었다.

그걸 보고 나는 픕, 하고 웃음을 터뜨렸다.

"하여간 솔직하지 못하긴."

맛있는 것을 위한 희생

"흐이~."

한바탕 일을 마치고 이마의 땀을 훔쳤다.

"많이도 빠졌네."

『네가 잡아 뜯어서 그런 것 아니냐.』

언짢은 얼굴로 페르가 그렇게 말했다.

"아니아니. 좀처럼 씻을 생각을 않는 네 잘못이지. 적어도 한 달에 한 번은 목욕을 하자고 했는데, 지난달에도 지지난달에도 안 씻으려고 이 핑계 저 핑계로 빠져나갈 궁리만 했잖아."

안 그래도 사냥이다 뭐다 해서 숲을 헤치고 다니는 일이 많으니 당연히 더러워지지.

그런데 목욕은 안 하려고 드니 아주 골치가 아프다.

"아직 목욕하기 전에 빗질만 했는데 무진장 지쳤다고. 특히 배 아래 쪽은 털이 뭉쳐서 난리도 아니었어."

살짝 비아냥거리듯이 말하자 페르가 얼굴을 찌푸렸다.

하지만 사실이거든?

아무리 못마땅해해도 뭉쳐 있는 털을 정리하는 게 얼마나 힘든 줄 알아?

『끄으응.』

"자, 얼굴 좀 펴고 얼른 목욕하자, 얼른."

옷을 휙휙 벗고 재촉하듯이 페르의 등을 떠밀었다.

『오, 이제야 왔네. 늦었잖아.』

『주인이랑 페르 아저씨 늦어~.』

먼저 욕조에 몸을 담그고 있던 드라 짱과 스이가 말을 걸어왔다.

"페르가 너무 지저분해서 말이야. 빗질하는 데 시간이 한참 걸렸어."

『어이, 내가 더럽다는 식으로 과장해서 말하지 마라!』

"과장이 아니라 실제로 더러웠다니까!"

『그러게 말이야. 그렇게 틈만 나면 사냥을 하러 다니면서 페르는 계~속 목욕을 하지 않았잖아~.』

『페르 아저씨 더러워~.』

『뭣, 더럽지 않다! 매일 빠짐없이 털 정리를 했단 말이다!』

"그렇게 해도 한계가 있잖아. 애초에 먼지투성이가 될 짓을 그렇게나 하고 다니는데."

사냥할 때는 여러 곳을 구석구석 뛰어다니니까 말이야.

"페르가 목욕을 싫어해서 고생이 이만저만 아니라니까."

『목욕은 이렇게나 기분 좋은 건데 말이야~.』

『기분 좋은데~.』

입욕제가 든 따뜻한 물에 기분 좋은 얼굴로 둥둥 뜬 채로 드라 짱과 스이가 그렇게 말했다.

『끄으으으응. 나는 매일 털 고르기를 게을리 한 적이 없건만.』

페르가 분한 듯이 중얼거렸다.

하지만 그 정도로는 어림도 없다니까.

사냥이다 뭐다 해서 여기저기 뛰어다니는 지금의 생활 방식에서는 말이야.

"그래그래, 그만 포기하라고. 페르, 오늘은 깨끗이 씻는 거야. 스이, 평소처럼 부탁 좀 할게."

『네~에!』

스이의 촉수가 샤워기로 변형했다.

페르의 몸을 적셔 나간다.

인터넷 슈퍼에서 전에 발견한 무향료, 무착색 100% 천연 식물성에 피부 자극이 적은 데다 세정력도 좋아서 높은 평가를 받고 있는 애견용 샴푸를 묻혀서…….

북북——.

페르의 커다란 몸을 씻어나간다.

이쯤 되자 체념의 경지에 달하는지 페르도 얌전해진다.

그리고 얼굴까지 꼼꼼하게 씻고 거품기가 남지 않도록 잘 헹궈준다.

"좋아, 깨끗해졌어."

『끝인가.』

페르는 그렇게 말하며 안심한 듯한 표정을 지었지만 아직 멀었다고.

"아직이야~."

『뭐라고?!』

"전에도 썼던 린스라는 걸 이다음에 쓸 거야."

『그런 건 안 써도 된다!』

"저기, 드라 짱. 이왕 하는 거면 마무리까지 깔끔하게 하는 게 좋다고 생각하지?"

『그야 당연하지.』

"스이도 폭신폭신 매끈매끈한 페르 아저씨가 더 좋지?"

『응! 폭신폭신 매끈매끈한 페르 아저씨가 더 멋있어~!』

"그렇잖아. 포기해. 드라 짱, 스이, 도와줘."

『알겠어.』

『도울래~.』

『어, 어이! 기다려라!』

"안 기다려."

나와 드라 짱과 스이가 우격다짐으로 페르의 몸에 린스를 마구 바르기 시작했다.

"좋아. 헹구기 끝. 이제 물기를 닦고 말리면 폭신폭신 매끈매끈해질 거야."

내가 그렇게 말하자마자 페르가 아주 호쾌하게 몸을 푸르르르 흔들어 털었다.

"…………."

그 바람에 튄 물방울과 페르의 털이 여기저기 묻어서 나는 굳어버렸다.

"페르……. 지금 닦아주려고 했는데 뭐 하는 거야~."

『느릿느릿 닦는 것보다 이쪽이 더 빠르다. 난 그만 나간다.』

페르는 그런 말을 남기고는 냉큼 목욕탕에서 나가 버렸다.

"아 정말~! 퉷, 퉷. 나 참, 페르의 털이 입으로까지 들어왔잖아."

『풉. 페르 녀석, 어지간히도 목욕탕에서 나가고 싶었나 보네~.』

작업을 돕고 나서 다시 뜨거운 물에 몸을 담그고 있던 드라 짱이 욕조 가장자리에 팔을 걸친 채 털투성이가 된 나를 보고 웃고 있었다.

"아~ 진짜! 온몸이 페르의 털로 범벅이 됐잖아아."

대야에 따뜻한 물을 퍼서 시원하게 머리 위에서 촤악 뒤집어 써, 몸에 묻은 페르의 털을 씻어냈다.

그리고 드디어 욕조로 향했다.

"아~ 이제야 탕에 몸을 담그네."

넓은 욕조에서 팔다리를 뻗었다.

"그나저나 페르의 털은 매번 많이도 빠지네에. 어쩔 수 없는 일이기는 하지만."

일시적인 조치로 비닐봉지에 넣어둔, 방금 수북하게 나온 페르의 털을 떠올리며 입을 열었다.

이건 매번 처분하기가 난감하단 말이지.

불에 태우려 해도 좀처럼 타지도 않고, 어쩔 수 없어서 땅에 묻거나 내 아이템 박스에 방치해두고 있다.

전에 딱 한 번 스이에게 녹여달라고 부탁한 적도 있기는 하지만, 지저분해진 페르의 털을 녹여달라고 하자니 어쩐지 미안한 마음이 들었다.

그래서 그 이후로는 부탁하지 않았다.

"그런 반면 드라 짱이랑 스이는 그런 게 없어서 좋단 말이지. 목욕도 꼬박꼬박 해주고."

『뭐어, 우린 털 같은 게 안 나니까. 게다가 목욕은 기분 좋기도 하고.』

『응. 목욕하는 거 기분 좋아~.』

"그치? 목욕하면 상쾌하고 좋지~?"

『그리고 엄청 냄새도 좋고.』

『따뜻한 물에서 좋은 냄새 나~.』

"헤헤, 입욕제에는 꽤 신경을 쓰고 있거든. 오늘의 입욕제는 라벤더라는 꽃향기가 나는 거야."

『나쁘지 않네.』

『꽃냄새~.』

다들 오늘의 입욕제도 마음에 드는 모양이다.

『맞아. 나도 페르의 털 만큼은 아니지만 빠지는 게 있어.』

드라 짱이 문득 생각이 났다는 투로 말했다.

"그래?"

『어엉. 이빨이 오래되면 50년 정도마다 새로 나. 비늘은 어지간히 손상되지 않는 한은 새로 나지 않지만.』

호오호오.

그렇단 말이지?

처음 들었다.

『다음에 빠지고 다시 나면 줄게. 그 녀석이라면 비싸게 사주지 않을까?』

"그 녀석?"

『그 엘프 말이야.』

드라 짱의 그 말을 들으니 곧장 납득이 됐다.

"드랭에 있던 그 사람 말이지……."

드래곤에 이상할 정도로 집착하고 드래곤에 대한 애정을 온몸으로 표현하는 그 엘프.

"근데 싫지 않아?"

네 이빨이잖아.

『하, 빠진 이빨은 지금까지 그냥 버려왔는데 돈이 된다면 줘버리는 게 이득이지. 그 녀석이라면 얼마든지 내놓을 것 같잖아.』

드라 짱이 그렇게 말하며 사악한 표정을 지었다.

그런 말은 어디서 배운 거야.

『말이 나온 김에 제안할 게 있는데, 선불로 이세계 고기를 먹게 해 줘.』

"이세계 고기라면 흑모 와규 말이야? 나 참, 드라 짱은 그 말이 하고 싶었던 거지?"

전에 조금 먹게 해줬더니 맛을 들인 건가.

가끔씩 하는 사치라 생각하면 흑모 와규도 나쁘지 않을 것 같긴 하다.

뭐, 아주 비싸게 팔아치워야 모두를 만족시킬 만큼의 양을 마련할 수 있겠지만.

은근슬쩍 편승해서 흑모 와규 이야기를 꺼낸 드라 짱을 향해 쓴웃음을 지었다.

그러던 그때, 느닷없이 목욕탕의 문이 열렸다.

폭신폭신 매끈매끈, 몰라보게 달라진 모습의 페르였다.

『어이, 그렇다면 아까 뽑은 내 털도 팔아라.』

귀가 좋은 페르가 나와 드라 짱의 이야기를 들은 모양이다.

"뭐~? 그 지저분한 페르의 털을?"

『지저분하다고 하지 마라! 나의, 펜리르의 털이란 말이다!』

"그러고 보니 그러네……."

나한테는 지저분한 털로만 보이지만 분명 펜리르의 털이기는 하단 말이지. '전설의 마수'라 불리고 있기도 하고.

"어쩌면 비싸게 팔 수도 있을지도."

『팔 수도 있을지도 모르는 게 아니라 분명 비싼 값이 붙을 거다.』

"아니, 싫지는 않아?"

지저분하기는 해도 자신에게 나 있던 털을 파는 건데.

『맛있는 것을 손에 넣을 수 있다면 상관없다. 맛있는 것을 위해서라면 그 정도쯤이야.』

"비싸게 팔리면 흑모 와규를 먹자는 말이지?"

『음. 드라에게도 스이에게도 먹여주지.』

페르가 후훙, 하고 의기양양하게 말했다.

『오오, 역시 페르. 통이 크다니까! 고마워! 빨리 먹고 싶구만~.』

『페르 아저씨, 고마워~!』

비싸게 팔릴지 어떨지는 아직 모를 일인데 벌써부터 흑모 와규를 먹을 생각으로 한껏 들뜬 먹보 트리오. 살짝 어이가 없었다.

이때만 해도 훗날 페르의 털을 거래에 내놓았더니 깜짝 놀랄 만큼 비싼 값이 붙어서, 내가 멍하니 "세상에······"라고 중얼거리게 될 줄은 꿈에도 몰랐다.

복숭아(?) 젤리

"으~음……."

나는 부엌에서 팔짱을 낀 채 고민 중이었다.

『주인~ 왜 그래~?』

내 목소리를 들었는지 통통 몸을 튕기며 다가온 스이가 작업대 위로 올라와서 그렇게 물었다.

"아니, 이거 말이야, 그대로 먹기는 슬슬 질리기 시작했는데 어떻게 할까~ 싶어서."

그렇게 말하며 작업대 위에 놓여 있던 컬러풀한 과일을 집어 들었다.

길드 마스터의 의뢰로 채취하러 갔던, 환상의 과일이라 불리는 '아이리스 후르츠'다.

그 자리에서 먹어보니 아주 촉촉하고 단맛이 그득 담긴 백도 그 자체의 맛이 났다.

원래도 백도를 좋아했던 나는 물론이고 먹보 트리오인 페르, 드라 짱, 스이도 마음에 들어 하기에 전부 수확해 왔던 것이다.

참고로 내년에도 수확하러 갈 예정이라고.

뭐, 그건 둘째 치고, 의뢰 내용은 아이리스 후르츠 다섯 개를 납품하는 것이어서 그 이외의 것은 전부 우리가 가지기로 했다.

그러다 보니 양도 많고 단순히 맛있기도 해서 요즘은 저녁 식사 후 디저트로 계속 아이리스 후르츠를 먹었더랬다.

하지만 그렇게 일주일이나 먹다 보니 아무래도 질릴 수밖에 없었다…….

사치스러운 고민이기는 하지만, 아무리 복숭아를 좋아하는 사람이라도 어쩔 수 없지.

"이거 자체는 좋아하거든. 그런데 그대로 먹는 건 질리기 시작했단 말이지. 그런고로 이걸 사용해서 뭐든 디저트를 만들어 볼까 했는데……."

멍청하게도 부엌에 들어오고서야 나는 디저트 계열에 관한 지식이 거의 없다는 사실을 깨달은 것이다.

최근에 간이 조리법으로 디저트를 좀 만들어봤다고 나 자신도 뭐든 만들 수 있다고 착각하고 있었네.

"으~음……. 아!"

『주인, 좋은 생각 났어?』

"그래. 복숭아 젤리! 맞아, 복숭아 젤리가 있었어!"

본가에 있을 때 복숭아를 잔뜩 받았다면서 어머니가 복숭아 젤리를 만들었던 일이 떠올랐다.

그때는 복숭아 껍질 벗기는 걸 도왔었지.

그래서 만드는 방법도 대충은 기억한다.

"스이, 복숭아 젤리를 만들자!"

『복숭아 젤리~?』

복숭아 젤리라는 말을 들은 스이가 멍하니 몸을 진동시켰다.

"아니, 복숭아가 아닌가. 아이리스 후르츠로 만드는 거니 아이리스 후르츠 젤리지. 스이처럼 푸들푸들한 맛있는 디저트야."

『젤리~! 스이도 만드는 거 도울래~!』

스이가 두 개의 촉수를 위로 치켜들며 토옹~ 튀어 올랐다.

맛있는 디저트라는 이야기를 듣고 잔뜩 들뜬 모양이었다.

◇ ◇ ◇ ◇ ◇

우선 수중에 없는 재료를 인터넷 슈퍼에서 구입한다.

아니 뭐, 애초에 사용할 재료 자체가 적은 데다 없는 건 젤라틴 정도뿐이지만.

젤라틴을 구입하고 나서 조리를 시작했다.

"어디 보자, 우선 아이리스 후르츠의 껍질을 벗겨야지. 스이도 같이 하는 거다?"

『응.』

"아이리스 후르츠에 부엌칼로 칼집을 낸 다음, 껍질을 살짝 들어 올려서……."

아래로 잡아당기면 껍질이 주룩 벗겨진다.

『와아~ 스이도 하고 싶어~.』

"조금만 기다려."

칼집을 낸 아이리스 후르츠를 스이에게 건넸다.

"껍질의 이 부분을 살짝 들어서 아래로 잡아당겨 봐. 껍질이 쭉 벗겨질 거야."

『이렇게 해서~ 쭈욱! 벗겨졌어~!』

"옳지, 잘했어. 계속 벗기자."

『벗길래~!』

그리고 나와 스이는 아이리스 후르츠의 껍질을 계속해서 벗겨 나갔다.

"후우, 이 정도면 될까."

껍질을 다 벗긴 아이리스 후르츠가 잔뜩 늘어서 있었다.

"이걸 큼직하게 깍둑썰기하고."

그 작업이 끝나면 냄비에 물과 그래뉴당(백설탕), 레몬즙을 넣고 가열한다.

설탕이 녹으면 약불로 바꾸고 아이리스 후르츠를 투입. 타지 않게 주의하며 5분 정도 졸여준다.

『달콤한 냄새가 나~.』

"조금만 먹어볼까?"

요컨대 콩포트다.

맛보기를 핑계로 스이와 아주 조금만 몰래 먹어보며 졸여지기를 기다린다.

삐비빅, 삐비빅, 삐비빅——.

세팅해놨던 키친 타이머가 울렸다.

"좋아, OK. 냄비를 불에서 내리고…… 영차. 일단 열이 식을 때까지 기다리자."

우리는 냄비가 대부분 특대 사이즈니까.

뭘 해도 힘이 든단 말이지.

"스이, 이걸 살살 저어줄래? 살살 해야 한다?"

『알았어~.』

시간 단축을 위해 스이에게 냄비를 저어달라고 부탁해서 열을 식힌다.

나는 그러는 동안 젤라틴을 물에 불려 중탕으로 녹이는 작업을 했다.

"응, 이제 슬슬 괜찮겠어."

열이 식으면 물기를 뺀 복숭아……가 아니라 아이리스 후르츠를 용기에 담는다.

먹보 트리오용으로 특대 사이즈 유리 볼그릇을 준비하고, 내 걸로는 평범한 크기의 유리그릇을 준비한다.

그런 다음에는 아이리스 후르츠를 졸였던 시럽에 젤라틴을 넣고 섞은 후, 아이리스 후르츠가 담긴 용기에 흘려 넣는다.

그 작업은 스이가 국자로 퍼서 해주었다.

『주인~ 다 됐어~.』

"오오, 잘했네."

하나만 양이 많아 보이는 건 애교로 봐주자.

"이제 여기에 랩을 씌우고, 마도 냉장고로 식혀서 굳히면 완성이야. 저녁 식사 후에 디저트로 먹자."

『기대돼~ ♪』

오늘도 변함없이 고기를 사용한 저녁 메뉴였다.

던전 돼지로 만든 촉촉하고 부드러운 돼지 덮밥을 배불리 먹은 뒤라 페르와 드라 짱과 스이는 만족한 얼굴이었다.

그리고 여기에 추가로……

"자, 디저트야."

아이리스 후르츠 젤리가 든 특대 유리 볼그릇을 모두의 앞에 내밀었다.

『아~ 낮에 만든 거다~.』

"이건 스이랑 같이 만든 거야. 그치~?"

『호오~ 오늘은 그 과일이 아니군. 슬슬 질리기 시작한 참인데 마침 잘 됐다.』

『응응, 아무래도 매일 먹다 보니 질렸거든. 나도 오늘 디저트 로는 오랜만에 푸딩을 먹자고 부탁할까 하던 참이었는데.』

"아니 뭐, 아이리스 후르츠를 쓰기는 했지만 말이야. 그냥 먹 는 건 질려서 젤리로 만들어 봤어."

『어디.』

그렇게 말하며 페르가 젤리를 먹었다.

『오오, 탱글탱글한 식감이 좋군. 입 안도 개운하고.』

『정말이네. 차갑게 식어 있어서 더 맛있어.』

"그렇대, 스이."

『에헤헤~. 다행이야~.』

"응, 맛있네."

탱글탱글한 식감과 촉촉하게 달콤한 아이리스 후르츠가 합쳐 져서, 그대로 먹을 때와는 또 다른 맛이 난다.

『맛있어~. ……하지만 내일 디저트로는 케이크가 먹고 싶어.』

『후하하! 만든 본인이 그런 소릴 하면 어떡해!』

『뭐, 스이니까.』

쓴웃음을 지으면서도 나는 솔직한 스이답다고 생각했다.

Tondemo Skill de Isekai Hourou Meshi 11

©2021 Ren Eguchi
First published in Japan in 2021 by OVERLAP, Inc.
Korean translation rights reserved by Somy Media, Inc.
Under the license from OVERLAP, Inc., Tokyo JAPAN

터무니없는 스킬로 이세계 방랑 밥 11

스키야키×싸움의 섭리
초판 한정 소책자

2023년 6월 15일 1판 1쇄 발행

저　　　자	에구치 렌
일 러 스 트	마사
옮 긴 이	정대식
발 행 인	유재옥
본 부 장	조병권
담 당 편 집	박치우
편집 1팀	김준균 김혜연
편집 2팀	정영길 조찬희 박치우 정지원
편집 3팀	오준영 이해빈
편집 4팀	전태영 박소연
디 자 인	김보라 박민솔
라이츠담당	김정미 맹미영 이윤서
디 지 털	박상섭 김지연
발 행 처	㈜소미미디어
등　　　록	제2015-000008호
주　　　소	서울시 마포구 토정로 222, 403호 (신수동, 한국출판콘텐츠센터)
판　　　매	㈜소미미디어
영　　　업	박종욱
마 케 팅	한민지 최원석 박수진 최정연
물　　　류	허석용 백철기
전　　　화	(02)567-3388, Fax (02)322-7665

ISBN 979-11-384-7856-4
ISBN 979-11-6190-011-7 (세트)